實用應用文

王昌煥、宋　裕、李翠瑛　編著

目錄

目錄

序

「應用文」，顧名思義，源自於文字的運用，經過歸納整理而呈現出來的一套約定俗成的寫作模式。應用文的主要精神在於人際往來的文字應用，是人與人溝通傳達的方式；同時，也源於應用的原則，文章的模式隨著時代的變化而有新的體式或是新的寫作習慣，例如，書信的許多稱謂、問候語……等，已隨著大眾的寫作習慣，由繁瑣而趨於簡潔，這對書信體寫作無疑是一大挑戰。雖然時移勢變，但是，有些基本禮節和表達形式仍要重視，以免有失自己身分，或對他人不夠尊敬，因此，應用文中固定的格式和習慣用語仍然要遵行不悖，以免貽笑大方。

另外，「廣告」語言往往是社會大眾能隨口說出的內容，有些幽默風趣，有些前衛新潮，也有格言意味，在此書中的廣告部分有極其詳細的作法解說；而求職、升學所需要的自傳、推薦信是目前使用度很高的文體；公文的相關規定不斷改變，本書有關公文部分即以行政院所公布的最新規定編寫；在本書中也將行政院所公布的「電子公文」最新資料一併附上；當然，其他有關規章、啟事、對聯、柬帖……等生活上常會接觸到的應用文內容，本書都有簡潔明確的敘述。然而，許多的應用文體因時代而日益重要，同時也有許多的文體面臨簡化或消失的命運，因此，雖然坊間的應用文書籍甚多，卻仍然有更新和充實的必要。因此，本書就是在這種實際情況下所編寫而出。

《實用應用文》一書主要的寫作方向即在於去繁就簡，以實用為目的，期望讀者可以從簡明扼要的敘述中，直接擷取應用文各類文體的主要寫作方式及精神，並以最短的時間學習到最有效且最有用的應用文知識。孟子不也曾說：「守約而施博者，善道也。」「約」是精要之意。同時，本書也修正許多繁瑣的內容，將格式簡化為現代社會最適用的方式。所以，這是一本適於通俗大眾，也適於大學或學院教學使用的實用書籍。本書由國文教學界兩位名師：宋隆發(宋裕)老師、王昌煥老師，以及敝人執筆；宋老師在高中職教學用書的編著上用力甚深，著作等身，並頗受好評；王老師在作文教學上頗負盛名，而其個人也是著名的書法家，在文學創作上也迭有佳績。所以，本書在文字敘述上脫除了坊間一般應用文書籍繁瑣而蕪雜的文句，而以最為簡潔扼要的文筆將內容龐雜的應用文呈現出來；並且，在題目設計上，也儘求貼合一般大學或學院學生的實際需求和學習效果，避免生硬無趣的題目。本書實經萬卷樓梁經理錦興不斷鼓勵，並大力促成，編輯李冀燕小姐不斷摧稿，並負責所有編輯事務，才得付梓；然因時間極為倉促，疏漏之處，在所難免，敬請博雅方家不吝賜正。

李翠瑛　序於元智大學

二〇〇二年七月十五日

第一章 公文

（本篇據「中華民國九十三年六月十四日行政院院臺祕字第〇九三〇〇八六一六六號函修正文書處理部分」撰寫）

〔說明〕

政府鑒於國際間交往日愈密切，文書資料來往頻繁，歐、美文字都是由左至右橫式排列，國內目前直式書寫如遇引用外文或阿拉伯數字時，往往形成扞格；為與國際接軌，並兼顧電腦作業平臺屬性，使公文製作更具便利性，進而提升公文處理效率，九十三年底前公文格式均為直式書寫，自九十四年一月一日起改為橫式。

第一節　公文的意義

公文是「處理公務或與公務有關之全部文書」。所以，公文必具備兩個要項：一是「公務」，一是「文書」。凡機關與機關或機關與人民往來之公文書，機關內部通行之文書，以及公文以外之文書而與公務有關者，均包括在內。尚有「特種文書」，如司法機關之裁判書，行政機關之訴願、再訴願決定書，外交機關之對外文書，僑務機關與海外僑胞、僑團間往來之文書，軍事機關部隊有關作戰及情報所需之特定文書，或其他適用特定業務性質之文書，均得依據需要自行規定。因此，公文乃指舉凡機關、團體互相間，或機關、團體與人民互相間，依其地位、權責所製作往返而與公務有關的文書。

第二節　公文的類別

公文分為「令」、「呈」、「咨」、「函」、「公告」、「其他公文」六種，上述各類公文屬發文通報周知性質者，以登載機關電子公布欄為原則；另公務上不須正式行文之會商、聯繫、洽詢、通知、傳閱、表報、資料蒐集等，得以發送電子郵遞方式處理。

㈠**令**：公布法律、發布法規命令及人事命令時使用。

㈡**呈**：對總統有所呈請或報告時使用。

㈢**咨**：總統與國民大會、立法院公文往復時使用。

㈣**函**：各機關處理公務有下列情形之一時使用：

1. 上級機關對所屬下級機關有所指示、交辦、批復時。

2. 下級機關對上級機關有所請求或報告時。

3. 同級機關或不相隸屬機關間行文時。

4. 民眾與機關間之申請及答復時。

㈤**公告**：各機關就主管業務，向公眾或特定之對象宣布週知時使用。其方式得張貼於機關之公布欄、電子公布欄，或利用報刊等大眾傳播工具廣為宣布。如需他機關處理者，得另行檢送。

㈥**其他公文**：其他因辦理公務需要之文書，例如：

1. 書函：

(1)於公務未決階段需要磋商、徵詢意見或通報時使用。

(2)代替過去之便函、備忘錄、簡便行文表，其適用範圍較函為廣泛，舉凡答復簡單案情，寄送普通文件、書刊，或為一般聯繫、查詢等事項行文時均可使用，其性質不如函之正式性。

2.開會通知單：召集會議時使用（見頁四四）。

3.公務電話紀錄：凡公務上聯繫、洽詢、通知等可以電話簡單正確說明之事項，經通話後，發話人如認有必要，可將通話紀錄作成兩份並經發話人簽章，以一份送達受話人簽收，雙方附卷，以供查考。

4.手令或手諭：機關長官對所屬有所指示或交辦時使用。

5.簽：承辦人員就職掌事項，或具幕僚性質之機關首長對上級機關有所陳述、請示、請求、建議時使用。

6.報告：公務用報告如調查報告、研究報告、評估報告等；或機關所屬人員就個人事務有所陳請時使用。

7.箋函或便箋：以個人或單位名義於洽商或回復公務時使用。

8.聘書：聘用人員時使用。

9.證明書：對人、事、物之證明時使用。

10.證書或執照：對個人或團體依法令規定取得特定資格時使用。

11.契約書：當事人雙方意思表示一致，成立契約關係時使用。

12.提案：對會議提出報告或討論事項時使用。

13.紀錄：記錄會議經過、決議或結論時使用。

14.節略：對上級人員略述事情之大要，亦稱綱要。起首用「敬陳者」，末署「職稱、姓名」。

15.說帖：詳述機關掌理業務辦理情形，請相關機關或部門予以支持時使用。

16.定型化表單。

第三節 公文的結構及作法

(一)公布法律、發布法規命令及人事命令：

1.公布法律、發布法規命令：

(1)令文可不分段，敘述時動詞一律在前，例如：

①訂定「○○○施行細則」。

②修正「○○○辦法」第○條條文。

③廢止「○○○辦法」。

(2)多種法律之制定或廢止，同時公布時，可併入同一令文處理；法規命令之發布，亦同。

(3)公、發布應以刊登政府公報或新聞紙方式為之，並得於機關電子公布欄公布；必要時，並以公文分行各機關。

2.人事命令：

(1)人事命令：任免、遷調、獎懲。

(2)人事命令格式由人事主管機關訂定，並應遵守由左至右之橫行格式原則。

(二)函：

1.行政機關之一般公文以「函」為主，製作要領如下：

(1)文字敘述應儘量使用明白曉暢，詞意清晰之文字，以達到公文程式條例第八條所規定「簡、淺、明、確」之要求。

(2)文句應正確使用標點符號。

(3)文內避免層層套敘來文，祇摘述要點。

(4)應絕對避免使用艱深費解、無意義或模稜兩可之詞句。

(5)應採用語氣肯定、用詞堅定、互相尊重之語詞。

(6)函的結構，採用「主旨」、「說明」、「辦法」三段式，案情簡單可用「主旨」一段完成者，勿硬性分割為二段、三段；「說明」、「辦法」兩段段名，均可因事、因案加以活用。

2.分段要領：

(1)「主旨」：為全文精要，以說明行文目的與期望，應力求具體扼要。

(2)「說明」：當案情必須就事實、來源或理由，作較詳細之敘述，無法於「主旨」內容納時，用本段說明。本段段名，可因公文內容改用「經過」、「原因」等名稱。

(3)「辦法」：向受文者提出之具體要求無法在「主旨」內簡述時，用本段列舉。本段段名，可因公文內容改用「建議」、「請求」、「擬辦」、「核示事項」等名稱。

(4)各段規格：

①每段均標明段名，段名之上不冠數字，段名之下加冒號「：」。

②「主旨」一段不分項，文字緊接段名冒號之下書寫。

③「說明」「辦法」如無項次，文字緊接段名冒號之下書寫；如分項條列，應另列縮格書寫。

④「說明」、「辦法」中，其分項條列內容過於繁雜、或含有表格型態時，應編列為附件。

3.行政規則以函檢發，多種規則同時檢發，可併入同一函內處理；其方式以公文分行或登載政府公報或機關電子公布欄。但應發布之行政規則，依本點(一)1.所定法規命令之發布程序辦理。

(三)公告：

1.公告一律使用通俗、簡淺易懂之文字製作，絕對避免使用艱深費解之詞彙。

2.公告文字必須加註標點符號。

3.公告內容應簡明扼要，非必要者如各機關來文日期、文號及會商研議過程等，不必在公告內層層套用敘述。

4.公告之結構分為「主旨」、「依據」、「公告事項」（或說明）三段，段名之上不冠數字，分段數應加以活用，可用「主旨」一段完成者，不必勉強湊成兩段、三段。

5.公告分段要領：

(1)「主旨」應扼要敘述，公告之目的和要求，其文字緊接段名冒號之下書寫。

(2)「依據」應將公告事件之原由敘明，引據有關法規及條文名稱或機關來函，非必要不敘來文日期、字號。有兩項以上「依據」者，每項應冠數字，並分項條列，另行低格書寫。

(3)「公告事項」（或說明）應將公告內容分項條列，冠以數字，另行低格書寫。使層次分明，清晰醒目。公告內容僅就「主旨」補充說明事實經過或理由者，改用「說明」為段名。公告如另有附件、附表、簡章、簡則等文件時，僅註明參閱「某某文件」，公告事項內不必重複敘述。

6.公告登載時，得用較大字體簡明標示公告之目的，不署機關首長職稱、姓名。

7.一般工程招標或標購物品等公告，得用定型化格式處理，免用三段式。

8.公告除登載於機關電子公布欄者外，張貼於機關公布欄時，必須蓋用機關印信，於公告兩字右側空白位置蓋印，以免字跡模糊不清。

(四)其他公文：

1.書函之結構及文字用語比照「函」之規定。

2.定型化表單之格式由各機關自行訂定，並應遵守由左至右之橫行格式原則。

附件一、公文紙格式

2.5 公分

檔號	年度號／分類號
	案次號／卷次號／目次號

（機關全銜）（文別）

（會銜公文機關排序：主辦機關、會辦機關）

地址：（會銜公文列主辦機關，令、公告不須此項）
聯絡方式：（會銜公文列主辦機關，令、公告不須此項）

（郵遞區號）
（地址）
受文者：（令、公告不須此項）

裝

發文日期：
發文字號：（會銜公文機關排序：主辦機關、會辦機關）
速別：（令、公告不須此項）
密等及解密條件或保密期限：（令、公告不須此項）
附件：（令不須此項）

（本文）（令：不分段
公告：主旨、依據、公告事項三段式
函、書函等：主旨、說明、辦法三段式）

正本：（令、公告不須此項）
副本：（含附件者註明：含附件或含○○附件）

訂

（蓋章戳）

1.5 公分　1 公分　2.5 公分

（會銜公文：按機關排序蓋用機關首長簽字章
令：蓋用機關印信、機關首長簽字章
公告：蓋用機關印信、機關首長簽字章
函：上行文——署機關首長職銜蓋職章
平、下行文——機關首長簽字章
書函、一般事務性之通知等：蓋機關（單位）條戳

線

說明：
一、本格式以 A4 七十磅以上模造紙或再生紙製作。
二、依據「公文程式條例」，如以電子交換方式行之，得不蓋用印信。
三、一般公文蓋用機關印信之位置，以在首頁中間偏右上方空白處用印為原則，簽署使用之章戳位置則於全文最後。

2.5 公分

附件二、公文封套

公文封信封規格

一、信封尺寸：（容許誤差 ±2 公厘）

(一)大型信封—長 353 公厘 × 寬 250 公厘

(二)中型信封—長 230 公厘 × 寬 160 公厘（內件公文二等份摺疊）

(三)小型信封—長 230 公厘 × 寬 115 公厘（內件公文三等份摺疊）

二、紙質：

(一) 大型信封採用 100 磅以上模造紙、再生紙，避免使用深色紙。

(二) 中、小型信封採用 80 磅以上模造紙、再生紙，避免使用深色紙。

三、製作規定：

(一) 大型信封封口在信封右側，中、小型信封封口在信封上側。

(二) 中、小型信封可採透明口洞式，其口洞應以高透明且不反光、無靜電之玻璃紙保護，開窗口位置及大小如下圖：

1.口洞大小：長 100 公厘 × 寬 45 公厘。

2.口洞位置：距信封上緣 50 公厘，距信封左緣 23 公厘。

3.信封下緣起 20 公厘爲條碼噴讀區，請保留空白；勿印製其他圖樣。

4.郵票黏貼位置應規範於信封右上角區域。

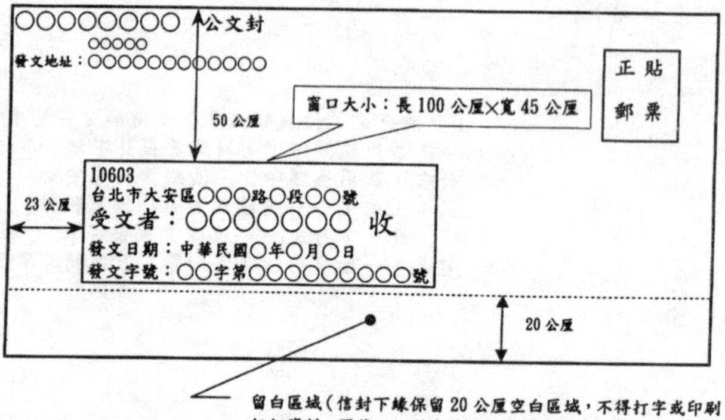

附件三、公文夾

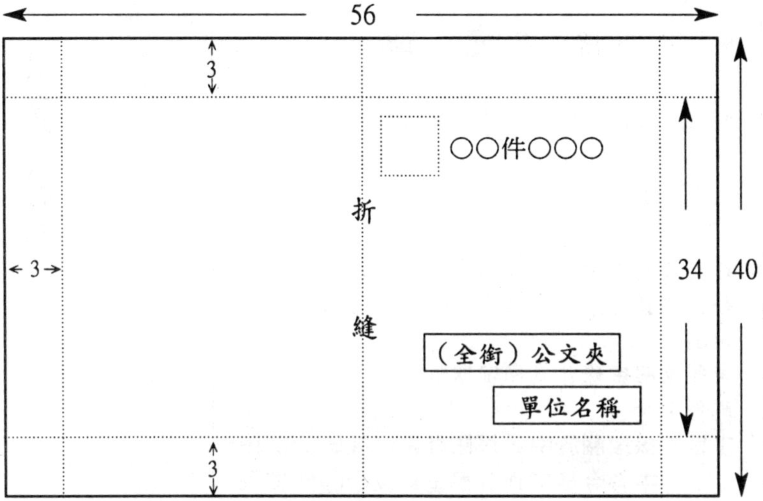

註：四邊虛線表示由外向內摺邊

公文夾內面左頁印說明及注意事項，其形式如下：

說明及注意事項：

一、公文夾專供機關內各單位遞送文件之用。

二、公文夾上須填明單位名稱。

三、公文夾顏色用途區分如下，各機關並得視實際需要自行訂定：

㈠紅色——用於最速件

㈡藍色——用於速件

㈢白色——用於普通件

㈣黃色——用於機密件

四、會簽會核時限如下：

㈠最速件　一小時

㈡速　件　二小時

㈢普通件　四小時

五、會簽、會核應依次傳遞。

第四節　公文示例

(一)公文範例：

三段式函（下行文）

行政院　函

地址：000 臺北市○○路 000 號
聯絡方式：（承辦人、電話、傳真、e-mail）

受文者：內政部

發文日期：中華民國○○年○○月○○日
發文字號：○○字第○○○○○○○○○○號
速別：
密等及解密條件或保密期限：
附件：

主旨：核復關於中華民國社區發展研究訓練中心今後工作計畫重點及○○年度預算一案，希照辦。

說明：本案係根據貴部○○年○○月○○日○○字第○○○○○○○○○○○○號函，並採納本院主計處及經濟建設委員會議復意見。

辦法：

一、所擬社區發展研究訓練中心今後工作計畫重點五項，原則照准，惟應加列「評估現行社區發展方案得失，以謀改進」一項。

二、應由部衡酌財力，就上列重點研擬詳細計畫報院，並就所需經費核實編列分配預算，其可節減部分不予分配。

正本：內政部
副本：本院主計處、本院經濟建設委員會
院　　　長　○○○

㈡公文範例說明：

1.機關（團體）名稱及文別：在公文紙上，首先應標明發文機關（團體）的名稱，必須是全銜，不能簡寫或省略，字體要印得略為大些，「行政院」即是。「文別」表示發文單位發的是什麼公文，例如是令、呈或函等。

2.受文者：受文者是指行文的對象，現行公文將受文者的名稱，寫在公文前面的第一行，如果受文者是機關或團體，應寫全銜。如果受文者是民眾，則在其姓名下加「先生」、「女士」或「君」字，以示禮貌。如果受文者是地方首長、團體主管或民意代表，則應稱其職銜。例如：「臺北縣某縣長」、「臺北市議會某議員」，「某某公司某董事長」等。

3.發文日期及字號：公文記明發文日期，以作為法律時效之根據。公文的發文日期可視同為公文的出生年月日。機關公文所註記的發文字號可視為公文的身分證字號。公文字號有便於查考、調卷，在復文或轉行時可供引據。實務上兩者組合即是該公文的代稱，有如人的名字一般。如向內政部查詢八十九年二月五日（89）社字第六六八七號函，只要將前述日期字號報出，內政部相關人員就能確定所指。發文字號中，字的部分各單位可自行設計，號的部分通常是流水號碼。

4.速別：係指希望受文機關辦理之速別。填「最速件」或「速件」等，普通件不必填寫。

5.密等及解密條件或保密期限：填「絕對機密」、「極機密」、「機密」、「密」，解密條件或保密期限於其後以括弧註記。如非機密件，則不必填寫。

6.附件：為了需要而將相關證書、圖片等資料隨文發送；或為了減省公文作業，而將已經完善之資料、公文等資料隨文發送，皆是適當的使用附件時機。公文如有附件，通常在說明段的最後一項敘明，如：上行文「檢陳……乙件。」檢陳術語在前，加上附件名稱，再加上數量。也可順著文章進行而穿插各項之中，如：「請參閱附件一」或「詳如附件五」，並在「附件」欄內註明「見說明第○項」。而單純函送資料如紀錄、聘書等文件者，通常在主旨段中標示，而在「附件」欄內註明「見主旨」。附件在二種以上時，應依序分別標示「附件一」、「附件二」等。

發文時附件項下，應註明所有附件名稱與數量。但若附件名稱與種類複雜，可依文內標舉附件處簡明書寫：「如說明三」或「如說明三、四」或「如主旨」等。附件儘量使用影本或電子檔案代替。

7.本文：本文是公文的主要部分，一般分為「主旨」、「說明」、「辦法」三段（作法請參閱「函」的分段要領）。以上三段，可視案情的繁簡而斟酌，案情簡單的公文，儘量用「主旨」一段完成，甚至於命令一類的公文，連「主旨」的段名都可省略；案情較繁的公文，用「主旨」、「說明」，或「主旨」、「辦法」二段，最繁的公文才用三段。

8.正本、副本：即與公文內容有關的機關或人員，分別逐一書明全銜或姓名，或以明確之總稱概括表示；其地址非眾所周知者，請註明。機關內部得以加發「抄本」之方式處理。

9.署名：署名是指在公文的文尾，簽署發文機關的首長職稱與姓名，以示負責，通常用「職銜簽字章」（簽字章：橡皮質，以正楷或行書陽文刻製，包括機關首長職銜與姓名）。

10.印信：公文蓋用印信，有證明和防止偽造的作用。有關公文蓋印信及簽署，「事務管理手冊」有統一的規定：

(1)各機關任何文件，非經機關首長或依分層負責規定授權各層主管判發者，不得蓋用印信。

(2)監印人員如發現原稿未經判行或有其他錯誤，應即退送補判或更正後再蓋印。

(3)監印人員於待發文件檢點無誤後，依左列規定蓋用印信：

①發布令、公告、派令、任免令、獎懲令、聘書、訴願決定書、授權狀、獎狀、褒揚令、證明書、執照、契約、證券、匾額及其他依法規定應加蓋用印信之文件，均蓋用機關印信及首長職銜簽字章。

②呈：用機關首長全銜、姓名，蓋職章。

③函：上行文署機關首長職銜、姓名，蓋職章。平行文蓋職銜簽字章或職章。下行文蓋職銜簽字章。

④書函、開會通知單、移文單及一般事務性之通知、聯繫、洽辦等公文，蓋用機關或承辦單位條戳。

⑤機關內部單位主管依分層負責之授權，逕行處理事項，對外行文時，由單位主管署名，蓋

單位主管職章或蓋條戳。

⑥機關首長出缺由代理人代理首長職務時，其機關公文應由首長署名者，由代理人署名。機關首長因故不能視事，由代理人代行首長職務時，其機關公文，除署首長姓名註明不能視事事由外，應由代行人附署職銜、姓名於後，並加註代行二字。如臺灣高等法院檢察署檢察長劉景義因公務出國，不能視事，由主任檢察官代為判行。此時臺灣高等法院檢察署公文之簽署式樣如（左上）。機關內部單位基於授權行文，得比照辦理。

檢察長**劉景義**公出 主任檢察官　鍾革代行

⑦會銜公文如係發布命令應蓋機關印信，其餘蓋機關首長職銜簽字章。

(4)一般公文蓋用機關印信之位置，以在首頁中間偏右上方空白處用印為原則，簽署使用之章戳位置則於全文最後。

(5)公文及原稿用紙在兩頁以上者，其騎縫處均應蓋（印）騎縫章。

(6)附件以不蓋用印信為原則，但有規定須蓋用印信者，依其規定。

(7)副本之蓋印與正本同，抄本（件）及譯本不必蓋印，但應分別標示「抄本（件）」或「譯本」。

(8)文件經蓋印後，由監印人員在原稿加蓋監印人員章，送由發文單位辦理發文手續。

(9)不辦文稿之文件，如需蓋用印信時，應先由申請人填具「蓋用印信申請表」，其格式由各機關自訂，惟內容應包括申請人簽章、蓋用印信之文別、受文者、主旨、用途、份數及蓋用日期等項目，陳奉核定後，始予蓋用印信。

(10)監印人員應備置印信蓋用登記表，對已核定需蓋印之文件，應予登記並載明收（發）文字號，申請表應妥為保存，以備查考。登記表及蓋用印信申請表，於新舊任交接時，應隨同印信專案移交。

11.副署：「公文程式條例」第三項第二項：「機關公文依法應副署者，由副署人副署之。」依「憲法」第三十七條規定：「總統依法公布法律，發布命令，須經行政院院長之副署，或行政院院長及有關部會首長之副署。」

以上十一項為現行公文結構中所可能包含的要件，並非每一類公文、每一件公文都須具備，實際處理上，依不同類別、不同內容，其構成要件也隨之不同。

附：印信、章戳

1.各機關印信及公文電子交換所需章戳應依「印信條例」及「印信製發啟用管理換發及廢舊印信繳銷辦法」與「機關公文電子交換作業辦法」等有關規定辦理外，其餘因處理文書需要章戳，得依照下列規定自行刻製，分交各有關單位或人員妥善使用之：

(1)條戳：木質或用橡皮刻製，以長方形為原則，用正楷或宋體字，由左至右，刻機關（單位）

全銜。於書函、開會通知單、移文單、建議單、通知單、催辦單等用之。

(2)簽字章：木質或用橡皮刻製，依機關首長、副首長及幕僚長等之，由左至右親筆簽名刻製，對外行文時用之。

(3)鋼印：鋼製、圓形，由左至右，刻鑄機關全銜（並得刻鑄機關全銜之英文名稱），其圓周直徑以不超過五公分為限，於職員證、證書、證券等證明文件上用之。

(4)校對章：用篆字、隸書或正楷刻製，由左至右，刻機關全銜或簡稱，並加「校對章」。

(5)騎縫章：款式與校對章同，並加騎縫標示字樣，於公文、附件或契約黏連處用之。

(6)附件章：款式與校對章同，並加「附件章」字樣，於公文之附件上蓋用之。

(7)收件章：用橡皮刻製，由左至右刻機關全銜，並加「收件章」字樣，並附日期及時間，於收受文件時用之。

(8)職名章：以正楷或隸書，由左至右，刻製職稱、姓名。

(9)電子文件章：由左至右，於收發電子文件時蓋用之。

2.機關印信章戳，除印信應由首長指定監印人員負責保管外，章戳亦應指定專人負責保管，如有遺失或冒用情事，應由保管人員負完全責任。

第五節　公文用語

㈠公文用語規定如左：期望及目的用語，得視需要酌用「請」、「希」、「查照」、「鑒核」或「核示」、「備查」、「照辦」、「辦理見復」、「轉行照辦」等。

㈡准駁性、建議性、採擇性、判斷性之公文用語，必須明確肯定。

㈢直接稱謂用語：

1.有隸屬關係之機關：上級對下級稱「貴」；下級對上級稱「鈞」；自稱「本」。

2.對無隸屬關係之機關：上級稱「大」；平行稱「貴」；自稱「本」。

3.對機關首長間：上級對下級稱「貴」，自稱「本」；下級對上級稱「鈞長」，自稱「本」。

4.機關（或首長）對屬員稱「台端」。

5.機關對人民稱「先生」、「女士」或通稱「君」、「台端」；對團體稱「貴」，自稱「本」。

6.行文數機關或單位時，如於文內同時提及，可通稱為「貴機關」或「貴單位」。

㈣間接稱謂用語：

1.對機關、團體稱「全銜」或「簡銜」，如一再提及，必要時得稱「該」；對職員稱「職稱」。

2.對個人一律稱「先生」、「女士」或「君」。

第六節 公文寫作注意事項

一、文字部分：

㈠基本要求：敘述文字應力求「簡、淺、明、確」的基本要求，所謂「簡」就是用語簡練；「淺」即是詞句明白通曉；「明」乃謂文義清楚肯定；「確」為指述確切翔實。

㈡措辭要得體：行文的語氣要適合身分立場，上行文要恭敬謙遜，不可諂媚或虛偽；平行文要不卑不亢，平和而有禮；下行文要溫和而確定，果斷而平實。

㈢應使用公文用語：公文用語為法律所統一規定，擬稿時應使用。

㈣錢幣的數目字要大寫：關於錢幣等的重要數目字，一定要大寫（如壹、貳、參……），以免被人塗改而遭受損失。

㈤應正確使用標點符號。

二、內容部分：

㈠**一文以一事為原則**：一般情況一件多以敘述一件事情為原則，但亦有例外，如遇有與本案有關係的，亦可在同一公文內敘述，不過要分辨主從，衡量輕重，以便決定次序的先後。

㈡**行文的目的要明確**：目的是「主旨」所在，發文者要使受文者做些什麼，在公文中必須有「肯定」、「明確」的表示。

㈢**行文必須要有依據**：如依據來文、法令或前案、事實或理論，均要引用正確。

㈣**要留有餘地**：公文中用字與語句，要留有轉圜的餘地。比如在公文中說：「……限於文到五日內辦妥具報，倘逾限未報，各級經辦人員應予記過處分」，這就太絕決了，如果萬一因故而不能依限辦妥，在事實上又不能記過，則如何處理善後？如果把「記過」改為「議處」字樣，則較便於行事，因為「議處」有如輕重不同的磨刀，可視實際情節而分別予以適當的處分。

三、字形標準規定：

㈠**分項標號**：應另列縮格以全形書寫為一、二、三、……，㈠、㈡、㈢……，1.、2.、3.、……，(1)、(2)、(3)。

㈡**內文**：

(1)中文字體及併同於中文中使用之標點符號應以全形為之。

(2)阿拉伯數字、外文字母以及併同於外文中使用之標點符號應以半形為之。

四、橫式書寫數字使用原則：

(一)為使各機關公文書橫式書寫之數字使用有一致之規範可循，特訂定本原則。

(二)數字用語具一般數字意義（如代碼、國民身分證統一編號、編號、發文字號、日期、時間、序數、電話、傳真、郵遞區號、門牌號碼等）、統計意義（如計量單位、統計數據等）者，或以阿拉伯數字表示較清楚者，使用阿拉伯數字。

(三)數字用語屬描述性用語、專有名詞（如地名、書名、人名、店名、頭銜等）、慣用語者，或以中文數字表示較妥適者，使用中文數字。

(四)數字用語屬法規條項款目、編章節款目之統計數據者，以及引敘或摘述法規條文內容時，使用阿拉伯數字；但屬法規制定、修正及廢止案之法制作業者，應依「中央法規標準法」、「法律統一用語表」等相關規定辦理。

數字用法舉例一覽表

阿拉伯數字／中文數字	用語類別	用法舉例
阿拉伯數字	代號（碼）、國民身分證統一編號、編號、發文字號	ISBN 988-133-005-1、M234567890、附表（件）1、院臺秘字第0930086517號、臺79內字第095512號
	序數	第4屆第6會期、第1階段、第1優先、第2次、第3名、第4季、第5會議室、第6次會議紀錄、第7組
	日期、時間	民國93年7月8日、93年度、21世紀、公元2000年、7時50分、挑戰2008‥國家發展重點計畫、520就職典禮、72水災、921大地震、911恐怖事件、228事件、38婦女節、延後3週辦理
	電話、傳真	（02）3356-6500
	郵遞區號、門牌號碼	100臺北市中正區忠孝東路1段2號3樓304室
	計量單位	150公分、35公斤、30度、2萬元、5角、35立方公尺、7.36公頃、土地1.5筆
	統計數據（如百分比、金額、人數、比數等）	80%、3.59%、6億3,944萬2,789元、639,442,789人、1‥3

阿拉伯數字／中文數字	用語類別	用法舉例
中文數字	描述性用語	一律、一致性、再一次、一再強調、一流大學、前一年、一分子、三大面向、四大施政主軸、一次補助、一個多元族群的社會、每一位同仁、一支部隊、一套規範、不二法門、三生有幸、新十大建設、國土三法、組織四法、零歲教育、核四廠、第一線上、第二專長、第三部門、公正第三人、第一夫人、三級制政府、國小三年級
	專有名詞（如地名、書名、人名、店名、頭銜等）	九九峰、三國演義、李四、五南書局、恩史瓦第三世
	慣用語（如星期、比例、概數、約數）	星期一、週一、正月初五、十分之一、三讀、三軍部隊、約三、四天、二三百架次、幾十萬分之一、七千餘人、二百多人
阿拉伯數字	法規條項款目、編章節款目之統計數據	「事務管理規則」共分15編、415條條文
	法規內容之引敘或摘述	依「兒童福利法」第44條規定：「違反第2條第2項規定者，處新臺幣1千元以上3萬元以下罰鍰。」 兒童出生後10日內，接生人如未將出生之相關資料通報戶政及衛生主管機關備查，依「兒童福利法」第44條規定，可處1千元以上、3萬元以下罰鍰。

阿拉伯數字／中文數字	用語類別	用法舉例
中文數字	法規制訂、修正及廢止案之法制作業公文書（如令、函、法規草案總說明、條文對照表等）	1. 行政院令：修正「事務管理規則」第二百十一條條文。 2. 行政院函：修正「事務管理手冊」財產管理第五十點、第五十一點、第五十二點，並自中華民國九十三年二月十六日生效……。 3. 「○○法」草案總說明：……爰擬具「○○法」草案，計五十一條。 4. 「關稅法施行細則」部分條文修正草案條文對照表之「說明」欄——修正條文第十六條之說明：一、「關稅法」第十二條第一項計算關稅完稅價格附加比例已減低為百分之五，本條第一項爰予配合修正。

第七節　機關公文傳真作業辦法

中華民國八十二年四月七日台八十二秘字第〇八六四一號令訂定發布

第一條　本辦法依公文程式條例第十二條之一訂定之。

第二條　機關公文傳真作業，除法律另有規定外，依本辦法之規定，但總統府及立法、司法、考試、監察四院另有規定者，從其規定。

本辦法之規定，於公營事業機構及公立學校適用之。

第三條　本辦法所稱傳真，係指送方將文件資料，以電話等通訊設備，透過電信網路傳輸，受方於其通訊設備上，即可收受該文件資料影印本之傳真方式。

第四條　各機關應指定單位或指派適當人員，負責辦理公文傳真作業。

第五條　傳真之公文，以公文程式條例第二條第一項第四款及第六款所定之公文為限。但左列公文，非經核准不得傳真：

一、機密性公文。

二、受文者為人民、法人或非法人團體之公文。

三、附件為大宗文卷、書籍、照（圖）片，或超過八開以上圖表之公文。

四、其他因傳真可能影響正確性之公文。

第六條　各機關對於內容涉及重要事項，須迅予處理之公文，得以先行傳真，事後應即補送原件之方式處理，並於文面註明。

第七條　承辦人員對於擬傳真之公文，應於公文原稿適當位置註明；並依規定程序陳核、繕校、蓋用印信或簽署及編號登記後始得傳真。

第八條　公文傳真應以原件為之；如係影印本，應經核准，其附件亦同。

第九條　公文傳真作業發文程序如左：

一、登錄傳真公文登記表（簿），記載受文者、發文字號、案由、傳送日期、時間、頁數及承辦單位（人員）等。

二、加蓋傳真作業辦理人員名章，於公文末頁適當位置。

三、撥通受方傳真電話，確認接收者身分後，開始傳真。

四、傳畢再通話對照傳真頁數無誤，文面加蓋傳真文件戳，附原稿歸檔。

第十條　受文單位傳真作業辦理人員收到傳真公文時，應於文面加蓋機關全銜之傳真收文章，註明頁數及加蓋騎縫章，並按收文程序辦理。

前項傳真公文，如有頁數不全或其他有關問題，傳真作業辦理人員應通知發文單位補正。

第十一條　各機關收受傳真公文用紙之質料及規格，均應照規定標準使用。

第十二條　各機關因處理傳真公文需要之章戳，得自行刻用之。

第十三條　各機關為配合實際業務需要，得依本辦法及有關規定，訂定公文傳真作業要點。

第十四條　傳真公文之保管、保密及其他未盡事宜，依事務管理規則及其手冊等有關規定辦理。

第十五條　本辦法自發布日施行。

第八節　機關公文電子交換作業辦法

中華民國八十三年六月三日八十三台院秘字第一九九九三號令訂定發布

第一條　本辦法依公文程序條例第十二條之一訂定之。

第二條　機關公文電子交換作業，依本辦法之規定，但總統府及立法、司法、考試、監察四院另有規定者，從其規定。

第三條　本辦法所稱電子交換，係指將文件資料透過電腦系統及電信網路，予以傳遞收受者。

第四條　各機關對於適合電子交換之機關公文，於設備、人員能配合時，應以電子交換之。

第五條　機關公文以電子交換行之者，得不蓋用印信或簽署。

第六條　各機關應由文書單位負責辦理機關公文電子交換作業。

第七條　機關公文電子交換作業發文處理應注意事項如左：

一、公文於電子交換前應列印全文，並校對無誤後做為抄件。

二、發文作業人員應輸入識別碼、通行碼或其他識別方式，於電腦系統確認相符後，始可進行發文作業。

三、檢視電腦系統已發送之訊息。

四、行文單位兼有電子交換及非電子交換者，應列印清單，以資識別。

五、電子交換後應於公文原稿加蓋「已電子交換」戳記，並將抄件併同原稿退件或歸檔。

六、透過電子交換之公文，至遲應於次日在電腦系統檢視發送結果，並為必要之處理，發文機關得視需要將所傳遞公文及發送紀錄予以存證。

第一項第五款之章戳，由各機關自行刊刻。

第八條　機關公文電子交換作業收文處理應注意事項如左：

一、收文作業人員應輸入別碼、通行碼或其他識別方式，於電腦系統確認相符後，即時或定時進行收文作業。

二、列印收受之公文，同時由收文方之電腦系統加印頁碼及騎縫標識，並按收文處理作業程序辦理。

三、來文誤送或疏漏者，通知原發文機關另為處理。

第九條　機關公文電子交換之收、發文程序，各機關得視需要增加其他安全管制措施。

第十條　機關公文電子交換之管理事項，由行政院指定機關辦理。

第十一條　各機關辦理機關公文電子交換事宜，其電腦化作業應依行政院訂頒之相關規定行之。

第十二條　各機關為配合實際業務需要，得依本辦法及有關規定，自行訂定機關公文電子交換作業要點。

第十三條　受文者為人民之機關公文，以電子交換行之者，得不適用第六條至第八條之規定，由各機關依其業務需要另定之。

第十四條　本辦法之規定，於公營事業機構及公立學校準用之。

第十五條　本辦法自發布日施行。

第九節　公文的範例

一、令

㈠公布法令

行政院　令

發文日期：中華民國○○年○○月○○日
發文字號：○○字第○○○○○○○○○○○○號

修正「臺灣地區與大陸地區人　民關係條例施行細則」部分條文。

附修正「臺灣地區與大陸地區人民關係條例施行細則」部分條文。

院　　長　○○○

㈡晉任令

總統　令

發文日期：中華民國○○年○○月○○日
發文字號：○○字第○○○○○○○○○○○○號

陸軍中將○○○晉任為陸軍二級上將。

海軍少將○○○晉任為海軍中將。

空軍上校○○○晉任為空軍少將。

總　　統　○○○
行政院院長　○○○
國防部部長　○○○

考試院　呈

地址：000 臺北市○○路 000 號

聯絡方式：（承辦人、電話、傳真、e-mail）

受文者：總統

發文日期：中華民國○○年○○月○○日

發文字號：○○字第○○○○○○○○○○○號

速別：

密等及解密條件或保密期限：

附件：

主旨：呈請特派○○○為○○○年特種考試警察人員考試典試委員長。

說明：

一、行政院內政部○○字第○○○○○○○○○○號函請舉行○○○年特種考試警察人員考試。

二、依典試法施行細則第3條規定，呈請特派○○○為該項考試典試委員長。

正本：總統

副本：行政院、內政部、本院考選部、○○○先生

考試院院長　○○○　□（職章）

三、咨

㈠

總統　咨

發文日期：中華民國○○年○○月○○日
發文字號：○○華總字第25520號

行政院院長連戰以第三屆立法委員於（85）年2月1日集會就職，呈請辭職，已予照准。茲擬以連戰續任行政院院長，連君器識宏遠，才猷敏卓，歷任駐外大使、行政院青年輔導委員會主任委員、交通部部長、行政院副院長、外交部部長、臺灣省政府主席等職，治事勤慎，獻替良多，而於行政院院長任內，推動各項政務，擘劃周詳，尤具績效。以之續任行政院院長，必能勝任有成。爰依憲法第55條第1項之規定，提請
貴院同意，以便任命。此咨
立法院

總統　李登輝　□（總統之章）

立法院　咨

受文者：總統

發文日期：中華民國〇〇年〇〇月〇〇日

發文字號：〇〇字第〇〇〇〇〇〇〇〇〇〇〇〇〇號

主旨：制定強制汽車責任保險法，咨請　公布。

說明：

一、依據行政院81年6月24日臺81財字第2180號函及本院委員沈智慧等二十一人提案併案審議。

二、經本院交通、財政、司法三委員會聯席審查後，提報本院第3屆第2會期第25次會議討論決議：「強制汽車責任保險法草案修正通過」。

三、已函復行政院查照。

四、檢附強制汽車責任保險法條文壹份。

院　　　長　〇〇〇（職銜簽字章）

四、函

(一)二段式函（下行文）

臺北市政府　函

地址：000 臺北市○○路 000 號

聯絡方式：（承辦人、電話、傳真、e-mail）

100

臺北市○○區○○○路○段 000 號

受文者：臺北市政府工務局

發文日期：中華民國○○年○○月○○日

發文字號：○○字第○○○○○○○○○○號

速別：最速件

密等及解密條件或保密期限：

附件：

主旨：「臺北市環境美化會報設置要點」自○年○月○日廢止，請　查照。

說明：依據本府人事處案陳貴局○年○月○日○字第○號函辦理。

正本：臺北市政府工務局

副本：臺北市政府工務局公園路燈管理處

市　　長　○○○

行政院　函

地址：000 臺北市○○路000 號
聯絡方式：（承辦人、電話、傳真、e-mail）

100
臺北市○○區○○○路○段000 號
受文者：立法院
發文日期：中華民國○年○月○日
發文字號：○○字第○○○○○○○○○○○號
速別：最速件
密等及解密條件或保密期限：
附件：如文

主旨：函送「公文程式條例」第七條、第十三條、第十四條修正草案及「中央法規標準法」第八條修正草案，請　查照審議。

說明：

一、鑒於國際間交往日愈密切，文書資料來往頻繁，歐美文字都是由左至右橫式排列，國內目前直式書寫如遇引用外文或阿拉伯數字時，往往形成扞格。為與國際接軌，並兼顧電腦作業平臺屬性，使公文製作更具便利性，進而提升公文處理效率，爰擬具「公文程式條例」第七條、第十三條、第十四條修正草案及「中央法規標準法」第八條修正草案。

二、經提本（九十二）年八月十三日本院第二八五二次會議決議：「通過，送請立法院審議。」

三、檢送「公文程式條例」第七條、第十三條、第十四條修正草案及「中央法規標準法」第八條修正草案條文對照表（含總說明）各三份。

正本：立法院
副本：
院　　長　○○○

(三)二段式函(上行文)

臺北市松山區公所　函

地址：000 臺北市○○路 000 號

聯絡方式：(承辦人、電話、傳真、e-mail)

100

臺北市○○區○○○路○段 000 號

受文者：臺北市政府

發文日期：中華民國○年○月○日

發文字號：○○字第○○○○○○○○○○○○號

速別：最速件

密等及解密條件或保密期限：

附件：名冊五份

主旨：檢陳本公所○○年下期公文處理合於獎勵之主任秘書以上人員名冊五份，請　核獎。

說明：

一、依　鈞府○年○月○日○字第○○○○○○○○○○號函辦理。

二、其他人員俟按權責核定後再行報備。

正本：臺北市政府

副本：

區　　　長　○○○(蓋職章)

行政院　函

地　　址：000 臺北市○○路 000 號

聯絡方式：（承辦人、電話、傳真、e-mail）

受文者：各部會處局署及省市政府

發文日期：中華民國○○年○○月○○日

發文字號：○○字第○○○○○○○○○○○○○號

速別：最速件

密等及解密條件或保密期限：

附件：

主旨：禁止本院所屬公務人員從事不動產買賣謀取非法利益，如有違反規定，應按違抗命令予以記大過二次免職，涉及刑事責任者，並移送法辦，請轉告所屬切實照辦。

辦法：

一、嚴禁公務人員以本人或利用配偶或無獨立生活能力子女之名義，從事經營不動產買賣之商業行為，違者免職。其有壟斷、投機情事者，並依法嚴懲。

二、嚴禁各級公務人員利用職務上之便利買賣不動產，違者免職，並依法嚴懲。

三、公務人員利用職務上之權力、機會、方法或秘密消息，自為或使他人為不動產買賣之營利行為而圖利者，先予免職，並依貪污治罪，從嚴懲處。

四、該管長官知其所屬人員有上述情事，而不依法處置者，嚴予懲處。

正本：各部會處局署及省市政府

副本：

院　　　長　○○○

(五)三段式函（下行文）

行政院衛生署　函

地　　址：000 臺北市○○路 000 號
聯絡方式：（承辦人、電話、傳真、e-mail）

受文者：臺北市政府
發文日期：中華民國○○年○○月○○日
發文字號：○○字第○○○○○○○○○○○○號
速別：
密等及解密條件或保密期限：
附件：檢附「食品衛生管理處罰要點」○份

主旨：請加強食品衛生檢驗，以維護國民健康，避免發生中毒事件。

說明：

一、據報若干食品製造及餐飲業者，但圖私利，罔顧道德，任意添加人工甘味、色素、硼砂及其他有害人體的化學物品，以致食用者屢有中毒情事，影響國民健康甚鉅。

二、檢附「食品衛生管理處罰要點」○份。

辦法：

一、請轉知各地衛生機構，會同當地警察人員，隨時抽查，如有不合衛生之食品製造場所、販賣場所及食品，應從嚴取締，責令改善。

二、如發生食品中毒情事，應徹查原因，嚴究責任，並立即採取有效措施，遏止事態擴大。

正本：臺北市政府、高雄市政府
副本：內政部警政署、經濟部商品檢驗局

署　　長　○○○

外交部、財政部、經濟部　函

地　　址：000臺北市○○路000號
聯絡方式：（承辦人、電話、傳真、e-mail）

100
臺北市○○區○○○路○段000號
受文者：行政院
發文日期：中華民國○○年○○月○○日
發文字號：○○字第○○○○○○○○○○○○號
　　　　　○○字第○○○○○○○○○○○○號
　　　　　○○字第○○○○○○○○○○○○號
速別：最速件
密等及解密條件或保密期限：
附件：「加強中約暨中沙友好關係方案」三份

主旨：檢送「加強中約暨中沙友好關係方案」，請核備。

說明：

一、為進一步加強我國與約旦暨沙烏地阿拉伯兩王國之友好關係，本財政部○部長、本經濟部○部長、○次長及本外交部○部長、○次長、○司長於○年○月○日在外交部舉行會議，經依照中約雙方會商決定之項目及○部長訪問沙國所建議之事項，逐項縝密商討，擬定「加強中約暨中沙友好關係方案」一種，並決定由主辦單位負責籌劃，迅付實施。

二、附前述方案一式三份。

正本：行政院
副本：
部　　　長　○○○（蓋職章）
部　　　長　○○○（蓋職章）
部　　　長　○○○（蓋職章）

申請函

發文日期：中華民國○○年○○月○○日

發文字號：○○字第○○○○○○○○○○○○○號

受文者：考選部

主旨：請發給考試及格證明，以便就任公職。

說明：申請人於民國○○年○○月參加○○年特種考試國防行政及技術人員考試（乙等考試新聞行政人員），經公告優等及格在案。

請求：現因轉任公務人員，請發給考試及格證明文件壹份，以便就任公職送審使用。

申請人：○○○　私章

性　別：○

年　齡：○○歲

住　址：北投郵政○號信箱

五、公告

(一)張貼公告欄用

○○縣政府　公告

發文日期：中華民國○○年○○月○○日

發文字號：○○字第○○○○○○○○○○○號

主旨：公告宣誓就職，即日起接事。

依據：

一、宣誓條例。

二、臺灣省政府函。

公告事項：○○已於○○年○○月○○日時在

本府宣誓就職，同日接事。

縣　　長　○○

六、其他公文

㈠書函

臺北市○○國民中學　書函

地址：000 臺北市○○路 000 號

聯絡方式：（承辦人、電話、傳真、e-mail）

100

臺北市○○區○○○路○段 000 號

受文者：臺北市市立動物園

發文日期：中華民國○○年○○月○○日

發文字號：○○字第○○○○○○○○○○○○號

速別：

密等及解密條件或保密期限：

附件：

主旨：本校○年級學生計○○人，訂於○年○月○日前往貴園參觀，屆時請派員、指導，請　查照。

說明：本案本校聯絡人：○○○

電話：○○○○○○○○○。

正本：臺北市市立動物園

副本：臺北市政府教育局

（臺北市○○國民中學條戳）

行政院研究發展考核委員會
開會通知單

受文者：

發文日期：中華民國93年7月8日

發文字號：會訊字第0930015999號

速別：最速件

密等及解密條件或保密期限：普通

附件：議程資料

開會事由：推動公文橫式書寫資訊作業研習會議。

開會時期：中華民國93年7月15日星期四

開會地點：公文G2B2C資訊服務中心（臺北市東興路57號3樓）

主持人：何處長全德

聯絡人及電話：嚴分析師榆 02-23419066轉813

出席者：總統府第二局、行政院秘書處、立法院秘書處、司法院秘書處、考試院秘書處、監察院秘書處、行政院各部會行處局署暨省市政府、各縣市政府

列席者：檔案管理局、本會資訊管理處、公文G2B2C資訊服務中心、資訊工業策進會電子商務研究所、傑印資訊股份有限公司、精融網路科技股份有限公司、敦陽科技股份有限公司

副本：

備註：

（蓋章戳）

(三)簽（下級機關首長對上級機關首長用）

簽　於（機關或單位）

主旨：○○部為亞洲開發銀行請撥付亞洲蔬菜研究發展中心補助新臺幣○○○元，擬准動支本年度第二預備金，簽請　核示。

說明：○○部函為○○銀行以亞洲開發銀行請自該行B帳戶我國繳付本國幣股本內支付亞洲蔬菜研究發展中心新臺幣○○○元，業已先行墊撥，上項亞洲蔬菜研究發展中心補助費，本年度未列預算，既由○○銀行墊付，請准在○○年度第二預備金項下撥還歸墊。又本案事關涉外重要案件，特專案簽辦。

擬辦：擬准照○○部所請在本年度中央政府總預算第二預備金項下動支。

敬陳

副○長
○　長

○○○（蓋職章）（日期及時間）

(四)報告

請婚假

報告

發文日期：中華民國○○年○○月○○日

發文字號：○○字第○○○○○○○○○○○○○號

於　會　計　室

主旨：請婚假兩週，請　賜准，並遴員代理職務。

說明：

一、職訂於○○月○○日與某某小姐結婚。

二、請　准婚假十二工作天，自○○月○○日起至○○月○○日止。所遺職務，請遴派人員代理。

三、檢附結婚喜帖一紙。

敬　陳

主任

局長

（蓋級職姓名章）

應用練習！

一、公文有哪幾種類別，各於何時使用？

二、「鈞」、「大」、「貴」在使用時有何區別？

三、公文夾有哪幾種顏色？各有何種用途？

四、你目前是高雄縣立○○國中的訓育組長，奉命辦理全體二年級學生參觀海洋生物科學館，試擬一份書函給該館。

【參考解答】

高雄縣立
○○國民中學　書函

地址：○○○高雄縣○○路○○號
聯絡方式：（承辦人、電話、傳真、e-mail）

944
屏東縣車城鄉○○路○○號
受文者：國立海洋生物科學館

發文日期：中華民國○○年○○月○○日
發文字號：○○字第○○○○○○○○○號
速別：
密等及解密條件或保密期限：
附件：

主旨：本校二年級學生計○○○人，訂於○○年○○月○○日前往貴館參觀，時間為○○時至○○時，屆時請派員、指導，請　查照。
說明：本案本校聯絡人：○○○
電話：○○○○○○○○
正本：國立海洋生物科學館
副本：高雄縣政府教育局

（高雄縣立○○國民中學條戳）

五、試擬一件申請函——學校規定住校同學一律晚自習到九點，而你的弟弟（或妹妹）因某種原因（自訂），無法留校晚自習，校方要家長出具申請函。試為父母擬定此函。

【參考解答】

申請函

受文者：○○大學（學院）

主旨：請　准敝子弟免於晚自習。

說明：敝人因單親家庭緣故，工作繁忙，敝子弟每晚須於家中協助照顧弟妹。

請求：自○○年○○月○○日起至本學期止，請　准敝子弟○○○免於晚自習。

申請人：○○○

性別：○

年齡：○○歲

職業：

住址：

電話：

六、你個人目前擔任行銷部門的外務員，因所任非所長，適聞研發部門有缺，你打算寫一份「簽」給行銷部門經理，以表達轉任意願。試擬之。

【參考解答】

簽 於行銷部門

主旨：職現任行銷部門外務員，因所任非所長，深恐影響工作效率。茲聞研發部門有缺，請改派該部門工作，是否可行？請　核示。

說明：

一、職係民國○○年公司徵才時獲選進入研發部門服務，當時因行銷部門出缺甚多，故受命暫往該部門工作，迄今已二年三個月。

二、職畢業於○○大學資訊工程學系，而現在工作則為行銷工作，與所學所長相距太遠，身心時感痛苦，更恐影響工作效率。

三、現聞研發部門陳科員○○已奉　准辭職，該職位係掌理程式設計工作，與職所學所長相合。

敬　陳

經理

協理

總經理

○○○（職章。日期。時間）

七、你目前就職於○○公司資訊部門，因考取○○大學○○研究所，想要辭職，試擬一份報告。

【參考解答】

報　　告

發文日期：中華民國○○年○○月○○日

發文字號：○○字第○○○○○○○○○號

於資　訊　部

主旨：職考取國立○○大學○○研究所，即須報到入學，敬請　賜准辭職。

說明：

一、職自經○○大學畢業，有幸考取本公司以來，瞬逾五載，猥承　匡助指教，幸免隕越。茲以日常處理業務，每感學識膚淺，力不從心，亟思入研究所深造。

二、檢附○○大學○○研究所錄取通知書一份。

經理

總經理

（蓋級職姓名章。）

【近三年高普特考公文試題】

※八十八年度

*試擬台北市政府函所屬機關學校，請提早辦理防颱準備工作，以確保市民生命財產安全。（高考三級考試／下行函）

*試擬行政院衛生署致各縣市政府函：根據稽查結果，違法販售藥品之情形十分普遍，請所屬衛生局徹底檢查所轄各藥房、藥局等，如有販售偽禁藥品，應嚴加取締，並依法送辦，以維護人民身體健康及社會治安。（普考／平行函）

*試擬交通部民用航空局函所屬各航空站：各主管人員應切實注意所屬員工日常生活操守，並加強服務觀念，今後人事升遷、考核即以此為重要之依據。（交通特考民航技術員／下行函）

*下屆總統及國民大會代表選舉將於明年初舉行，為維護選舉期間通訊網路之暢通，請試擬交通部致中華電信股份有限公司函：囑即轉知所屬除切實維護通訊線路之安全外，其應挖掘道路裝設或更換管線者，儘速於本年年底前裝設完成。（電信升資考試員級晉高員級／下行函）

*試擬交通部致其所屬臺灣區國道高速公路局函：邇來高速公路兩側設置廣告物越來越多，對觀瞻和安全影響甚巨，請確實查報，並協調所轄地方政府徹底取締，以維護道路景觀和交通安全。（電信升資考試佐級晉員級／下行函）

＊試擬教育部函全國各級學校：當與當地警政機關密切配合，慎防不良幫派滲入校園吸收徒眾擾亂滋事，以維護學生之安全與社會之安定。（警察特考二等／下行函）

＊試擬內政部警政署函各縣市政府警察局：時值夏季，氣候炎熱乾燥，易滋火災。希督飭所屬，加強防火宣導及救災演練，以確保民眾生命安全及財產。（警察特考三等／下行函）

＊試擬行政院致交通部函：為國內橋樑老化、河川盜採、重車超載等問題，影響公路橋樑安全，應儘速建立橋樑維護管理系統，並擬訂優先順序，加強維修管理工作。（警察特考四等／下行函）

※八十九年度

＊試擬內政部致警政署函：請嚴格督促所屬做好春安工作，以充分保障春節期間的社會秩序及人民生命財產的安全。（基層特考三等／下行函）

＊試擬臺北市政府函所屬各級學校，嚴禁在上課期間有行政電話干擾教學。（基層特考四等／下行函）

＊試擬行政院農業委員會函：為利水土保持與未來發展觀光事業計，請將九二一大地震，造成峰巒光禿、山勢陡峭之九九峰，研究劃設為自然保留區報核。（原住民特考三等／下行函）

＊試擬臺北市政府函所屬各級學校，加強宣導節約能源，以充實國力。（原住民考四等／下行函）

＊試擬司法院致所屬各法院函：為維護司法官身心健康，避免工作過勞，請擬訂各項方案，切實

推行。（第一次司法特考三等／下行函）

＊試擬行政院函所屬各機關：為嚴守行政中立，禁止公務人員於辦公時間從事各項公職人員選舉之助選活動，並督導所屬切實遵行。（第一次司法特考四等／下行函）

＊試擬衛生署致「九二一地震」災區之相關主管機關函，在災後重建工作展開之際，請注意維護災民之身心健康，擬具辦法並確實執行。（關務簡任升等／下行函）

＊試擬行政院致所屬各級機關加強親民愛民服務，提高行政效率，以貫徹行政革新。（關務薦任升等／下行）

＊試擬內政部警政署函直轄市及各縣市警察局：時值暑假期間，青少年犯罪日益猖獗，希督飭所屬加強預防犯罪宣導及積極從事犯罪偵防，以維護社會治安。（警察特考三等／下行函）

＊試擬內政部警政署函所屬警察機關，為刻正推行之警察人員減肥計畫，安排適當課程，提供改善計畫，檢討所發生之缺點，避免衍生不幸事件，使全國警察人員均能達到瘦身與強健體魄，善盡職守之雙重目標。（警察特考四等／下行函）

＊試擬行政院衛生署函所屬衛生機關：邇來發現日本腦炎數起，似有流行趨勢，為抑制疫情，請即於轄區採取防範措施，並加強宣導，以維護民眾健康。（高考三級考試／下行函）

＊試擬內政部致各縣市政府函：鑑於不法之徒假借怪力亂神之道，使民眾受害之事時有所聞，希加強宣導正當的宗教信仰，並切實做好教會、寺廟、神壇等各宗教活動處所的管理工作，以維

護社會善良習俗。（普考／下行函）

※九十年度

＊試擬行政院衛生署致各縣市政府函：為預防漢他病毒感染人體，各縣市衛生機關應加強宣導民眾，積極展開滅鼠工作。（初考第一梯次／平行函）

＊試擬行政院函所屬各機關：希全面配合加速九二一災後復建工程，早日減輕災民痛苦。（初考第二梯次／下行函）

＊試擬臺北縣政府致所屬各鄉、鎮、市公所函：近來火災頻傳，請以村、里為單位，徹底做好預防工作，俾民眾能提高警覺，以維護人民生命財產的安全。（基層特考三等／下行函）

＊試擬臺南縣政府衛生局函所屬各鄉鎮市衛生所：加強宣導保健及醫療服務，以促進國民身體健康。（基層特考四等／下行函）

＊試擬教育部函所屬縣市政府教育機構：於義務教育中除加強外語和電腦教學外，請同時加強培養學生的法治觀念和人文素養。（民航特考三等／下行函）

第二章 會議文書

第一節 會議文書的意義

國父在《民權初步》中說：「凡研究事理而為之解決，一人謂之獨思，二人謂之對話，三人以上而循有一定規則者，則謂之會議。」內政部訂定的《會議規範》第一條說：「三人以上，循一定之規則，集思廣益，研究事理，尋求多數意見，達成決議，解決問題，以收群策群力之效者，謂之會議。」現代社會中，每一個國民隨時都有出席會議、召集會議或主持會議的機會，對於有關會議的各種文書，也就不能不加以了解。

會議文書，就是開會時所用的文書，重要的有以下幾種：

一、開會通知

會議至少有三個人以上參加，所以會議的進行，在事前必須經過召集，即使是定期性的例會，為免出席人臨時忘記，也要在會前予以通知，這種召集會議的文書，就叫做「開會通知」。

二、議事程序

簡稱「議程」。會議程序是開會前預先擬定的會議期間各項活動（如報告、討論、表決等）和儀式安排。若會議超過一天，又稱為會議日程。

三、會議提案

又稱「議案」。是出席人員在開會前或會議進行時，提出的書面動議，目的是希望揣己提出的事項列入議程。通常在會議進行時，提出的動議又稱臨時動議。

四、會議紀錄

又稱「議事紀錄」。為會議全部過程及內容的書面紀錄。因為會議中討論及通過的決定，對全體出席者，甚至整個機構團體的成員都有約束力，故必須詳細紀錄保存，作為憑證。

第二節　會議文書的作法

一、開會通知

開會通知通常採兩種方式：一為書函式通知，其格式與信函相似；一為表格式通知，多已印妥固定表格，此種辦法較為簡捷。開會通知，均具有時間性，為提示收文單位注意，應於通知封套上加蓋：「開會通知，提前拆閱」戳記，以免延誤開會時間。

開會通知的內容必須包含下列各項：㈠召集會議機關、團體名稱與發文日期；㈡會議時間、地點；㈢會議名稱與性質；㈣會議議題；㈤出席人、列席人姓名；㈥主席（召集人）姓名；㈦備註。

「備註」用以寫明參與會議的人應注意的事項。如「附送會議參考資料」、「請攜帶會議資料」、「如有提案請於會前○日送交○○單位」等。

【舉例】

㈠書函式

三民中學開會通知單

聯絡人及電話：教學組長○○○
○○○○○○

受文者：○○○老師
密等及解密條件：
發文日期：中華民國○○年○月○日
發文字號：○○字○○○號
附件：會議議程一份
開會事由：召開○○學年度第○學期教學研討會
開會時間：○○年○月○日（星期○）○時○分
開會地點：本校圖書館
主持人：教務主任○○○
出席者：本校全體教師及教務處行政人員
列席者：校長○○○
副本：
備註：如有提案，請於○月○日前送交教務處

（蓋章戳）

【說明】此份格式，乃依據行政院87年3月26日，臺87祕字第一二五九八號函新修訂《文書處理檔案管理手冊》內之新格式

㈡表格式

三民中學開會通知單

受文者	○○○老師	發文	日期：中華民國○○年○月○日 字號：○○字第○○○號 附件：會議議程一份
會議事由	召開○○學年度第○學期校務會議		
開會日期	○○年○月○日（星期○）○時○分	開會地點	本校會議室
主持人	校長○○○	連絡人	○○○　電話　分機○○○
參加單位及出席人員	本校全體教師及行政人員	列席單位及列席人員	學生會主席闕立同學 學生代表張淑貞同學
備註	如有提案，請於○月○日以前送交秘書室		
發文單位	秘書室		

二、議事程序

議事程序的內容約有以下幾項：㈠會議名稱，下加「議程」或「日程」（如為多日會議）字樣；㈡報告事項；㈢討論事項；㈣臨時動議；㈤選舉（無則從略）；㈥散會。

議事程序有條列式、表格式兩種。一般的會議多用條列式；長時間（如全日或數日）會議往往項目繁多，需以列表方式編訂。

【舉例】

㈠條列式

三民中學○○學年度第○學期第○次校務會議議程

時間：民國○○年○月○日（星期○）○午○時
地點：本校會議室
甲、報告事項
一、校長報告
二、宣讀上次會議紀錄
三、各處、室主任報告
乙、討論事項
一、教務處所提「訂定下學年度各年級新開課程草案」，請討論案（詳後附資料一）。
二、訓導處所提「本校高三學生畢業後旅行計畫」，請討論案（詳後附資料二）。
丙、臨時動議
丁、分組選舉各科教學研究會召集人
戊、散會

(二)表格式

○○大會議事○日程

日期	星期	上午 8:00～8:50	上午 9:00～9:50	上午 10:00～10:50	上午 11:00～11:50	下午 2:00～2:50	下午 3:00～3:50	下午 4:00～4:50	下午 5:00～5:50
○月○日	一	報到		開幕典禮		預備會議			
○月○日	二	討論章程		分組審查提案		討論提案		討論提案	
○月○日	三	首長講話	選舉			討論大會宣言	閉幕典禮	茶會	
附註	本日程表由大會預備會議通過實施之。								

三、會議提案

提案的內容應具備：㈠案由（即提案的主旨）；㈡說明（或作「理由」，說明提案的理由）；㈢辦法（應具體列出可行的辦法）；㈣提案人（提出此案者）；㈤附署人（簽署附議此提案者，須一人以上）。

【舉例】

三民中學○○學年度第○次學生代表會議提案

案由：請向校方申請班級話劇比賽活動案。

說明：

一、鼓勵同學參與課外活動，特提此案。

二、提昇同學編劇、演劇的能力。

辦法：

一、以班級為單位，參與比賽。

二、話劇內容可以從古今小說、戲曲改編，亦可自創。

三、評審請學校教師或校外人士擔任。

四、場地請校方支援。

提案人：○○○

附署人：○○○　○○○

四、會議紀錄

會議紀錄也稱議事紀錄，簡稱議事錄。換句話說，會議紀錄也就是議事的證據，因此，會議紀錄應屬會議文書中最重要的一種。

根據《會議規範》第十一條規定，開會應備置會議紀錄，其項目如下：㈠會議名稱及會次；㈡會議時間；㈢會議地點；㈣出席人姓名及人數；㈤列席人姓名；㈥請假人姓名；㈦主席姓名；㈧紀錄姓名；㈨報告事項；㈩選舉事項、選舉票數及結果（無此項目者，從略）；⑾討論事項、表決方法及結果；⑿其他重要事項；⒀散會（註明時間）；⒁主席、紀錄分別簽署。

【舉例】

第一屆立法院第○○會期第○○次會議議事錄

時間：中華民國○○年○月○日上午九時至十一時五十分下午三時至六時
地點：臺北市中山南路本院交誼廳
出席委員：三百六十六人
請假委員：二十二人
缺席委員：九十九人
主　　席：○○○

秘　書　長：〇〇〇
紀　　　錄：秘書處長　〇〇〇
　　　　　　秘書〇〇〇　〇〇〇
　　　　　　議案科長〇〇〇
　　　　　　速記長　〇〇〇

報告事項

一、宣讀本院第〇〇會期第〇〇次會議議事錄。

二、監察院函送決算法第二十四條，第二十六條，第三十條及第三十四條修正條文草案請審議見覆，並於審議時，通知本院推派人員列席說明案。

三、行政院函據教育部呈覆〇〇年中央政府追加預算歲出審查報告所列有關該部辦理事項一案請查照案。

決議：本案交預算委員會

討論事項

一、本院經濟委員會報告審查行政院函請審議中國石油公司與美國美孚莫比及聯合化學兩公司所簽訂共同投資設立尿素廠之合作契約案。

決議：本案俟下次會議繼續討論

表決方法：口頭表決

表決人數：全體無異議

散會：下午六時

主席　〇〇〇
紀錄　〇〇〇

應－用－練－習！

一、試作某次班會紀錄。必須註明時間、地點、出席人數，並具備報告事項、討論事項等內容，如有選舉，也要詳加紀錄。

【參考解答】

資訊系班會紀錄

日期：九十年四月十日（星期二）
時間：上午十一時
地點：本校1301教室
主席：沈志文
紀錄：林大偉
出席人數：41人
列席者：王文英老師
會議程序：
甲、報告事項：
㈠上次由班會辦的漫畫比賽已順利完成，班會花了二百元購買獎品頒發給三位優勝者。

㈡班會目前還剩下班會費八百九十元正。

乙、討論事項：

㈠成立編輯委員會：

1.由學藝朱建明出任總編輯。

2.班會全體幹事為當然委員。

3.邀請班上有興趣、或字體秀麗、或精於設計的同學加入。

㈡稿件的徵集辦法：

1.由本月十五日開始徵收稿件。

2.稿件可投入班中的投稿箱內。

3.為鼓勵班上同學踴躍投稿，來稿照登，但不設稿費。

4.截稿日期為五月十五日。班刊的篇幅，按來稿多少決定。

5.出版日期為六月十五日。

㈢分配工作：

1.由曾玉玲同學設計海報，在班內展開宣傳。

2.由康樂李立揚同學搜集本年度班上舉行各項活動的照片、資料備用。

3.設「任課老師的話」一欄，向任課教師約稿。這個工作由主席沈志文同學負責。

丙、散會時間：下午十二時十分。

紀錄　林大偉

二、你是學校秘書室行政人員，請試擬一則書函式的校務會議開會通知單，對象是全校教師及行政人員，地點在行政大樓七樓會議室附件會議議程。

【參考解答】

〇〇大學開會通知單

聯絡人及電話：秘書室〇〇〇
〇〇〇〇〇〇〇

受文者：〇〇〇老師
密等及解密條件：
發文日期：中華民國〇〇年〇月〇日
發文字號：〇〇字〇〇〇〇號
附件：會議議程一份
開會事由：召開〇〇學年度第〇學期校務會議
開會時間：〇〇年〇月〇日（星期〇）〇時〇分
開會地點：本校行政大樓七樓會議室
主持人：校長〇〇〇
出席者：本校全體教師及行政人員
副本：
備註：如有提案，請於〇月〇日前送交秘書室

（蓋章戳）

第二章 契約

第一節 契約的意義

契約是當事人之間因彼此的同意，訂定其權利義務，以共同履行的一種法律行為。凡兩人以上，就相互同意的事項，根據法律條例或一般習慣，訂立條件，相互遵守，而用文字記載作為憑據的文書，便稱為契約。所以契約又稱「契券」、「合同」、「合約」、「文契」、「契據」、「字據」等。

日常生活的契約通常是「雙務契約」，意即訂立契約的雙方都有遵守承諾的義務，例如租房子，訂立租賃契約後，出租人便有出租房子的義務，而承租人也有支付租金的義務。但也有一些契約並非雙方都有遵守契約的義務，而只有訂立者自己單方面要遵守契約的，這叫做「單務契

約」，例如贈與、遺囑等。

工商業發達的現代生活，經濟活動頻繁，租賃房子、買賣房子、承攬工程、典當物品、受人雇用等等都要先訂契約，契約的內容有無缺漏，文詞有無語病，對於個人的權利影響很大，所以對於契約的了解，在工商業社會中尤其重要。

說文：「契，大約也。」「約，纏束也。」古以「契」為約束雙方之憑證。《左傳》襄公十年：「使王叔氏與伯輿合要；王叔氏不能舉其契。」《戰國策．齊策》：「載券契而行，辭曰：責畢收，以何市而反？」所謂「契」、「券契」皆為契約。凡兩人以上同意之事項，依據法律習慣，彼此商訂互相遵守之條件，而以文字為憑據者，曰「契約」，亦稱「契據」、「合約」，意為約定及證據。

第二節　契約的法定條件

契約既是一種法律行為，契約的成立，當然必須要有法律的規定。

一、積極條件

㈠必須雙方當事人均有行為能力

所謂「法律行為」，是指一個人出於他自己的意思表示，所作的在法律上發生效果的行為。所謂「行為能力」，是指得以自己意思為法律行為，從而取得權利、負擔義務的能力。民法第七十五條規定：「無行為能力人之意思表示，無效。」因此訂立契約，必須雙方當事人均有完全行為能力（年滿二十歲及未成年而已結婚者）。至於限制行為能力（七歲以上之未成年人）及無行為能力（未滿七歲及因心神喪失或精神耗弱致不能處理自己事務，經法院宣告禁治產的人），因其未具備完全行為能力，故所訂立之契約當然無效。

㈡必須經過要約、承諾的程度

民法第一百五十五條規定：「要約經拒絕者，失其拘束力。」第一百五十六條規定：「對話為要約者，非立時承諾，即失其拘束力。」

契約的成立，須經當事人相互的同意，要約與承諾，缺一不可。如僅為單方面的意思，或因脅迫而訂立，皆無法律效力，所以一般契約常有「經雙方同意」、「此係自願，絕無異議」、「此係兩廂情願，並無勒逼」等語句。

㈢必須具備法定的方式

我國民法第七十三條規定：「法律行為不依法定方式者，無效。」所謂法定方式，在契約來說，就是要具體寫明書面上必含的構件：雙方姓名、標的物或事、約定條件、年月日、證人及其簽章等。

二、消極條件

㈠不得違反法律強制或禁止的規定

所謂「強制」，就是法律規定非如此不可的事項。例如根據破產法第九十二條規定，破產管理人把所保管的不動產物權讓與他人，應得監察人同意。換言之，法律規定：破產管理人未得監察人同意，不可以私自把所保管的不動產出售，否則此買賣契約便屬無效。所謂「禁止」，就是法律規定不准的事項。例如與人訂立賭博的契約，或販賣人口的契約，因其為法律所禁止，亦為無效。由此而引申到凡一切違背公共秩序和善良風俗的契約，也都不發生效力。

㈡不得以不能之給付為契約標的

民法第二百四十六條規定：「以不能之給付為契約標的者，其契約為無效。」

所謂「標的」是指權利的目標，法律上稱其為權利的客體，此客體具有以下三種性質：

1.須為可能：契約標的要為可能實現，若為不可能實現之事項，其契約即屬無效。例如買賣心臟或整個月球，或僱人摘下星星、搜集山中白雲，皆不能成為契約標的。

2.須為確定：契約標的必須於訂立之時已經確定，或將來可得而確定，否則契約無效。

3.須非顯失公平：「顯失公平」，指當事人之法律行為是利用他人急迫、輕率或無經驗，使其給付財物、或為給付之約定，依當時情形顯失公平者。例如乘他人窮苦急迫之際，以過低價格收買其物，或訂立高利貸之契約。依民法第七十四條之規定，顯失公平的契約，利害關係人，可於行為後一年內，向法院聲請撤銷其法律行為或減輕其給付，以資公平。

第三節 契約的種類

契約的應用範圍極廣，種類亦甚繁多，茲擇要說明如下：

㈠**買賣契約：**買賣契約就是一方將財產權出售，以換取他方價金，或一方以價金購取他方財產權時所訂的契約。例如土地買賣契約、房屋買賣契約。這類契約一經訂立，標的物便和賣主永遠脫離關係，所以一般稱之為「死契」、「絕契」或「杜絕契」。

㈡**典權契約：**這類契約又稱為「出典契約」。出典標的物（不動產）之所有權，仍歸出典人，所典得的價款，不必支付利息，到了約定期限，可備價贖回，典進者可為使用及收益之權。典和賣不同，賣是所有權的永遠移轉，典是所有權的暫時移轉，因此稱出賣的契約叫「死契」，出典的契約叫「活契」；買進來的不動產叫「實產」，典進來的不動產叫「浮產」。唯典權期限，依民法第九百十二條規定：「典權約定期限不得逾三十年，逾三十年者，縮短為三十年。」即以三十年為最高期限。

㈢**抵押契約：**所謂「抵押」，就是雙方當事人約定，一方以不動產作擔保，向他方借錢，他方對於抵押品並不移轉占有，但若債務人移轉抵押品的所有權狀，則可賣出抵押品，獲得金錢，抵償原先借出去的錢。抵押和出典不同：抵押是拿抵押品去借錢，是債務關係；可以隨時歸還債務，不必等到一定的期限，但要付利息。出典則不是債務關係，典物的贖回要等到一定期限，出典的錢不必付利息。

㈣**租賃契約**：租賃契約就是當事人約定，一方以物租與他方使用、收益，他方支付租金之契約。租賃的東西，動產（如動物、汽車）或不動產（如耕地、房屋）皆可，但以不動產為多。租賃期限，依民法第四百四十九條規定：「租賃契約之期限，不得逾二十年，逾二十年者，縮短為二十年。」

㈤**借貸契約**：借貸分為「使用借貸」與「消費借貸」兩種。使用借貸是一方借用實物暫時使用，用畢原物無償歸還。因借貸之物，常為日用品（如汽車、機車），交付方便，情況單純，多屬親友間事，故一般不立契約。消費借貸，是借用金錢或其他代替物（如米、麵粉、油），過後用種類、品質、數量相同之物返還。例如借貸金錢，借貸多少，如何償付利息，本金何時歸還，為恐口說無憑，故常先訂立契約以為存照。

㈥**僱傭契約**：僱傭是指雙方當事人約定，一方（受僱人）於一定或不一定之期限內為他方（僱用人）服勞務，他方給付報酬之契約。

㈦**承攬契約**：承攬就是雙方當事人約定，一方（承攬人）為他方（定作人）完成一定工作；而他方俟工作完成，給付報酬之契約。例如承攬房屋建築工程、承攬建築物水電工程等。

㈧**合夥契約**：合夥契約是指當事人兩人以上互相約定，共同出資來經營共同事業的契約。合夥的出資，不一定用金錢、物品，勞力也可以。

㈨**保證契約**：保證契約是指一方於他方之債務人不履行債務時，約定代為履行責任的契約。保證又分為「金錢保證」和「人事保證」兩種。前者保證債務人的信用，在債務人不履行債務時，保證人願負清償的責任；後者保證被保人的行為符合約定，並願為被保人一切逾約行為所造成的後果負責。

㈩**繼承契約**：繼承包括立嗣和析產兩項。所謂「立嗣」，依照我國習俗，凡是男子結婚已久，仍無子嗣，可以向親族或同宗中輩分相當而有兄弟的，情商一子過繼為嗣子。所謂「析產」，依民法規定，繼承權開始於被繼承人死亡之時，但一般習俗，年老的父母，多先替子女析產，以免身後糾紛，如遺囑、析產、遺產保管等契約均屬之。

㈩㈠**委任契約**：委任契約是當事人約定，一方面委託他方處理事務，他方允為處理並接受約定報酬而訂立的契約。如委任處理財產、委任律師代為訴訟、委任出席會議等。

㈩㈡**贈與契約**：贈與契約是指當事人一方以自己之財產，為無償的給與他方之意思表示，經他方允受而訂立的契約。例如贈送救護車給市政府、捐贈財產給養老院等。

㈢**和解契約：**和解契約是指當事人約定，互相讓步，以終止爭執或防止爭執發生而訂立的契約。例如傷害和解、清償債務和解契約等。

第四節 契約的構成要項

一分完整的契約，其構成要項應包含下列各項：

㈠**契約名稱：**在契約正文之前，應標明契約的種類或性質。如「房地買賣契約書」、「租賃契約」。

㈡**當事人的姓名：**當事人為訂立契約的主體，其姓名中必須載明，如當事人為法人，應載明法人之名稱，並由負責人簽章。

㈢**當事人的自願：**契約訂立的當事人需自願，故舊式契約中常見「此係兩廂情願」，新式契約中則有「雙方一致同意」之字眼。

㈣**訂立契約的原因：**原因須正當，或合乎法律規定，或不妨害公共秩序、不違背善良風俗。如買賣、借貸契約中常用「今因正用」，合夥契約中常用「茲因乙方開設○○公司周轉失靈……」，以及繼承契約中常用「今因年老力衰，難以督理家務」等均是。

㈤**標的物內容：**標的指法律行為所欲發生的法律效果，如房屋買賣契約，房屋即標的物；金錢借貸契約，金錢為其標的物；工作承攬契約，則勞務為其標的物。訂定契約必須將標的或標的物內容詳細寫明，以免事後發生糾紛。

㈥**標的物價值：**標的物無論為動產或不動產，均須將當時的議定價格，以大寫數字，詳明寫明。價款如係一次付清，則寫明付清的時日；如係分期交付，則寫明期數、期限以及各期交付之數目。如有出賣人須出具受款收據的約定，亦應在契約上寫明。

㈦**標的物權利的保證：**為確認對方權益所寫之內容，如買賣契約常見「此係自產自賣，並無重疊交易，亦無爭執糾葛」、「日後倘有事端，概由賣主一面承當，與買主無涉」、「自賣之後，聽憑買主過戶、營業、納稅」之字眼。

㈧**雙方應守的約束：**針對契約標的，當事人一定有若干相互同意的約定，這些約定，即是必須在契約中詳細載明的權利與義務，不可遺漏。

㈨**契約的期限：**出典、抵押、租賃、借貸、僱傭、合夥一類的契約，都有一定的期限，如「出典期限〇〇年，自民國〇〇年〇〇月〇〇日起，至民國〇〇年〇〇月〇〇日止」、「抵押期限〇〇年，即自民國〇〇年〇〇月〇〇日起，至民國〇〇年〇〇月〇〇日止」、「租期民國〇〇年

○○月○○日起，至民國○○年○○月○○日止」。

㈩**當事人簽名蓋章**：當事人在契約末尾年月日之前，須簽名或蓋章，並寫下身分證統一編號和住址，表示信守負責。當事人如為機關團體，則除蓋機關團體長截或圖記，其負責人也要簽名蓋章，寫下身分證統一編號。

㈪**見證人或保證人簽名蓋章**：見證人或稱「中保人」或「介紹人」，他的義務是證明契約的真實，所以舊式契約裡常有「三面言明」、「三面議定」、「三面協定」、「央中說合」、「憑中議定」的話。現在的契約，當事人如果認為需要，在契約上也是要保證人的，如借貸契約中，債務保證人必須保證債務的清償。

㈫**訂立契約的年月日**：一切法律上權利義務的起訖，都以此為根據，所以非寫明不可，最好用「壹、貳、參、肆、伍、陸、柒、捌、玖、拾」等大寫數字，以防塗改。

第五節 契約的格式

一、單方敘述式契約

借據

立借據人○○○，茲因急需，憑中借到

○○○先生新臺幣○萬元整；言明月息○分，息金按月付清。借期壹年，至民國○○年○○月○○日

還本，屆期絕不拖延短欠，恐後無憑，立此借據存照。

立借據人

姓名　○○○ 印

身分證號碼　○○○○○○○○○○

住址　○○市○○街○號

中保人

姓名　○○○ 印

身分證號碼　○○○○○○○○○○

住址　○○市○○路○號

中華民國○○年○○月○○日

二、雙方條舉式契約

合約書

立合約人○○○
　　○○印刷廠（以下簡稱甲/乙方）茲經雙方同意，議定合約如左：

一、品名：中國文學史

二、規格數量：

㈠二十四開本，直式。

㈡封面用○○磅花紋書面紙，內文○○張，用○○磅○○紙。

㈢○○本。

三、價款：每本新臺幣○○元○角，共計新臺幣○萬○仟○佰○拾○元整。

四、付款辦法：交稿時（訂約日），先付訂金新臺幣○仟○佰元整，餘款俟交貨時，一次付清。

五、交貨日期：交稿後十四天（○○月○○日）印竣交貨。

六、罰則：乙方如到期不交貨時，每延誤一天，願付總價○分之○罰款。

七、本合約壹式貳分，甲、乙方各執壹分為憑。

甲方　○○○ 印

乙方　○○印刷廠 店章

經理　○○○○ 印

住址：○○市○○路○號

電話：○○○○○○號

三、表列式契約

○○○○○訂購貨物合約

案號：○字第○號　　　簽約日期：中華民國○○年○○月○○日
合約編號：○字第○號　決標日期：中國民國○○年○○月○○日
○○○○○（購方）訂購下列貨品今與
○○○公司（售方）雙方議訂買賣貨物條款如下：

品名	規格及品質	單位	數量	單價　總價
總計				
交貨地點				
交貨期限				
付款辦法				
交貨方法				
驗收方法				
罰則				
履約保證金				
（承售廠商及負責人簽印） 住址：○○市○○路○號 電話：○○○○○○○號	（本○簽訂）		（監標人員會章）	

本合約正本壹式貳分。由購售雙方各執壹分，並各貼銷印花稅票。

第八節 撰寫契約的注意事項

訂定契約既然是一種法律行為，契約所載，又關係到當事人的權利與義務，在目前這個法治社會中，應用日見廣泛，即使在實際生活上已有一些印妥的定型契約可供使用（如租賃契約、銀行貸款契約），但仍難免有執筆撰寫契約的時候。茲將撰寫契約應該注意的事項，分別介紹如下：

一、用紙

契約寫好之後，往往需要長期保存，有些並需經常翻閱，若使用紙張的質地不佳，產生破損、撕裂、發黃、字跡模糊等現象，就可能影響其法律上的效果。所以撰寫契約時，如果有國家規定的契約用紙，應用該等紙張；如果沒有，就必須選用堅韌耐久，不易挖補、塗改或變造的紙張。

二、款式

嚴格地說，契約並沒有絕對一致的款式；甚至同一類契約，亦可能因人、事、時、地的不同，而產生不同的款式，但並不是說因此便可以毫無章法，總以符合當地的習慣為宜。目前通行的契約款式，大致都是將內容分為四部分排列，其順序為：

㈠契約名稱。

㈡緣由和事實。

㈢保證及約束。

㈣署名及日期。

各部分的敘述，應力求條理清楚，最好分條記載，如果一條中內容較為複雜，又應分項，每項上冠以數字，例如「宿舍借用契約」第一條的款式就可安排成：

一、宿舍所在地及使用範圍：

㈠宿舍座落：

㈡基地面積：

㈢建物面積：

㈣構造情形：

㈤使用範圍：

三、文詞

契約是具有法律效力的文件，以合法、實用為撰寫目的，故文詞不求詞藻美麗，而以簡潔、明白、確切、周詳為原則。「簡潔」是指不說空話，言必有所指；「明白」是指界義清楚，據事直書；「確切」是指語氣肯定，絕無游移；「周詳」是指面面俱到，無一遺漏。

四、字體

契約能用打字最好，若用手寫，雖不必講究書法工麗，但字體端整，筆畫清晰，不至產生魯魚亥豕的誤會，仍是最起碼的要求。

五、標點

從前的契約，多不加標點，往往因斷句方式不同，而產生歧義，引發爭端；如今新式標點行之有年，政府且規定在公文中必須使用，故契約中亦必須正確地使用標點符號。

六、刪改

在契約本文中，以無刪改處為最理想，若不得已有所刪改或添加文字，須由執筆人在刪改或添加文字處簽章，並在本行上端欄格外註明「本行刪〇字」、「本行改〇字」或「本行增〇字」，或在契約正文之後註明「本件刪〇字」、「本件改〇字」或「本件增〇字」，並由執筆人簽章。

七、增補

增補是增加條款。契約寫成之後，如有新的事項需要增列，可在契約全文之後，紙上空白的地方將條文補寫上去。增補條文上應加「增補條款」或「再批」字樣；如用「再批」，條文末照例加上「又照」或「並照」字樣。如：

「再批：產上老契一紙，當場檢出，隨此契同交。日後倘有片紙隻字發現，一概無效。並照。」

一般來說，好的契約，是沒有增補條文的，假如在撰寫過程中或契約簽定前產生新狀況需要添加條文，最好重編重寫壹分。

八、印花與契稅

契約上應貼印花或繳納契稅，雖不屬「撰寫」的範圍，但法律規定須貼足印花或繳納契稅的契約，撰寫人不知或忽略提醒當事人照章辦理，即使文字寫得再完美，在法律上亦屬有效，但仍不免成為缺點。根據印花稅法第五條規定：銀錢收據、買賣動產契據、承攬契據、典賣不動產契據、讓受不動產契據、分割不動產契據，均課徵印花稅。

九、公證

所謂公證，就是由地方法院所設立公證處的公證人，依據人民的請求，就所發生的法律行為，或關於私權的事實作證明的法律制度。

第七節 契約的實例

一、土地買賣契約

立土地買賣契約人，買受人○○○（以下簡稱甲方），出賣人○○○（以下簡稱乙方）。雙方同意訂立土地買賣契約條件如次：

1.**土地標示：**土地坐落○縣市○鄉鎮區（市）○段○小段○○地號○筆，共面積○公頃，合○坪。

2.**付款辦法：**

第一期：甲方應於○年○月○日付乙方定金五千元整。乙方收款均給甲方收據為憑。

第二期：乙方應於○年○月○日前將該土地抵押、租佃及有關產權糾葛負責清理完畢，提出證明交甲方後，甲方付乙方價款○○○元整。

第三期：乙方應於○年○月○日前將該土地歷年全部稅捐、工程受益費、土地重劃費等完納書據交付甲方後，甲方付乙方價款○○○元整。

第四期：乙方應於○年○月○日將該土地地上物清除完畢，並將土地所有權移轉（過戶）與甲方後，甲方付清乙方尾款○○○元整。

3.**產權保證**：本契約所載土地確為乙方所有，乙方保證產權清楚，確為建築用地，無設定他項權利、質押、出租等。倘日後發現與該房地有關任何糾葛情事，不論何時概由乙方負責清理，因此所需一切費用亦由乙方負擔，概與甲方無涉；倘甲方因此受有損害，乙方應負完全賠償責任。

4.**會辦登記**：自即日起，甲方按第二條各期付款辦法交付價金前，乙方應先提出印鑑證明書，全部土地所有權狀，最近土地登記謄本、戶籍謄本、完稅證明等有關土地權利證件，由甲方檢閱後，依付款進度分期交付甲方。並會同甲方辦理土地權利移轉登記手續，證件手續短缺遺漏，無論何時換補或蓋章，乙方應即照辦。

5.**契約履行**：如乙方有違約或不出賣時，除就所收價金加倍退還甲方外，應支付違約金新臺幣○○元整後，本契約自然解除。如甲方有違約或不買時，除所付定金及價金由乙方沒入外，並另支付乙方違約金〇〇元整，解除本約。

6.**費用分擔**：本土地移轉前所應繳納之稅金，包括契稅、土地增值稅、地價稅、工程受益費、田賦，或遺產及贈與稅等一切稅費，均由乙方負擔。過戶契稅、土地分割及登記規費、代理人費等均由甲方負擔。

7.**連帶保證**：乙方如有違反本契約情事，而不做相當補救或支付甲方約定損害賠償時，乙方保證人願負一切連帶保證責任，並放棄先訴抗辯權。

8.**契約修訂**：本契約壹式參分，雙方當事人及保證人各執壹分為證。如契約文字有增減修正，非經雙方當事人及保證人蓋章不生效力，並在旁註明增刪文字數目。

9.**契約附件**：本契約每分附件均為本契約之一部分，與本契約有相同之效力。

甲方買受人〇〇〇　（簽章）

住址：

身分證統一號碼：

乙方出賣人〇〇〇　（簽章）

住址：

身分證統一號碼：

乙方連帶保證人〇〇〇　（簽章）

住址：
身分證統一號碼：

中華民國○○年○月○日

二、抵押契約

立抵押契約書人○○○（以下簡稱甲方）、○○○（以下簡稱乙方），茲為抵押設定事件，訂立本契約書，條款如下：

一、甲方向乙方抵押借款新臺幣○佰○拾萬元，願將附表所列○○機○○壹，設定抵押權與乙方。

二、借款期限為○個月，自民國○年○月○日，至民國○年○月○日滿期。

三、利息為每壹萬元，月息○佰○拾元整，以現金按月支付乙方。

四、甲方若受破產宣告，或宣告債務清理時，借款即視到期。乙方得聲請拍賣或接受該抵押物品。（標的物存放於○○市○○路○號）

五、抵押物如有損壞或滅失時，甲方應即以書面通知乙方；又非經乙方書面同意，甲方不得以抵押物遷移、出賣、出租、抵押與第三人，或為其他任何處分。抵押物如需變更、改良、增添或廢棄，亦應事先徵得乙方之書面同意，方得辦理之。

六、甲方應妥慎保管或使用該抵押物；所有稅捐及修理費用概由甲方負擔。

七、抵押物如遭受損害時，任何理由不得拒絕或延後賠償；否則甲方應即清償債務之全部本息，不得藉詞推諉。

八、甲方違反本契約時，乙方得占有抵押物，由乙方聲請拍賣或接收之，甲方不得為任何主張或異議。

九、本契約經雙方同意以○○地方法院為管轄法院。

十、本契約正本壹式貳分，雙方各執壹分為憑。

立動產抵押契約書人

甲方：○○○（簽章）

身分證統一號碼：

乙方：○○○（簽章）

身分證統一號碼：

中　華　民　國　○○　年　○　月　○　日

三、租賃契約

㈠房/店屋租賃契約書

立房/店屋租賃契約出租人○○○（以下簡稱為甲方）

承租人○○○（以下簡稱為乙方）

乙方連帶保證人○○○（以下簡稱為丙方）

茲經雙方協議訂立房屋租賃契約，條件列明於左：

第一條：甲方房/店屋所在地及使用範圍：座落○○市○○街○號房/店一棟及地基座落○○市○○段○小段○○○○地號土地○○平方公尺，租與乙方。

第二條：租賃期限經甲乙雙方洽訂為○年○個月即自民國○○年○月○日起至民國○○年○月○日止。

第三條：租金每個月新臺幣○萬○仟元正（收款付據），乙方不得藉任何理由拖延或拒納（電、煤氣費及自來水費另外）。

第四條：租金應於每月○日以前繳納，每次應繳○年○個月分，乙方不得藉詞拖延。

第五條：乙方應於訂約時，交於甲方新臺幣○萬○仟元作為押租保證金，乙方如不繼續承租，甲方應於乙方遷空、交還房店屋後，無息退還押租保證金。

第六條：乙方於租期屆滿時，除經甲方同意繼續出租外，應即日起將租賃房屋誠心按照原狀遷空交還甲方，不得藉詞推諉或主張任何權利。如不即時遷讓交還房屋時，甲方每月得向乙方請求按照租金五倍之違約至遷讓完了之日止，乙方及連帶保證人丙方，決無異議。

第七條：契約期間內，乙方若擬遷離他處時，乙方不得向甲方請求租金償還、遷移費及其他任何名目之權利金，而應無條件將該房店屋照原狀交還甲方，乙方不得異議。

第八條：乙方未經甲方同意，不得私自將租賃房店屋權利全部或一部分出借、轉租、頂讓或以其他變相方法由他人使用房店屋。

第九條：房店屋有改裝施設之必要時，乙方取得甲方之書面同意後得自行裝設，但不得損害原有建築，乙方於交還房店屋時自應負責回復原狀。

第十條：房店屋不得供非法使用，或存放危險物品影響公共安全。

第十一條：乙方應以善良管理人之注意使用房店屋，除因天災地變等不可抗拒之情形外，因乙方之過失致房店屋毀損，應負損害賠償之責。房店屋因自然之損壞有修繕必要時，由甲方負責修理。

第十二條：乙方若有違約情事致損害甲方之權益時，願聽從甲方賠償損害；如甲方因涉訟所繳納之訴訟費、律師費用，均應由乙方負責賠償。

第十三條：乙方如有違背本契約各條項或損害租賃房（店）屋等情事時，丙方應連帶負賠償損害責任並願拋棄先訴抗辯權。

第十四條：甲乙丙各方遵守本契約各條項之規定，如有違背任何條件時，甲方得隨時解約收回房（店）屋，因此乙方所受之損失甲方概不負責。

第十五條：印花稅各自負責，房（店）屋之捐稅由甲方負擔，乙方水電費及營業上必須繳納之捐稅自行負擔。

第十六條：本件租屋之房屋稅、綜合所得稅等，若較出租前之稅額增加時，其增加部分，應由乙方負責補貼，乙方決不異議。

第十七條：租賃期滿遷出時，乙方所有任何家具雜物等，若有留置不搬者，應視作廢物論，任憑甲方處理，乙方決不異議。

上開條件均為雙方所同意，恐口無憑，爰立本契約書壹式貳份，各執乙份存執，以昭信守。

立契約人（甲方）：○○○　簽章

身分證統一號碼：

立契約人（乙方）：○○○　簽章

身分證統一號碼：
乙方連帶保證人（丙方）：○○○　簽章
身分證統一號碼：
住址：

中　華　民　國　○○　年　○　月　○　日

㈡土地租用契約書

立土地租用契約書人○○股份有限公司（以下簡稱甲方）、○○（以下簡稱乙方），訂立本契約如下：

一、甲方將所有土地座落○○市○○區○○段○小段○○○○地號共○○○平方公尺租與乙方使用。
二、租期自民國○○年○○月○○日至民國○○年○○月○○日，計○年。
三、租金每月新臺幣○萬元，於每月○日前向甲方繳納，甲方出具收據。
四、非經甲方書面同意，乙方不得將租地轉租，或將租權讓與他人。
五、乙方需增建房舍或變更土地原形，應得甲方之書面同意。
六、乙方如在租地有違章建築，無論租期是否屆滿，乙方即喪失租用權。拆除費用由乙方負擔。

七、租用地所用之改良費，除甲方書面承諾外，費用由乙方負擔。
八、除地價稅外，一切費用由乙方負擔。
九、乙方出賣租用地上建築物，甲方有優先購買權。
十、租期屆滿時，乙方負責拆除所有建築物並恢復土地原狀，不得要求任何費用及拖延。
十一、租期中乙方如有違背本約各條之一，甲方得隨時解除本契約，並請求賠償，乙方決無異議。
十二、保證人對本契約各條與乙方連帶負責，並拋棄先訴抗辯權。

甲方：○○股份有限公司

負責人：○○○（簽章）

乙方：○○○（簽章）

身分證統一號碼：

保證人：○○○（簽章）

身分證統一號碼：

中　華　民　國　○○　年　○　月　○　日

四、借貸契約

㈠借款

立借款契約書人○○○（以下簡稱甲方）、○○○（以下簡稱乙方）訂立本契約，條款如下：

一、甲方願貸與乙方新臺幣○佰萬元整。

二、借貸期限為○年，自中華民國○○年○○月○○日至○○年○月○日。期滿之日，乙方應連同本利壹次還與甲方。

三、利息每月新臺幣○○元，於每月○日付給甲方。甲方出具收據。

四、遲延利息及逾期違約罰金，依新臺幣每佰元日息壹角貳分計算。

五、乙方及保證人不依約履行時，願受法院之執行，不得異議；因此而發生之費用悉由乙方及保證人負擔。

六、本契約壹式伍分，請求法院公證，除存案一份外，當事人各執壹分存照。

甲方：○○○　（簽章）

身分證統一號碼：

乙方：○○○　（簽章）

身分證統一號碼：

保證人：○○○　（簽章）

身分證統一號碼：

保證人：○○○　（簽章）

身分證統一號碼：

中　華　民　國　○○　年　○　月　○　日

㈡借物

立契約書人○○○（以下簡稱甲方）、○○○（以下簡稱乙方）訂立本契約，條款如後：

一、乙方向甲方借用○○版二十五史壹套，共○○本，連同木質書箱○只。

二、借期壹年，自民國○○年○○月○○日至○○年○○月○○日止。

三、甲方不取借用費。

四、乙方有妥善管理借用物之責任，倘有毀損失落應負損害賠償之責。

五、乙方不得於書頁上書記任何文字符號或摺疊，亦不得轉借他人。

六、期滿日，乙方即將借用物壹次交還甲方。

七、甲方如需於未期滿內收回借用物，須於期限滿一個月前通知乙方；乙方須送交甲方。

八、屆期如乙方違約，應付甲方違約金每日新臺幣○佰元。甲方訴訟費亦由乙方負擔。

九、本契約書壹式貳分，甲乙雙方各執壹分為憑。

甲方：○○○（簽章）
身分證統一號碼：
乙方：○○○（簽章）
身分證統一號碼：

中　華　民　國　○○　年　○　月　○　日

五、僱傭契約

(一)例(1)勞動契約

立勞動契約書人：○○成衣實業有限公司（以下稱甲方）、○○○（以下稱乙方）茲就僱傭事宜，成立契約，條款如下：

一、契約期限：不定期。

二、工作項目：乙方接受甲方之監督指揮，擔任下列各項工作：

(一)成衣部剪裁工。

(二)其他甲方指定之成衣工作。

三、工作時間：

㈠乙方工作時間每日為八小時；但甲方因季節之關係或換班、準備等之需要，於徵得乙方工會同意後，仍得要求乙方繼續延長其工作時間，但每日總工作時間不得超過十小時，其延長之總時數每月不得超過四十六小時。

㈡甲方依前項之規定，要求乙方延長工作時間者，其延長時間之工資，應按乙方平時每小時工資額加給三分之一。

四、休息與休假：

㈠乙方每工作滿六日，甲方應給予一日休息，作為例假。

㈡紀念日、勞動節及其他中央主管機關規定之假日，甲方均應給假。

㈢甲方於乙方繼續工作滿一定期間者，應按左列規定給予乙方特別休假：

1.工作一年以上、未滿三年者，每年七日。

2.工作三年以上、未滿五年者，每年十日。

3.工作五年以上、未滿十年者，每年十四日。

4.工作十年以上者，每增加一年加給一日，但其總數不得超過三十日。

㈣依本節⑴、⑵、⑶三項規定之休息休假日，工資均應照給。如甲方因業務之需要徵得乙方或工會同意照常工作時，應加倍發給其工資。

五、請假：乙方在服務期間得依左列規定申請給假，但應事先辦理請假手續，經甲方核准後方得離去；病假及偶發事件，不及事先請假時，應委託家屬或其同事代為辦理，否則一律以曠工論。

㈠事假：請假期間工資不發。

㈡病假：須繳驗公立醫院或診所之證明書，甲方並協助其醫療（依勞工保險有關法令規定辦理）。

㈢婚假：假期中工資照給。

㈣喪假：祖父母、父母、配偶之喪假，工資照給；但為人之養子女或已出嫁，如本生父母及本生祖父母之喪，酌給喪假，不給工資。

以上四項假期由甲乙雙方參酌各業習慣及主管機關之法令訂定之。

㈤公假：乙方應政府各項考試或政府法令規定應給予公假者按其實際需要核給公假，假期中工資照給。

㈥公傷假：依實際需要核定其日期；假期中工資，勞工保險條例有規定者從其規定，未參加勞保者依主管機關法令之規定。

前項各種請假日期之計算，係以一月一日起至十二月三十一日止。

六、工作報酬：

㈠甲方應按月給付乙方工資壹萬元整，分別於每月十五日及月底給付。
㈡工資之調整，按甲方規定之考績及其他人事辦法辦理。
㈢按月給付之工資，甲方應於每月兩次發給。
（丁）本契約所稱工資應包括乙方本身應得之正工資、各項固定津貼及實物給付等。

七、福利：

㈠甲方應依法令規定，為乙方辦理參加勞工保險手續。
㈡乙方於服務期間，依法享受廠內之各項福利設施。
㈢乙方繼續服務屆法定年限，甲方應准予申請退休，並依勞動基準法第五十五條規定給予退休金。
㈣甲方於營業年度終了時，如乙方在該年度內無過失時應酌給獎金。

八、契約之終止：

㈠乙方如有左列情事之一者，甲方得逕行終止契約：
1.在工作場所對甲方管理人員或其他勞工實施暴行者。
2.故意損耗機件或損毀公物者。
3.受有期徒刑宣告確定而未諭知緩刑或未准易科罰金者。
4.無正當理由連續曠工滿三天或一個月內無故曠工累計滿六天者。

㈡甲方有左列情事之一時，乙方得無條件終止契約：

1.違反本契約及勞動法令規定致有損害乙方權益之虞者。

2.對乙方或其家屬有重大之侮辱者。

3.使乙方與患有惡疾或惡性傳染病患者共同工作時。

4.企圖使乙方為不法或不道德之行為時。

㈢乙方非因前列㈡項規定欲終止契約時，至少應於十日前預告甲方，並不得要求勞動基準法所定之資遣費；如不經預告逕行終止契約，致甲方生產或工作停頓時，乙方應負賠償之責。

九、一般規定：

㈠甲乙雙方僱用受僱有關相互之權利義務，悉以本契約規定辦理；本契約未規定事項，依政府有關勞動法令辦理之。

㈡本契約壹式貳分由雙方各執壹分存照。

甲方：○○成衣有限公司

代表人：○○○　（簽章）

立契約人　身分證統一號碼：

乙方：○○○　（簽章）

身分證統一號碼：

中華民國○○年○月○日

(二)例(2)僱傭契約

立僱傭契約人○○○
　　　　　　○○○（以下簡稱甲方
　　　　　　　　　　　　　乙方），因僱傭事，經雙方同意，訂立條件如左：

一、乙方受僱於甲方，擔任○○工作。甲方按月給付乙方報酬新臺幣○○○○元整。

二、僱傭期限自民國○○年○○月○○日起，至民國○○年○○月○○日止。

三、僱傭期間，甲方為本身利益，得對乙方為必要之管束，但不得以約定工作範圍以外之事務或不正當之行為加諸乙方。

四、僱傭期間，乙方應遵守甲方規定，勤勞工作，不得有怠惰或其他不法行為，並不得為他人服行勞務。如有上開情事，甲方得隨時解僱，乙方不得異議，亦不得請求任何補償。

五、僱傭期間，倘一方因特殊事故必須解僱或辭職，應於一個月前通知對方。

六、本契約壹式貳分，經甲乙雙方簽字後生效，並各執壹分存照。

立契約人

甲方　○○○　（簽章）

身分證號碼：○○○○○○○○○○

乙方　○○○　（簽章）

身分證號碼：○○○○○○○○○○

中華民國○○年○月○日

六、承攬契約

立契約書人○○實業股份有限公司（以下簡稱甲方）、○○營造廠（以下簡稱乙方）茲就工程承攬事宜，訂立本件契約，條款如後：

一、工程名稱：○○工廠新建工程。

二、工程地點：○○縣○○鎮○○路○○號。

三、工程範圍：廠房、警衛室及大門工程。

四、工程總價：新臺幣貳佰伍拾萬元正。

五、工程期限：

本工程應於訂約後七日內開工，除因颱風、地震、兵災等不可抗力者得扣減日期外，並應於開工後八十五日曆天內完成主要廠房工程，其他配合工程於一一〇日曆天全部完工。雙方同意以使用執照核發日期為完工日期。

六、付款辦法：

㈠本契約簽訂同時，甲方給付伍拾萬元整與乙方，以資進行各種施工事宜。

㈡本工程於每月計付一次，由乙方按實際進度申請該項完成部分工程款百分之六十。

㈢全部工程完工，經正式驗收合格後付清尾款。

㈣乙方支領工程款所用之印鑑，應與本合約所附之領款印鑑相符，此項工程款不得轉讓或委託他人代領。

七、圖說附件：

本工程之圖樣、估價單、施工說明書均為合約之一部，乙方應詳細審閱，確實履行。如遇圖樣及說明書均未載明，而按工程慣例為應做之工作者，承包人應遵照甲方或建築師之通知辦理，不得藉故推諉或要求加價。

八、工程變更：

甲方認為工程有變更之必要時，一經通知乙方，乙方應為辦理。因工程之變更而有數量之增減者，其工程費之計算仍以原訂單價為準；如有新增之工程項目，應由雙方共同議定合理單價，工作期限亦視實際情形予以延長或縮短。是項增減工程價款及工程期限，經雙方議定後用書面附入本契約內作為附作。

九、工程及材料監督：

甲方所派主持工程之工程師有監督工程及指示乙方工作之權。甲方工程師如發現乙方工人技能低劣、工作怠忽或不聽指揮者，得隨時通知乙方更換之。一切工程材料，應經甲方檢查合格後，方准使用，甲方如認為不合格時，乙方應立即調換。因調換而發生之搬運損耗及一切費用，均由乙方負擔。倘所做工程草率、材料窳劣、不合規定，並得通知乙方拆去重做，其損失概由乙方負擔。

十、工地管理：

乙方應派富有工程經驗之全權代表人，暨具有工程經驗之工作人員，常駐於工地。依照工程施工進度程序表，切實執行，並遵照甲方所委託建築師之指示照圖施工。

十一、災害防止：

乙方應防範水災、火災及其他一切災害，如有損及甲方或第三者時應由乙方負責賠償。工人如有逃、病、死、傷等情事，概由乙方自行處理之。

十二、逾期罰款：

乙方倘不依照規定期限內竣工時，每逾一日償付甲方違約金，按照合約總價千分之貳計算。此項違約金，甲方得在乙方未領工款內扣除；如有不足，得向乙方保證人追索之，乙方保證人不得異議。

十三、工程驗收：

本工程完竣後，乙方應將所有設備等一律遷移工地外，並清掃工地始得申請驗收，工程驗收時，如甲方驗收人員，認為有開挖或拆除一部分工作，以作檢驗之必要者，乙方不得推諉，並負責免費修復；如有與設計圖或說明書不符時，乙方應在甲方指定期限內修復完成。

十四、保固期限：

本工程自全部竣工正式驗收合格之日起，由乙方保固壹年，及保不漏壹年。凡在保固不漏期內，因乙方責任、工作不良或材料不佳，而致工程一部或全部走動、裂損、坍塌或發生其他損壞時，應由乙方照圖樣負責無償修復；如延不照辦，則由保證人代為履行。

十五、保證責任：

乙方應覓一殷實可靠之保證人，而且應經甲方對保及核可，如乙方違背本契約之規定或無力賠償時，保證人願放棄民法第七百四十五條規定之先訴抗辯權，並與乙方連帶負賠償甲方所受之一切損失責任。

十六、合約解除：

㈠乙方有左列情事之一者，甲方得解除本合約：

1. 乙方不能依照規定日期開工者。
2. 乙方開工後工程進行遲緩，作輟無常，對本工程不能按照甲方核定之施工進度程序表執行，或工作草率偷工減料，不聽從甲方之指示改正者。
3. 乙方違背本合約及其一切附件之規定，或發生變故不能履行合約責任時。
4. 乙方工作能力薄弱，工人及材料設備不足，甲方認為乙方不能依限圓滿完成合約者。

㈡乙方如被解除合約時，應即停工負責遣散工人，清理現場，並於甲方通知後五日內撤離工地，任憑甲方，以任何方式，將全部或劃出一部分工程，改交他商承辦。

㈢乙方如被解約時，甲方因此所受一切損失，概由乙方及其連帶保證人負責賠償。

十七、轉包禁止：

乙方如未得甲方之書面核准，不得將本工程整體轉包。

十八、附則：

本合約正本貳分，甲乙雙方各執壹分。

甲方：○○實業股份有限公司

代表人：○○○（簽章）

身分證統一號碼：

乙方：○○營造廠

代表人：○○○（簽章）

身分證統一號碼：

中　華　民　國　○○　年　○　月　○　日

七　合夥契約

立契約書人○○○（以下簡稱甲方）、○○○（以下簡稱乙方）、○○○（以下簡稱丙方）、〇〇〇（以上簡稱丁方）、〇〇〇（以下簡稱戊方），茲就合夥經營餐廳，（以下簡稱本餐廳）事宜，訂立本件合約，條款如後：

一、本餐廳定名為〇〇川菜餐廳，地址設於〇〇市〇〇路二三五號一樓。

二、本餐廳資本總額定為新臺幣伍佰萬元整，合夥人出資數目詳列如左：

甲出資貳佰萬元整。

乙出資壹佰萬元整。

丙出資柒拾伍萬元整。

丁出資柒拾伍萬元整。

戊出資伍拾萬元整。

三、職務分配：甲方擔任行政事務總負責人，乙方擔任總經理，丙方擔任財務經理，丁方擔任業務經理，戊方擔任廚房領班。

四、廚房由戊方負責一切事務，惟掌廚及各式茶點之師傅人選及聘僱事宜，應經甲方及乙方同意。

五、業務經理負責業務推廣及前堂人事管理。

六、財務經理兼負責對外公共關係（如警察局、衛生局、稅捐處、銀行）等，對內負責餐廳之一切安全及總務。

七、副理、顧問及會計人員由甲方聘用。
八、領班、組長、服務生、服務臺、總機服務人員由乙方聘任。
九、合夥人會議每月開會一次，由甲方召集之。遇有必要時，甲方或乙方均得召集臨時會議。
十、合夥人會議，應有合夥人半數出席，以出席過半數表決之同意作成決議。
十一、合夥人之表決權分為二十個單位，每出資貳拾伍萬有一表決權。
十二、合夥人對持分權如有意轉讓時，應經過合夥全體同意，方為有效。
十三、合夥人不得對本餐廳借款。如有私人對外借款時，均由私人負責償還，不得連累本餐廳；本餐廳之支票，禁止任何合夥人私人使用。
十四、凡需臨時添購物品總費用在新臺幣伍仟元以下時，由甲方或乙方決定支付；如超過上述金額時須召集臨時合夥人會議決之。
十五、本餐廳每三個月分配盈餘壹次，按出資額之比率分配之；如有虧損，亦按出資額比率分擔。
十六、本合約內未訂定事項，悉依民法及其他有關法令辦理之。
十七、本合約書簽訂同時，甲、乙、丙、丁、戊各合夥人應將出資額一次繳清。
十八、本合約書壹式伍分，甲、乙、丙、丁、戊各執壹分為憑。

甲方：○○○　（簽章）
身分證統一號碼：
乙方：○○○　（簽章）
身分證統一號碼：
丙方：○○○　（簽章）
身分證統一號碼：
丁方○○○　（簽章）
身分證統一號碼：
戊方：○○○　（簽章）
身分證統一號碼：

中　華　民　國　○○　年　○　月　○　日

八、繼承契約

立繼承契約書人○○○（以下簡稱甲方）與族弟○○○（以下簡稱乙方）就繼嗣事宜訂立本契約，條款如下：

一、甲方及其配偶同意，過繼乙方之次子○○○（出生於民國○○年○月○日○時）為嗣。

二、雙方同意即日至法院公證存案，並至戶政機關辦理收養手續。
三、甲方對其繼嗣負善良教養之責至長大成人。
四、本契約壹式參分，除法院存案壹分外，雙方各執壹分為憑。

甲方：○○○（簽章）
乙方：○○○（簽章）
族長：○○○（簽章）

中　華　民　國　○○　年　○　月　○　日

九、委任契約

茲因本人事務繁忙，未克出席○○○有限公司於民國○○年○○月○○日在該公司召開之第○屆第○次股東大會，特委託○○○為代理人，代理本人行使關於○○年度收支決算，審議○○年度收支預算案等一切之表決權及董監事選舉權。

此致

○○○○有限公司　台照

委託人　○○○　（簽章）
住所　○○市○○路○號

受託人　○○○　（簽章）
住所　○○市○○路○號

中　華　民　國　○○　年　○　月　○　日

十、出版契約

立出版權授與契約書人○○○（以下簡稱甲方）、○○圖書出版股份有限公司（以下簡稱乙方）就出版權授與事宜，訂立本契約，條款如後：

一、甲方願將如附件記載之著作物（以下簡稱本著作物）交付乙方刊行，自本契約簽訂日起，該著作物之出版權歸屬乙方，但著作權仍屬於甲方，所有著作物上之一切責任，亦由甲方負責。

二、本契約成立後，甲方不得將本著作物之全部或一部分，加以刪改或更換名目，再交他人或自己出版。甲方倘違反此規定，致乙方受有損害時，應負賠償責任。

三、因不可歸責於乙方之事由，致本著作物或其附件之各種底稿等毀損滅失時，乙方不負賠償責任。

四、乙方願意照本著作物之定價百分之十計算版稅報酬與甲方，並於每年六月及十二月終，按照售出部數結算，交付甲方。

五、乙方給付甲方版稅報酬其間，以本著作物享有著作權之年期為限。倘甲方於期滿前身故者，應由甲方指定之承繼人通知乙方代辦承繼人註冊。其指定承繼人未註冊或無承繼人，視同著作人仍存繼五十年。

六、本著作物出版時，甲方得於每書之版權頁上，蓋一著作權印章，以為憑證。

七、本著作物出版時，由乙方贈送甲方樣本拾冊；此項贈書不付版稅。以後甲方如欲購買本著作物者，得照同業折扣計算，但以總數不超過二百冊為限；此項購買之書亦不付版稅。

八、甲方於不妨礙乙方之利益或增加其責任之範圍內，得修正或修改本著作物；但對乙方因此所生不可預見之費用，應由甲方擔負。

九、本著作物有礙銷行之處，得由乙方函請甲方修改之；其對乙方因此所生不可預見之費用，應由乙方自負。

十、本著作物呈報註冊手續，由乙方代辦，以著作者名義行之；呈送審查亦然。其註冊執照及審查證，均由乙方保管。

十一、本著作物如乙方認有發售預約或特價之必要者，除於訂約時，雙方業已商定外，應於兩個月前通知甲方，請求同意。

十二、本著作物出版半年後，乙方如認為銷路不佳，得減價發售或要求解約；但應於兩個月前通知甲方，請求同意。
十三、本著作物凡售預約特價或減價之部數，均各照該預約特價或減價之價目計算版稅。
十四、如甲方對於第十二條及第十三條之請求不同意時，乙方得向甲方要求解除本契約。本契約解除時，雙方對於本著作物之圖版、刊本、執照審查證，依照左列方法處分之：
㈠餘存之刊本，由雙方照比例分配之。（例如版稅為定價百分之十時，所餘刊本，甲方取百分之十，乙方取百分之九十。）
㈡餘存之圖版，照原價折半，歸甲方備款承受；如甲方不願承受者，則仍由乙方保存或以他法處理之，但不得再以之印刷本著作物。
㈢註冊執照及審查證，應交還甲方。
十五、甲方住址或通信處有更動時，應即通知乙方；如因未經通知，致第十二、第十三各條之通知不能到達時，乙方不負責任。
十六、本契約第十二、第十三各條對於甲方之通知書，如經過兩個月尚未接到甲方異議之聲明時，應即視為默許。
十七、本契約規定之版稅為不可分割；其著作權如有數人共同所有時，應推及一人為代表，向乙方支取版稅及接洽一切。
十八、無論甲方或乙方，非經雙方同意，不得將本契約之權利讓渡與第三者；但法定繼承人不在此限。

十九、保證人人應與甲方負連帶責任。

二十、本契約壹式參分，甲乙及保證人各執壹分存照。

甲方：○○○　（簽章）
身分證統一號碼：
乙方：○○圖書出版股份有限公司
代表人：○○○（簽章）
身分證統一號碼：
保證人：○○○　（簽章）
身分證統一號碼：

中　華　民　國　○○　年　○　月　○　日

應-用-練-習！

一、你介紹王小明同學到大華公司工作，公司要你寫「保證契約」以保證該公司之權利，試擬此契約。

【參考解答】

保證契約薦夥保證

立保證書人○○○，今願保王小明到大華公司辦理推銷事宜，一切悉依公司辦事規則，倘有沾染嗜好，不守規則，及敗壞公司名譽，甚至舞弊等事，惟保證人是問，並聽公司隨時辭退。其經手銀錢帳目，設有舛錯，或有影射侵挪虧空等弊，保證人負責，照數賠償。恐後無憑，立此存照。

保證人　○○○押（或蓋章）

中　華　民　國　○○　年　○　月　○　日

二、你向朋友李田其先生借十萬元，試擬此一「借貸契約」，其中細節自訂。

【參考解答】

借貸契約借款

立借貸契約人○○○（以下簡稱甲方），○○○（以下簡稱乙方），雙方為金錢借貸，議訂條件如下：

一、甲方貸與乙方新臺幣○○元。

二、借貸期限一年，即民國自○○年○○月○○日起，至民國○○年○○月○○日止。

三、月息每千元○○元，按月給付。
四、乙方連帶保證人○○○，保證乙方履行債務，並願拋棄先訴抗辯權。
五、本約雙方簽字後，各執壹紙為憑。

立約人　甲方　債權人　○○○　印
　　　　乙方　債務人　○○○　印
乙方連帶保證人　○○○　印

中　華　民　國　○○　年　○　月　○　日

三、甲方乙方兩人因故爭吵，甲方出手傷人，經你個人及一友人從中調解，兩人願息事和解。試就此狀況擬一「和解書」（屬和解契約）。

和解書

立和解書人○○○（以下簡稱甲方）○○○（以下簡稱乙方），兩方因細故爭吵，但甲方毆傷乙方，茲經友好從中調解，兩願息事，成立和解，條件如次：

一、甲方願付乙方已實付之醫藥費全額，並賠償工作請作損失○○○○元。
二、乙方放棄刑事告訴權。
三、事後雙方和睦相處。

四、本和解書雙方簽字後，各執一紙為憑。

立和解人　甲方　○○○　印

　　　　　乙方　○○○　印

調解人　　　　　○○○　印

　　　　　　　　○○○　印

中華民國○○年○月○日

四、你個人因事繁忙，無暇就買賣業務親自到場簽約，必須授權王大誠代為處理。試就此一狀況，擬一「授權書」（屬委任契約）

授權書

授權人：○○○，男，○○歲，身份證字號碼：○○○○○○○○○○，居○○○○○○○○○。

受權人：○○○，男，○○歲，身份證字號碼：○○○○○○○○○○，居○○○○○○○○○○。

因授權人因事繁忙，未克就名下○○之買賣，親自到現場簽約。茲授權○○○代為處理，辦理上述買賣之有關事宜。特此授權作實。

授權人：○○○

（簽章）

受權人：○○○

（簽章）

中　華　民　國　○○　年　○　月　○　日

五、你個人擁有一棟獨立五層之樓房，自願捐贈世界之愛和平總會（FOWPAL）。試就上述之狀況，擬一「贈與書」（屬贈與契約）

贈與書

贈與人：○○○，男，一九○○年○月○日生於○○，現住○○○○○。

受贈人：世界之愛和平總會（現任會長○○○）。

我，○○○，是○○○（地址）○○○○○之獨立五層樓房地產權所有人。我自願將此樓房無償贈與世界之愛和平總會，作為該會使用，並於○○○年○月○日辦妥產權過戶手續，他人對此不得持有異議。

贈與人：○○○（簽章）

見證人：○○○（簽章）

受與人：○○○（簽章）

中　華　民　國　○○　年　○　月　○　日

六、未雨綢繆，人之常情，所以有人預立遺囑，以免身後之憂。請自定人物，為他立一遺囑。

（屬繼承契約）

遺　囑

我立本遺囑，聲明在我亡故後，對我的所有財產作如下處置：

一、我名下在○○○○○○的房屋壹幢，包括房屋中一應傢具和生活設施，以及我名下之全部有價證券，包括股票和債券，均遺留給我的○○○○○。

二、我名下存於○○銀行的全部儲蓄存款，遺留給我的○○○○○。

三、我收藏的中國名家畫作壹拾貳幅（作者與畫作名稱見附件），遺留給我的○○○○○。

本遺囑委託○○○先生（現住○○○○○○○）執行。

本遺囑業經○○○律師簽字證明，共壹式參份，壹份由我本人收執，壹份由○○○先生收執，一份留存○○○律師。

立遺囑人：○○○（簽章）

遺囑執行人：○○○（簽章）

律師：〇〇〇（簽章）

中華民國〇〇年〇月〇日

第四章 規章

第一節 規章的意義

規，規定法度之意（見《說文》）；以法正人也稱規，《書．胤征》：「官師相規」；規也是一種成例，如官規、法規等是。「章」是章程，《國語．周語》上說：「將以講事成章」，章即注為章程。所以，就字面上解釋，「規」就是法度、成例；「章」就是章程、法式。「規章」就是指記載組織、制度、辦事方針等成規定則的文書。但就實質內容來看，規章卻有狹義及廣義兩種解釋；狹義的規章，為一個機關或團體，以書面規定，以分章分條方式列舉的規則、章程，通常有「規」或「章」之字眼，如：「規程」、「規則」、「規約」、「章程」、「簡章」等；至於廣義的規章，則無論其是否以「規」「章」命名，只要是規定公眾的守則，俾共同遵行的文書，都屬於規章的範圍，例如國際條約、國家法律、政府命令，乃至機關、團體、學校所用的規則與章程，都包括在內。至於法規、條例為立法機關所訂定，條約為外交官訂定，並經立法院同意後備查，其效力是國際性的，事屬專門，職有專司，不在本書討論範圍。本書所述，以狹義的規章為內容。

第二節 規章的特質

㈠規章必須用書面記載，否則不能稱為規章。
㈡規章必須用分條列舉方式表達。
㈢規章不得與國家法令相牴觸。
㈣規章必須由機關、團體制定，內容為機關、團體的組織、秩序或治事方針。至於個人與個人間所簽訂共同遵守的文書，雖然也用分條列舉方式，但屬於契約類，不是規章。
㈤規章有強制的效力，一經公布施行，各該機關、團體，或某一地區、某一社會的成員，即有遵守履行的義務。

第三節 規章的種類

規章種類繁多，習見的規章如左表：

編號	規章名稱	說明	舉例
1.	章程	機關或團體為規定其基本組織、權利、義務、計劃及進行程序所定之規章。製發者與接受者，可立於平等地位，也可立於上對下之地位。「章程」對外具表現性，對內兼有指導性。	如「基層農會章程範例」。一般公司或社團章程。
2.	規則	機關或團體為整頓風氣，維持秩序而訂定之規章。其作用在規定應為與不應為之事項，純粹立於上對下之地位，具有紀律性。「條例」及「章程」注重積極之施行事項，「規則」則兼顧消極之避免事項。	如「國民申請出國觀光規則」。一般公司員工服務或進修規則。
3.	規程	兼有「章程」和「規則」二者之用。在規定施行程序當中，並規定應為與不應為之事項。大都是為某一特定事件而制定，不但具有表現性與指導性，也兼有紀律性。	如「國外留學規程」。
4.	規約	機關或團體所訂立大家共同遵守之規條。大抵為平衡權利及義務而設，具有約束性。「規則」是立於上對下之地位，「規約」則是立於平等地位。	如「○○學校教師服務規約」、「○○公司員工自律規約」。
5.	簡章	與「章程」性質相同，是將章程之重要條文摘取出來，用簡略之文字，編成簡單之章程。	如「○○銀行○○年新進人員招考簡章」。

6.	細則	把「條例」、「規則」中所載事項，以詳細周密之文字，寫成更多條文，逐項說明施行之手續。可分為兩種： ⑴施行細則：是訂定機關或團體內部所規定事項之施行程序。 ⑵辦事細則：是規定機關或團體之內部組織及辦事手續。	⑴如「人體器官移植條例施行細則」。 ⑵如「○○中學宿舍管理細則」。
7.	綱要	是將某種事項提綱挈領，做一個概括規定，側重於重人條款而不及細目，與「細則」相反，也叫做「綱領」、「大綱」。	如「中華民國第十九屆圖書館週實施綱要」。
8.	辦法	是針對某種事項，規定其辦理之方法。凡各種規章中規定有施行事項而未訂明詳細辦法者，都可另行訂定辦法。	如「職業學校學生輔導辦法」。
9.	須知	凡要使人對某一事項之程序或辦法了解遵守，都可訂定「須知」，與「辦法」有相輔作用。	如「國產農漁機械申請核定貸款或補助牌型須知」。
10.	程序	是規定辦事之手續，分別輕重緩急，決定先後次序之規章。	如「新生入學考試試題卷製卷程序」。
11.	要點	針對某一特定事項，訂定應注意之重要關鍵及處理辦法之規章。	如「延教班學生學籍成績處理要點」。

12.	注意事項	用來指示與某一事項有關之辦理人員，應注意如何處理業務，推進工作之規章。	如「臺灣省政府所屬公務機關推行電話禮貌注意事項」。
13.	條例	「條例」是行政命令中的一種法規，大都由高級行政機關所擬定，經立法機關審議通過後公布。它的作用是作治事的依據，對有關該項行政事務中應辦各事，均一一予以規定，在規章中具有標準性。所以「條例」一經公布，任何機關、團體或個人，都有遵行的義務。	如「道路交通管理處罰條例」。
14.	通則	「通則」就是通用的「規則」，是同性質、同類型的機關或團體所製訂，作為處理事務共同依據的規章。	如「報業印刷工廠服務通則」。
15.	簡則	「簡則」就是簡單的「章程」，是機關、學校或團體對其某一單位的組織及職掌所訂的規章。	如「○○大學員工福利委員會組織簡則」。
16.	準則	「準則」是規定某種事項實施準繩的規章。	如「大學及獨立學院校際選課實施準則」。
17.	標準	「標準」是對某一特定事項，標明準繩，以為處理依據的規章。	如「機關學校及合法社團登山嚮導人員甄選標準」。

第四節 規章的用語

規章是處理公務並具有法律作用之文書。規章有固定之術語，並有其特定之涵義，不容任意變更。

編號	規章名稱	說明	舉例
1.	凡	泛指一切人、事、物而言。	如「國外留學規程」第一條：「『凡』赴國外留學者，除另有規定外，應依本規程之規定。」
2.	應	是「應當」，肯定「非如此不可」之意，毫無通融餘地。	如「國民申請出國觀光規則」第六條第二項：「未滿十六歲之人出國觀光，『應』隨同直系血親尊親屬申請，合領出入境證及護照。」
3.	須	是「必須」，與「應」之意思相若，不過語氣略微和緩。	如「國外留學規程」第五條第五款：「男生『須』有退伍或無兵役義務之證件。」
4.	得	「可以」之意。即在某種情況下，可以這樣做，但無強制性。	如「人體器官移植條例施行細則」第八條第二項：「經依前項規定核定之醫師，『得』至其他醫院或適當處所摘取捐贈者器官，並『得』至其他核定之醫院施行移植手術。」

5.	不得	與「得」之意思相反，具有強制性，肯定絕對不可以這樣做。	如「國民申請出國觀光規則」第四條：「出國觀光，以前往自由國家及地區為限。『不得』前往共產國家及地區。」
6.	均	兩個以上之項目（人、事、機關等），予以同等看待時使用。	如「○○學校教師服務規約」第二條：「教師所任課程及時數，『均』依照相關法令規定辦理。」
7.	各	兩個以上之項目（人、事、機關等）予以同等看待，而個別敘述時使用。	如「延教班學生學籍成績處理要點」第十一條第一項：「學生轉學前，其在原校之學業成績，應併入計算。同一科目前後兩校教學節數不同者，應按轉入學校『各』該科教學節數核計其成績。」
8.	及、並	表示兩個以上之項目必須同時兼備。	如「○○學校教師服務規約」第四條：「教師有兼任導師及行政職務之義務，『並』有同負全校學生訓導之責任。」第八條：「教師差假悉依教職員勤惰差假管理辦法『及』有關規定辦理。」
9.	或	表示兩個以上之項目不必同時兼備，具此不具彼、具彼不具此之意。	如「基層農會章程範例」第十三條：「本會會員有違反農會法行為，『或』不遵守章程『或』會員（代表）大會決議，直接危害本會，情節重大者，應予除名。」

10.	但	表示例外之意，通常稱為「但書」。原則既已確定，如有例外事項，便加「但書」，用「但」字開頭。	如「國外留學規程」第六條：「回國留學生得申請再出國進修或研究，『但』依法令規定或約定有服務年限者，應俟服務義務解除後始得為之。」
11.	惟	與「但」意思相近，語氣稍緩，沒有「但」字那麼硬性。	如「工業安全標置設置準則」第五條：「安全標示內容應力求簡易，以文字及圖案並用為主，主文書寫方式為：直式者自上而下，自右而左，橫式者自左而右，『惟』有箭號指示方向者文字依箭號方向。」
12.	時	是時間上之用語，指出在某種情形下，當如何處理。	如「人體器官移植條例施行細則」第七條：「醫師摘取器官，不得及於其他非必要之部分。但移植眼角膜『時』，得摘取眼珠。」
13.	由	是指職權屬於某一特定人或機關時使用。	如「九年國民教育實施條例」第十四條：「本條例施行細則，『由』教育部定之。」
14.	非	規定例外之反面語氣。	如「○○學校學生社團活動輔導辦法」第十一條：「學生社團『非』經訓導處許可，不得對外活動，或舉辦校際間之社團活動。」
15.	如	遇有假定例外之事發生，而預為規定解決辦法時使用。	如「○○學校教師服務規約」第十條：「教師在聘約有效期間不得中途離職，『如』因故必須辭職者，應於一個月前商得校長同意，辦妥離職手續後始可離校。」

16.	除……外	是兩面俱到之規定術語，有⑴規定例外及⑵增加項目兩種作用。	⑴如「國外留學規程」第一條：「凡赴國外留學者，『除』另有規定『外』，應依本規程之規定。」 ⑵如「○○紡織公司工程工廠規約」第十條：「曠工一天，『除』當日工資照扣『外』者，另罰工一天，多則類推。」
17.	遇或遇……時	與「除……外」意思相近，可以⑴規定例外，也可以⑵增加項目。	⑴如「交通部郵政總局各區郵政管理局所屬各等級郵局設置標準」第五條第二項：「前項標準如『遇』郵資調整或金融市場有重大變動『時』，應視實際情形配合調整之。」 ⑵如「○○學校校友會簡章」第六條：「會期大會每年兩次，國曆十月一日及四月內第三星期日各舉行一次。『遇』有特別事故，得由執行委員會召集臨時大會。」
18.	必要時	與「除……外」、「遇……時」意思相似，，可以⑴規定例外，也可以⑵增加項目。	⑴如「九年國民教育實施條例」第十三條第三款：「原都市計畫公共設施保留地，『必要時』得變更為學校用地。」 ⑵如「基層農會章程範例」第十六條：「本會視業務需要得分設會務、推廣、供銷、信用、保險及會計等部門辦事，『必要時』得報經上級主管機關核准增設其他股（部）或事業機關。」

19.	其他	凡列舉不盡或不能確定之事項，可用「其他」來概括。	如「國民申請出國觀光規則」第十條：「出國觀光者，不得在國外改變護照領照事由及延期加簽。並不得在香港申領護照轉往『其他』國家或國外申請換發護照。」
20.	比照	依附某一規定而照樣辦理，語氣肯定。	如「職業學校學生輔導辦法」第十一條：「高級中學附設職業類科者，應由其輔導工作委員會『比照』本辦法之規定實施。」
21.	參照	與「比照」相近，是提供參考，而照樣辦理之意，比「比照」有彈性。	如「延教班學生學籍成績處理要點」第二十二條：「前點第二款結業生，應給予資格考驗，其方式『參照』有關法令規定辦理。」
22.	視同	表示與所規定之事項同等看待。	如「基層農會章程範例」第二十七條：「本會總幹事及聘、雇人員均為專任。不得兼營工商業或兼任公私團體任何有給職務或各級民意代表。如有競選公職，一經登記公告，『視同』辭職，予以解任。」
23.	作……論	與「視同」相近，是視同一律之意。	如「○○紡織公司工廠規約」第八條：「因事或病不能到工者，均須請假，經允許後方得離職，否則『作』曠工『論』。」
24.	仍	是「仍舊」、「還是」的意思，凡情形相同而範圍不同時使用。	如「道路交通管理處罰條例」第十七條第二項：「經檢驗不合格之汽車，於一個月內『仍』未修復並申請覆驗；或覆驗『仍』不合格者，吊扣其牌照。」

25.	暨	與「及」相同。	「學校教職員退休條例施行細則」第六條第二款：「同條所稱成績優異，係指依公立學校教職員成績考核辦法『暨』校長成績考核辦法考核結果，最近三年均晉支薪給或獎金者。」
26.	經	是「經過」的意思。	「道路交通管理處罰條例」第十五條第一項第一款：「『經』通知而不依規定期限換領號牌，又未申請延期，仍使用者。」
27.	中	也是時間上的用語，在指出某種正在進行時使用。	道路交通管理處罰條例第六十一條第一項第三款：「撞傷正執行交通勤務『中』之警察者。」
28.	即	是「即刻」的意思，也是時間上用語，在事情不可延辦理時使用。	「學校教職員退休條例施行細則」第十八條：「應『即』退休人員，服務學校未代報請退休或未報請延長服務者，經主管教育行政機關查明後，應『即』會知其服務學校依法辦理，其不依法辦理者，『即』通知審計機關，不予核銷所支薪給待遇。」
29.	立即	意義與「即」相若，而更緊急。	「道路交通管理處罰條例」第三條第九款：「臨時停車：指車輛因上、下人、客、裝卸物品，其引擎未熄火，停止時間未滿三分鐘，保持『立即』行駛之狀態。」
30.	應即	是「應該立即」的意思。	「道路交通管理處罰條例」第六十二條第二項：「汽車駕駛人，如肇事致人受傷或死亡，『應即』採取救護或其他必要措施……。」

31.	逕	有「直接」的意思，是職權之屬於直接行動者用的。	「學校教職員退休條例施行細則」第二十六條第一項：「函請支給機關簽發支票，『逕』撥原服務學校。」
32.	逕行	與「逕」同義。	「道路交通管理處罰條例」第六十四條：「汽車所有人、駕駛人違反道路交通管理，不依通知所定期限，前往指定處所聽候裁決者，公路主管機關或警察機關得『逕行』裁決之。」
33.	準用	情形並不完全相同，而比照適用某一法條時使用。	「道路交通管理處罰條例」第八十九條：「法院受理有關交通事件，『準用』刑事訴訟法之規定……。」
34.	適用	是適合應用的意思，與「準用」相若，而更確切肯定。	「道路交通管理處罰條例」第八十五條第一項：「本條例關於車輛所有人之處罰，如應歸責於運送人、租用人或使用人，亦『適用』之。」
35.	施行	即「執行」或「實行」的意思。	「道路交通管理處罰條例」第九十三條：「本條例『施行』日期，由行政院以命令定之。」
36.	修正	是修改而使之更完美、更正確的意義。	「嘉新水泥公司文化基金會章程」第十六條：「本章程……『修正』時須經董事會三分之二之決議，並徵得創立人之同意行之。」

37.	「另訂之」或「另定之」	即「另外訂定」的意思。凡本規章未能或不宜容納的規定，需另訂規章或文件作規定時使用。	「學校教職員退休條例施行細則」第四十四條：「本細則所定各種書表格式『另定之』。」
38.	不在此限	即「不在此一限制範圍以內」的意思	「道路交通管理處罰條例」第三十九條：「汽車駕駛人不在未劃分標線道路之中央右側部分駕車者，處二百元以上、四百元以下罰鍰；但單行道或依規定超車者，『不在此限』。」
39.	非……不得	是：如果不是在某種情況下便不可如何的意思，也是原則以下的規定。	「道路交通管理處罰條例」第六十六條：「汽車牌照經吊銷或註銷者『非』經公路主管機關檢驗合格，『不得』再行請領。但依前條第一項第一款之規定註銷者，『非』滿六個月『不得』再行請領。」
40.	以……為限	凡符合某一條件，方能納入此一範圍的用語。	「學校教職員退休條例施行細則」第八條：「本條例所稱公立社會教育機關，『以』由各級主管教育行政機關依法令規定設置者『為限』；學術機關，『以』依法設置者『為限』。」

第五節　規章的作法

一、確定名稱

製作規章一定要先「確定名稱」，名稱之構成，不外四要素：㈠制定之主體；㈡施行之效用；㈢適用之範圍；㈣規章之類別。如「臺灣省政府所屬公務機關推行禮貌注意事項」，「臺灣省政府」是制定之主體，「所屬公務機關」是適用之範圍，「推行禮貌」是施行之效用，「注意事項」是規章之類別。

前述四要素，並非每一規章都必須完全具備，但至少應具備兩項，其中「規章之類別」絕不能省略。如「職業學校學生輔導辦法」，制定之主體則無。又如「○○有限公司章程」，施行之效用及適用之範圍皆無。

規章之名稱，其字數要簡短而切題，使人一目了然，其音節要諧適而響亮，使人一聽便有深刻印象。起草規章時，在確定名稱後，須加上「草案」二字，因為未奉核定前，此項規章只能視為草稿，不能算是正式之規章。

二、分配章節

規章的內容須層次井然，最複雜的分為編、章、節、目、條、款、項七層。各編、章、節、目、條、款、項之上，均須冠以數字，如第幾編，第幾章，第幾節，第幾目，第幾條，至於款、項，則僅須冠以一二三等數字。或編、章、節、目、條，也僅冠以一二三等數字，不寫第幾字樣亦可。但亦有用其他字樣，以代替數字者，如甲、乙、丙、丁或A、B、C、D等等。

三、布置結構

規章之結構，大體可分為「總則」、「分則」與「附則」三部分，茲分述如下：

㈠總則：敘述規章訂定之根據、名稱、宗旨及會址等。

㈡分則：敘述各種特殊事項，如會員、組織、職權、任期、會期以及經費等。

㈢附則：敘述規章之通過、公布、施行及修正等手續。

「總則」、「分則」與「附則」之名稱，不一定要標明，但寫作須按照三者之次第，權衡輕重，予以適當編排。

四、根據法規

規章之性質相當於法律，所以規章本身不能沒有法律之依據，一般規章在開端時，首先載明所根據之法規，就是這個道理。引據法規，必須是現行適用足資根據者，如所引法規曾經修正公布，則應引用修正後之條文。倘無明文可資引據，至少不可與現行法規違背。

五、撰寫條文

㈠**思慮周密**：規章有其規範性、約束性、指導性、標準性，作用在規定辦法，使大家遵行，故一切有關事項，都要顧慮周到，逐一規定；如有列舉事項，更要切合事實，將可能發生的情況舉出，不可遺漏。

㈡**條理清晰**：全部規章的大體結構，要依重輕急緩而安排條文次序，更要注意使其前後連貫，脈絡分明。而每一條文，更要自成段落，不可前後糾結，混淆不清。

㈢**文字明確**：規章的文字，要言簡意賅，明確具體，語氣肯定，要避免過於藻飾，更不可模稜兩可。凡「大概」、「或許」、「容或」、「似宜」之類指稱範圍不定的詞語，均應避免使用。

第六節 規章的實例

一、章程

○○市教育會章程

一、定名：本會定名為○○市教育會。

二、宗旨：本會以研究教育事業，發展地方教育，並協助政府推行教育政令為宗旨。

三、會址：本會會址設於本市○○路○○號。

四、任務：本會之任務如左：

1. 關於地方教育的研究及建議改進事項。
2. 關於增進人民生活知識之指導事項。
3. 關於地方教育之調查統計及編纂事項。
4. 舉辦教育學術講演暨各項教師進修活動。
5. 舉辦各項教師福利事業。

五、會員：

㈠凡中華民國人民居住本市，年滿廿歲，具有左列資格之一者，得加入本會為會員。

1.現任公立或已立案之私立學校教職員或社會教育機關職員，但職員以中等以上學校畢業者為限。

2.曾在公立或已立案之私立大學或獨立學院教育科系或師範學院畢業者。

3.曾在師範專科學校或師範學校畢業者。

4.曾在公立或已立案之私立專科以上學校畢業，並從事教育事業一年以上者。

5.曾在公立或已立案之私立學校或社會教育機關服務三年以上者。

6.對於教育確有研究並有關於教育之著作者。

㈡有左列情事之一者，不得為本會會員。

1.背叛中華民國者。

2.褫奪公權者。

3.禁治產者。

六、組織：

1.本會設理事九人，候補理事三人，監事三人，候補監事一人，由會員大會選舉之，並得由理事互選三人為常務理事，由監事互選一人為常務監事。前項常務理事並得互選一人為理事長。

2.理事長之下得設總幹事一人暨幹事三人，由理事長遴聘適當人選充任。

3.理監事之任期二年，連選得連任。

七、會議：

1.本會會員大會分定期會議及臨時會議兩種，均由理事長召集之。前項定期會議每年一次。

2.理事會議每月舉行一次，由理事長召集之。監事會議每兩個月舉行一次，由常務監事召集之。遇有必要時，得召開臨時會議，或舉行理監事聯席會議。

八、會費：會員入會費每人新臺幣〇〇〇元，常年會費每年新臺幣〇〇〇元。

九、附則：本章程經會員大會通過後施行。

二、規則

(一)臺北醫學大學學生社團活動規則

83.9.16.八十三學年度第一學期三次訓育委員會會議修訂通過

第一條　本校為使學生社團活動有所規範，特訂定社團活動規則（以下簡稱本規則）。

第二條　各種社團之組織，須有五十名以上之聯名發起，填具申請登記表壹分，報請學生事務處轉呈校長核准後，始得籌備組織之。

第三條　各種社團成立時，須請學生事務處派員出席指導，於成立後一星期內應將各種章則、職員及會員名冊等報請學生事務處核准，其組織變更時亦同。

第四條　屬於臨時性之各種團體或社團活動，須先填具申請登記表壹分報告學生事務處，經許可後，並請派員指導，始得舉行之。

第五條　各種社團活動可斟酌社務情形，得設顧問或指導一人至三人，由該社團報請學生事務處轉呈院長聘請教職員或校外有關人士擔任之。

第六條　各種社團非經學生事務處核准，不得對外活動。

第七條　各社團評鑑毫無成績者，得由學生事務處命令改組或解散之，社團評鑑辦法另訂之。

第八條　每一位學生不得擔任兩個社團以上之負責人，前一學期其操行成績在乙等以下或學業成績超過所修學分四分之一不及格者。

第九條　本規則經學生事務會議通過，報請校長核定後施行，修訂時亦同。

㈡○○大學考試規則

一、本校學生參加考試，必須遵守本規則之規定及主監試人員之監督。

二、各科考試之開始及終止，均以打鐘為號，每節開始後遲到十分鐘者，即不得參加考試。

三、各科目第二、四兩節考試，在規定時間前，不得進入試場。
四、考試時須攜帶學生證，以便查驗，如無學生證或學生證之照片與本人不符者，除不准參加考試外，並另行議處。
五、考試時，除筆墨、繪圖用具及透明無任何文字之墊板外，其他任何書籍紙片一概不得攜入試場。
六、各科目試卷須用毛筆或鋼筆書寫，除繪圖外不得使用鉛筆，否則該科成績以零分計算。
七、各科目試卷，除外國文、數學、理化、樂譜等得橫寫外，其他各科目均須由上同下，由右向左書寫，否則該科成績不予計分。
八、學生到達試場，必須按照編訂行次就座，依順序在「到考簽名表」簽名，否則以未到考論處。
九、考試試題如字句有不清楚時，可在考試開始十分鐘內，向該考試科目主試詢問，但不得要求解釋。
十、學生在考試時，必須肅靜，不得有傳遞、交談、夾帶及左顧右盼等舞弊情事，違者除該科以零分計算外，酌記大過或勒令退學。
十一、每科考試完畢，學生應即將試卷繳交主（監）試人員，並應立即出場，不得逗留場內。

十二、本規則經核准後公布施行。

三、規程

教育部中國影劇改良研究委員會組織規程

第一條　教育部為提倡中國固有影劇藝術，以發揚民族精神，增強反共抗俄總動員力量起揚，特設中國影劇改良研究委員會（以下簡稱本會）。

第二條　本會設委員九至二十一人，其中一人為主任委員，由部長分別聘任之。

第三條　本會設祕書一人，秉承主任委員處理日常會務，由部長派任之。

第四條　本會設研究、輔導兩組，各設主任一人，由部長就本會委員中指定兼任之，各設幹事若干人，由部長派任之。

第五條　本會研究、輔導兩組之職掌如下：

一、研究組：

㈠蒐集整理我國固有影劇劇本。

㈡創作新影劇劇本。

㈢改良舞臺布置及演出形式。

㈣其他。

二、輔導組：

㈠輔導影劇劇本之出版及實驗演出。

㈡輔導設立影劇學校。

㈢輔導影劇教學。

第六條　本會每月舉行會議一次，必要時得召集臨時會議。

第七條　本規程如有未盡事宜，得呈准修正之。

第八條　本規程自核准之日施行。

四、規約

○○市立○○高級中學教師服務規約

一、教師須服膺三民主義，奉行教育法令，遵守本校章則，盡忠職守，熱心教育。

二、教師任課班級及授課時間由本校依規定及教學需要編排，不得要求指定或任意更改。

三、教師須參加週會升降旗典禮及各種有關會議或集會，並服從會議之決議案。

四、教師有擔任導師及其他行政職務之義務，並應共負訓育責任，指導學生各種課外活動。

五、教師須專心服務，未經校長同意，不得私自在校外兼任有給職務。

六、教師不得向學生收費補習，或推銷書刊。

七、教師於寒暑假期間，如遇本校有重要工作，應隨時到校處理，不得藉故拒絕。

八、教師經校方同意中途離校或離職時，均應依照規定辦妥離校手續。

九、教師請假未滿一週者，所遺課務應自行補授；滿一週者，由本校另遴合格教師代課，其代課費依規定辦理。

十、教師若不依本規約履行職務者，得隨時報請解聘。

十一、本聘約期滿收到聘書後，請於十日內將應聘書簽章，送回人事室；逾期未送者，以不應聘論。未收到聘書時，即以不續聘論。

十二、其他未盡事宜，悉遵有關法令規定辦理之。

五、細則

㈠革命抗戰功勛子女就學優待審查細則

第一條　本細則依據「革命抗戰功勛子女就學優待條例」（以下簡稱本條例）第八條之規定訂定之。

第二條　本條例所稱功勛子女，指功勛人員之婚生子女或養子女而言。

第三條　本條例第一條所定資格之證件為有效期間之恤亡給與令、撫恤金證書或撫助金證書。

前項有效證件以由內政部、國防部（或前軍事委員會）與銓敘部核給者為限。

第四條　本條例第三條所列各項待遇，應先由所在學校根據學生所提各種證件，及其家庭經濟狀況，與在校生活情形，依本細則第三條之規定嚴加審查，並擬定待遇項別，呈報各該主管教育行政機關核定。其依本條例第四條變更或停止待遇者亦同。

第五條　本條例第三條規定應免各費，各私立學校應一律依照辦理，同條規定補助各費，應報由各該主管教育行政機關依左列規定核予補助：

一、各級學校學生膳費以住校生之膳費數額為準，宿費以主管教育行政機關所定收費標準為準，但不住校者不予補助宿費。

二、各級學校學生制服書籍等費，由各校按照一般學生實際需要情形擬定數額，呈報各該主管教育行政機關核定。

第六條　請求免費補助之學生，應於學期開學後兩個月內辦理申請手續，一經核定，准予免費或補助至畢業為止。如轉學或升學其他學校時，應再持有效證件報由學校轉呈主管教育行政機關重行申請審核。

第七條　革命抗戰及戡亂時期中在職軍公教人員以積勞病故得撫卹令或撫卹金證書者，其子女就學得比照本條例第三條甲、乙兩項規定酌予免費補助。

第八條　本細則自公布日施行。

㈡銘傳大學學生宿舍網路使用細則

中華民國八十六年五月五日教務會議通過

一、禁止使用學生宿舍網路傳送具威脅性、猥褻性、不友善、商業性之資料。

二、禁止使用學生宿舍網路做為干擾或破壞網路上其他使用者或節點之硬軟體系統（如散布電腦病毒、嘗試侵入未經授權之電腦系統，或其他類似之情形），若經查屬實，處停止上線一年，並依校規處分。

三、凡住校內宿舍生均可申請，須自備電腦、網路卡（RJ－45介面）、一條未遮蔽8C雙絞線（UTP）；嚴禁使用扁平電話線，以增進有效傳輸速率，確保網路品質。

四、學生於每學年度開始或寢室異動時須重新申請方能使用。

五、本中心待完成設備跳接後，於每週一早上MAIL至使用者的Email address中後即可使用。

六、為維護網路使用者權益與網路正常運作，嚴禁使用未經允許之IP-Address。

七、宿舍二舍每一間寢室有一個資訊插座（1、2樓每間有二個資訊插座），可利用miniHUB（自行採購）串接多臺PC。資訊插座分A、B兩孔，請使用上方A孔。

八、開放初期不需繳交任何費用，一旦學校開會決定必須繳費時，必須無異議自動繳交費用。

六、綱要

㈠中華民國第十九屆圖書館週實施綱要

中國圖書館學會訂

一、圖書館週目的：

㈠宣揚我國圖書館事業之發展及其成就。

㈡促使大眾了解圖書館之功能並多加利用。

㈢培養大眾讀書習慣，邁向書香社會。

㈣推廣圖書館之服務以適應社會需要。

二、圖書館週活動項目：

㈠撰寫專論刊登報章。

㈡舉辦各種展覽。

㈢洽製電視、廣播節目。

㈣張貼海報。

㈤製作壁報、漫畫、標語。

㈥放映電影。

(七)舉辦讀者座談會。
(八)發動捐書運動。
(九)舉辦講演或徵文比賽。
(十)舉辦各項活動，鼓勵學生多加利用圖書館之資源。
(十一)鼓勵讀者參觀圖書館之設施。
(十二)其他有關活動。

三、圖書館週時間：民國七十七年十二月一日至七日。
四、圖書館週活動主題：圖書館生活化：我們的好朋友——圖書館。
五、策劃單位：中國圖書館學會。
六、參加單位：

(一)國立中央圖書館、國立中央圖書館臺灣分館、臺灣省立臺中圖書館、臺北市立圖書館、高雄市立圖書館、各縣、市文化中心及縣、鄉、鎮圖書館。
(二)各級學校圖書館。
(三)各機關圖書館。
(四)各圖書館學科系。
(五)各私立圖書館及社團。

㈥其他社教機構團體等。

㈡全國公務人員體育實施綱要

一、實施宗旨：

以增進全國公務人員身心健康，發揮工作效能為宗旨。

二、參加人員：

中央及地方各級機關暨公營事業機構之年齡在四十五歲以下者，均須參加，超過四十五歲者，自由參加。

三、推行機構：

㈠全國公務人員體育委員會由總統府參軍長、行政院祕書長、國防部部長或參謀總長或總政治部主任、教育部部長、臺灣省政府主席組成之，由教育部部長為主任委員，下設督導小組，內設總幹事一人，督導員六人，掌理設計及督導事宜，並得設幹事若干人，協助辦理各項事務（仍由各機關調用）。

㈡中央及地方機關各該機關體育委員會及督導小組，受全國公務人員體育委員會及上級機關體育委員會督導之。

四、實施辦法：

㈠教材：體操教材由全國公務人員體育委員會督導小組編訂頒發之，其他運動教材，由各機關酌量環境之需要編訂之。

㈡指導人員：由各機關聘請體育專門人員或體育活動具有經驗者擔任之。

㈢時間：體操各機關必須舉行，每日以二十分鐘為原則；其他體育活動，得視環境實際情形，每日實施一小時為原則，舉行時間由各機關自行訂定。

㈣督導：

1.全國公務人員體育委員會定期派員前往其所屬機關督導。

2.各機關體育委員會定期前往各機關督導。

3.為體操之領導及操法劃一起見，全國公務人員體育委員會定期召集各機關團體體育指導人員集訓。至於其他體育活動之指導方法，得視需要情況召集各機關人員舉行集訓。

㈤競賽：其他各項體育活動，得定期分別舉行競賽。

㈥考核：

1.規定參加之人員，體操必須出席，全年從未缺席者，記功一次。無故缺席八次作曠職一日，均列入年終考績。

2.其他體育活動之考核，由各機關視情形自行辦理。

3.每年年中及年終由各機關體育委員會派員分區視察所屬機關各一次。每年年終由全國公務人員體育委員會指定地區校閱一次，成績優異者，予以獎勵；低劣者，予以處分。

五、經費：

推行經費，由各機關在其經費內自行勻支。

六、附則：

本綱要經行政院核准施行。

七、須知

○立○○大學學生社團改選須知

一、改選日期：遵照訓導處通知改選期間舉辦改選。

二、改選方式：

(一)學術、康樂、聯誼性社團：

1.召開社員大會舉行改選（各社團應按原始社員名冊，審查社員資格，社員參加該社滿三個月者始有選擇資格），並須於改選六天前，印發通知或張貼海報，使該社全體社員週知。

2.改選時應先選出理監事（理事九至十一人、監事三人），由當選之理監事，互推常務理監事。常務理事（社長、團長、總幹事、隊長）人選，應以下學年度二、三年級品學兼優之社員擔任。

3.凡下學年度為四年級之社員，不得當選為社團負責人。

4.改選時應請指導老師蒞臨指導。

㈡綜合性社團：

學會部分：

1.召開會員大會如會員人數超過一五〇人以上者，應舉行會員代表大會並選理監事（理事七至十一人、監事三人），由當選之理監事互推常務理監事。常務理監事人選，應以下學年度二、三年級品學兼優之同學為限。

2.會員代表除應屆畢、結業班外，每一級會推選三人擔任之，並出席前項會員代表大會。

3.凡下學年為四年級（夜間部五年級）之會員代表，得當選為學會之理監事，但不得當選為常務理監事。

4.各級會級長得當選為會員代表，但不得視為當然會員代表。

5.改選時應請系主任及系教官蒞臨指導。

級會部分：

1.召開級會應請導師及系教官蒞臨指導。

2.改選級長、副級長及各股股長，其人選應著重品學兼優之同學。

三、任期：社團負責人、學會常務理事及級會級長、副級長等之任期均為一學年，不得連任。

四、移交：

㈠各社團、學、級會改選後，新任負責人應與原任負責人經常聯繫，以便了解各社團、學、級會之各項工作。

㈡原任各負責人，應將本社團、學、級會各項工作及應辦之移交手續，於五月三十一日至六月十五日以前移交清楚。

㈢各社團、學會之活動資料，如會議紀錄、公物財產（收支帳目）、印鑑等，請新舊負責人攜帶私章、財產清單同時至學生活動中心○○○先生處理移交手續。如未按規定辦理者，即予凍結一切活動，並追究責任。

五、報備：

㈠各社團、學、級會改選完竣後，原任各負責人應協助新任負責人將改選結果按照社團、學、級會登記表各欄之規定，詳填貳分（系級欄應填下學年度之年級），並加蓋社團印鑑及新任負責人印章，一分自存，一分送課外活動組（級會不必加蓋印鑑）。

㈡新任負責人應繳二寸半身照片一張（背面書寫姓名系級），連同登記表於五月三十一日以前，送課外活動組。

六、非具中華民國國籍之在校學生不得擔任社團負責人。

八、條例

姓名條例

中華民國42、3、7總統令公布施行
中華民國54、12、1總統令修正公布
中華民國72、11、18修正公布第六條條文

第一條　中華民國國民之本名，以一個為限，並以戶籍登記之姓名為本名。

第二條　國民對於政府依法令調查或向政府有所申請時，均應使用本名。

第三條　學歷、資歷及其他證件、執照應用本名，其不用本名者無效。

第四條　財產權之取得、設定、移轉、變更或其他登記時，應用本名；其不用本名者，產權登記機關不得予以核准。

存儲銀錢財物時，應用本名，其不用本名者，承辦人不得予以接收。共有財產使用堂名或其他名義時，應表明共有人或其代表人之本名，其未表明者，准用前兩項之規定。

第五條　有左列情事之一者，得申請改姓：
一、被認領者。
二、因被收養或終止收養者。
三、其他依法改姓者。
因婚姻關係申請冠姓或撤銷冠姓者，準用前項之規定。

第六條　左列情事之一者，得申請改名：
一、同時在一機關服務或同在一學校肄業，姓名完全相同者。
二、與三親等以內直系尊親屬名字完全相同者。
三、同時在一縣市內居住六個月以上，姓名完全相同年齡較幼者。
四、銓敘時發現姓名相同，經銓敘機關通知者。
五、與經通緝有案之人犯姓名完全相同者。
六、命名文字粗俗不雅或有特殊原因經主管機關認定者。

第七條　有左列情事之一者，得申請更改姓名。

一、原名譯音過長或不正確者。
二、為僧尼而還俗者。
三、因執行公務之必要，應更改姓名者。

第八條　在本條例施行前，有第三條、第四條所定情事之一而未用本名者，應於本條例施行後申請為本名之更正。但有第三條所定情事而未用本名者，得以學資歷證件或其他足資證明之文件名字為準，申請更正。

前項申請為本名之更正或變更戶籍上本名之登記，均以一次為限。

第九條　本條例施行細則，由內政部制定之。

第十條　本條例自公布日施行。

應－用－練－習！

一、試為你所就讀的學校圖書館擬定「借書須知」。

【參考解答】

○○學院圖書館借書須知

一、書庫內所有藏書，本校教職員生均可自由取閱。
二、借還書須在本館開館時間內辦理，每日上午八時至下午五時。遇寒暑假時，則另行公告辦理時間。

三、凡欲借書，須由本人親自辦理，不得委託他人，他人亦不可代辦，違者嚴予議處。

四、借書到期應即歸還，未辦理續借或逾期歸還者，每書每逾期一天，罰款新臺幣五元，如故意拖延時，除照章罰款外，並取消借書權三個月。

五、欲借之書，如已被借出，可向本館申請預約。預約書回館經通知三日內，預約人如未前來辦理借書手續，視同棄權。

六、所借之書，若欲續借，須於到期當日始可辦理；如有他人預約，不得續借。學生僅能續借一次，續借時須本人攜帶學生證或借書證及圖書到館辦理。

七、所借之書，如係借書人損壞或遺失者，應以作者、書名與原書相同者賠償。

八、借書證件如有遺失，應即向本館掛失，並辦理補領手續；如因借書證遺失，在掛失前致本館圖書蒙受損失時，應由原持證人負責賠償。

二、試為你所就讀的學校擬定服儀展示比賽辦法。

【參考解答】

○○學院○○學年度服儀展示表演辦法

一、活動宗旨：自由開放的校風是本校引以為傲的特色，但自由不是放任，開放不是失序，在傳統規範與價值日漸鬆動的今日，如何在成長的過程中培養合宜的舉止與氣質，便成為教育上很重要的課題。

二、活動目的：

1.藉由本次比賽，提供同學機會與舞台表現校園中合宜的衣著穿法，進而培養同學年輕而優雅活潑的氣質。

2.結合家政課程教學內容，利用本次活動作為學習成果之展現與觀摩。

三、活動主題：校園中服裝儀容的展現——

1.校園中，制服合宜的穿著方式。

2.校園中，便服合宜的穿著方式。

四、參加對象：

本校各班同學組隊參加。

五、報名日期及賽程：

1.○○年○月○日（星期○）中午將報名表送至訓育組報名，並抽籤決定出場序號。

2.各班於○月○日（星期○）中午十二點二十分於活動中心四樓進行彩排。

3.○月○日○時正式進行比賽。

六、比賽辦法：

1.每班至少派出八人參加比賽。可自訂表演內容以展現同學之創意，但應包含規定主題之項目，且需符合本校服裝儀容之規定。

2.表演以四分鐘為原則，超過或不足30秒者扣總分一分，以30秒為單位累計。

七、評分方式：儀態30％、服裝合宜30％、團隊表現30％、時間10％，由學務聘請相關專業老師評分。

八、獎勵：擇優錄取前三名頒發獎狀，獎杯及獎金。

第一名	第二名	第三名
獎金一萬元	獎金五千元	獎金三千元

九、本辦法呈陳校長核可後實施，修正時亦同。

三、試擬「電腦教室使用須知」

【參考解答】

電腦室使用須知

一、本電腦室只供本校學生使用，開放時間為早上八時至晚上十二時。

二、學生使用電腦前，必須先於電腦使用登記處登記班別、姓名、電腦機號及時間日期。

三、使用時間以二小時為一節，到達時限電腦將自動關閉，學生需預先儲存有關文件。
四、使用時間屆滿後，如無其他學生輪候，學生可繼續使用。
五、學生使用之磁碟需先進行病毒測試。
六、學生不得攜帶或閱讀暴力或淫猥性質之檔案。
七、學生不得於網上瀏覽暴力或淫猥性質之畫面。
八、學生於使用時如有任何疑問可與當值管理員聯絡。
九、有違上述須知者，將記錄在案；違反三次者即取消日後使用本電腦室之資格。

四、試為你所就讀的學校擬定「宿舍管理細則」

【參考解答】

國立臺灣大學學生宿舍管理細則

第一條　學生宿舍由軍訓教官管理之，負責管理之教官，承校長之命並受訓導長、副訓導長（總教官）之指導、依照宿舍規則執行職務、指導住宿學生並考核其品行。

第二條　教官得就核准住宿學生分別指定其寢室並辦理有關請求遷調、互調、退宿等事宜：

一、在本宿舍請求遷調寢室，經教官核准後，送生活管理組備案。

二、請求互調宿舍時，經雙方教官同意後由學生報請生活管理組核定後，辦理登記手續。

三、請求退宿時，報請教官及生活管理組登記。

第三條　教官應按時點名，督導住宿學生按時作息。

第四條　教官對於住宿學生應經常注意其品行，以評定操行之優劣。對於犯規學生得予訓誡，如情節較重者，提請訓導長轉呈校長議處。對熱心公益之學生，得報請訓導處轉呈校長嘉獎。

第五條　教官得審核住宿學生對宿舍事項之請求報告，並簽註意見，經副訓導長（總教官）、訓導長核定後再送有關單位辦理。

第六條　教官處理宿舍事務，應按規定時間在宿舍辦公，並接受訓導處指定之其他任務。

第七條　教官應負責督導宿舍工友工作，並考核其勤惰。

第八條　教官須按時出席訓導處生活管理組所召集管理學生宿舍之教官會議，報告並討論宿舍有關事項。

第九條　女生宿舍教官除遵守本細則外，得另行訂定補充辦法。

第十條　本細則經行政會議通過後公布施行。

第五章 履歷

第一節 履歷的種類

履歷是最常用到的求職文書，坊間大多售有形式固定的表格，可提供填寫。依照履歷內容的詳略，可分為下列三種：

一、履歷卡

這是最簡單的履歷形式，坊間出售的履歷卡通常有姓名、性別、年齡、出生年月日、籍貫（出生地）、通訊處、學歷、曾任職務、應徵職務、希望待遇、貼相片等欄位，使用時只要照實填寫即可。

二、公務人員履歷表

這原本是公務人員任職時，由機關單位發給填寫，用來建檔的基本人事資料；但目前有不少民營機構也利用來要求應徵人員填寫，坊間可以買到這類空白表格填寫。公務人員履歷表的項目十分詳盡，每份計十二面，表後有填表說明，在下筆填寫之前，務必先看清楚。

三、履歷表（簡歷）

通常是根據求才公司機構的要求和個人的情況，由自己設定項目，再加以製作填寫，內容比履歷卡詳細，而比公務人員履歷表簡單。由於現在個人電腦的使用十分普遍，所以這類的履歷表越來越多，設計格式也逐漸多樣化、精緻化。一般而言，這類履歷表的內容，除了履歷卡上所列的各項外，會增加婚姻狀況、職業專長或教育訓練、外語能力、簡要自傳與生活規劃等項目。

第二節　履歷的填寫

履歷卡、履歷表與公務員履歷表，格式或許有些不同，但裡面包含的項目，則大多一樣，以下就需要注意的各欄略為談一下寫法。

一、**姓名：**除了填寫姓名外，如有字號、別名或英文名字，可用括號註明。

二、**通訊處：**這一欄務必詳細確實填寫，以免因為錯誤而失去工作的機會。如果通訊處不只一個，應該選擇聯繫最方便的一個來填寫。

三、**電話：**除了家中電話外，如有行動電話、傳真、E-mail亦可一併填上。

四、**學歷：**通常填寫國內外的最高學歷。如欄位較多的，可填上較高的二、三項學歷。

五、**經歷：**曾任職務就是經歷。做過的事，當然有得填，並可註明任職時間。如果工作過很多的地方，則可選擇比較重要或任職比較長的幾個來填寫，以免給人一種見異思遷的誤解。如果剛從學校畢業，可以填寫在校的社團經驗；退伍的男生，可以填寫軍中所擔任的職務或學得的專長。

六、**資格：**指參加各種考試，檢覈所取得執照或資格。

七、**專長：**可填中、英文打字、速記、珠算（段級）、電腦操作、駕駛、無線電修護等職業技能。

八、**語言能力：**列出方言、外語的名稱外，並將聽、說、讀、寫的能力略加註明。

第三節 履歷的實例

一、履歷卡

姓名		性別	
年齡	歲	民國　年　月　日生	
籍貫		電話	
通訊處			貼相片處
學歷			
曾任職務			
身分證字號			
應徵職務			
希望待遇			

二、履歷表

履歷表

欄位	內容
姓名	
性別	
年齡	歲
	民國 年 月 日生
籍貫	
身份證字號	
通訊處	
電話	
永久住址	
電話	
健康情形	
血型	
身高	公分
體重	公斤
學歷	
貼相片處	

經歷（或自述）	特長	應徵職務	希望待遇	備註
			供食宿	
			是	
			否	

三、公務人員履歷表

（第一面）

本資料建立日期：民國　年　月　日

公務人員履歷表

姓名①	身分證統一號③	性別④	出生⑥	籍貫⑦	通訊處⑧		緊急通知人	宗教⑨	本欄請粘貼最近二寸半身脫帽光面照片一張，照片背面書寫姓名。
		男	民國　年　月　日	省（市）縣（市）	戶籍所在地	現居住所	姓名		
		女		出生地			與當事人關係	社團⑩	
別號②		婚姻⑤		省（市）縣（市）	郵遞區號		地址		身長⑪　公分
		已婚			電話號碼		電話號碼		體重⑫　公斤
		未婚							血型⑬　型
									特徵

考試⑭	1	2	3	4
考試年屆及名稱				
種類科別或職系職等				
錄取等第				
考試機關				
證件名稱及字號				
審查結果				

學歷⑮	1	2	3	4	5
學校名稱					
院系科別					
修業起訖年月					
畢業					
肄業					
學位					
校（院）長					
證件名稱					
審查結果					

訓練⑯	1	2	3	4
訓練機關				
種類				
期別				
起訖年月日				
主持人				
證件名稱				
審查結果				

（第二面）

⑰ 檢覈

	職業類別	檢覈年月	檢覈機關	證件名稱及字號	審查結果
1					
2					
3					

⑱ 甄審

	甄審年月	甄審名稱	資位類別	甄審機關	證件名稱及字號	審查結果
1						
2						

中小學教師登記檢定

登記檢定種類	登記檢定機關	登記檢定年月	證書字號	審查結果

大專教師資格審查

審定等級	審查機關	審定年月	證書字號	審查結果

初任公職原因

⑲ 著作

名稱	出版處所	出版年月

⑳ 發明

名稱	專利期限	核准年月

㉑ 方言

名稱	程度
	少許
	可以
	流利

㉒ 外國語文

名稱	程度		
	讀	尚可	流利
	說	尚可	流利
	寫	尚可	流利
	譯	尚可	流利

㉕ 住屋狀況

1	2	3	4	5	6	7
本機關宿舍	他機關宿舍	軍方宿舍	公租	自租	自有	其他

輔貸狀況

1	2	3	4	5	輔貸機關
貸款自購（建）住宅	配購公教住宅	承購原住宿舍	購（貸）國民住宅	購（貸）勞工住宅	
					輔貸年度

㉖ 兵役

役別	軍種兵科	軍階	起訖年月日

㉗ 專長

1.	2.	3.

㉘ 性向測驗

（第三面）

㉙經歷

	1	2	3	4	5	6	7	8	9	10
服務機關										
職稱										
職系										
官等職等（等階級或資位）										
俸級（俸薪級）										
俸點（俸薪額）										
主管級別										
擔任工作										
到職年月日										
卸職年月日										
年資累計										
卸職原因										
首長姓名										
證件 名稱										
證件 文號										
審查結果										

應－用－練－習！

一、遠東百貨公司徵求服務人員一名，請根據你自己的資料，填入履歷卡中。

二、宏碁電腦公司徵求業務助理與資訊工程師數名，請根據你自己的資料，填入履歷表中。

第六章　自傳

第一節　自傳寫作注意事項

一篇好的自傳寫法有上千百種，但要如何寫好一篇文辭並茂的好自傳，讓自傳達到其目的，這是很多人很關注的一個課題，下面針對自傳的書寫及內容作一簡單扼要的說明：

一、在自傳的書寫方面

(一)版面的規劃

現在是個資訊發達的時代，電腦的使用十分普及，已經不需要如往昔般用書寫的方式來呈現自傳的內容，除非你非常確定自己的字跡是異乎常人的美觀有特色，否則我們仍是建議善用電腦

來編排打字，此外還要將自傳裝訂整齊，這對於一次要閱讀數十，甚至數百分的主事者而言，有減輕壓力的效果，進而提升你的分數。

而在當場考試書寫自傳時，切忌「筆跡潦草」，而且在版面上的分配上要略加規畫，因為一篇字跡潦草的自傳，在評閱人員的第一印象中就大打折扣了，那更遑論內容了，當然更談不上細細評析此員是否優秀或深具潛力了。

在自傳的長度方面要言簡意賅，長短適中，分段清楚明白。否則太長的篇幅及段落不清楚的自傳，讓人看來生厭，會適得其反的。

㈡基本的二項要求：「通順」、「無錯字」

不管你的國文造詣如何，一篇具有通順及無錯字的自傳是必要的要件。因為自傳不是在炫耀你的才學，而是忠實的傳達出你的特長及優點的作品。如果連篇的錯字及不通順的字詞，令主事者無以明白你所傳達的意思，那你的自傳自然分數就很低了。

二、在自傳的內容方面

每個人都是獨特的個體，都有與眾不同之處，那你要如何在短短的千字內，將自己的優點及特長傳達出來，並能在四平八穩的文句中，讓主事者眼睛一亮呢？

㈠用詞及行文上切忌陳腔濫調，平凡無奇

自傳的書寫方式，千種百樣，你可以用散文、小說、敘述文等各式文體來呈現，但切忌自傳絕對不是自白書、流水帳，因為沒有人對你的瑣事有太大的興趣的，所以自傳的開頭最好避免「我出生於……」等俗不可耐的方式，而應尋出具個人特色的表達方式，這樣一來也能引起主事者的青睞。

而在整篇行文的過程中，語氣要誠懇，用字要簡潔有力，並描述生動、清楚，就會引人入勝的。

㈡基本精神是隱惡揚善

這是個要包裝自己的年代，所以遊戲的規則是：不動腦筋來包裝自己，才是真正的對不起自己，不是嗎？因而在自傳的書寫上，適時的多表現出自的特長及優點，好好行銷你自己。

而在下筆之前，首先要記住的是：少用一些空洞的形容詞，或是內容含混不清的例子讓人弄不清狀況，而是要寫一些有力的事實，來讓你的自傳看起來清新有親和力，並多寫一些個人特殊事跡來取得主事者對你的認可，當然你日後的夢想及生涯規畫也是不可或缺的，這樣可以令主事者對你有更進一步的認識。但切記要適度表現，尺寸拿捏得宜，不要過度吹噓。

總而言之，在書寫自傳之前，先要考慮自己要書寫什麼樣的內容，想強調什麼，並要用什麼樣的例證來證明自己的實力。這一切確定好了之後，約略整理成大綱，並分成許多的要點，然後在其中穿插自己的個人經驗在其中，一篇謀篇精確，內容精彩的自傳就此誕生了。

第二節 自傳的種類

自傳是自述生平的文章。同學到了高三，參加各種考試的推薦甄試，絕大部分的科系在審查資料上，都會要學生提出一篇自傳。畢業後求職，許多機關、公司行號，往往也會要求應徵者寫一篇自傳。但這兩種自傳在作法上稍有不同，分別敘述於後。

一、參加推薦甄試的自傳

在推甄申請校系的簡章中，如果有自傳的表格，則依照規定撰寫；如果沒有表格，也沒有規定項目，則可以自己發揮。自傳的內容大致可以分成以下幾項：

㈠**個人基本資料**：包括姓名、出生時間與地區、性別、住址等。關於這個部分，可以分別標示於本文之前，以避免「我姓某，名叫某某」的陳腔老調。

㈡**家庭狀況**：包括目前家庭成員的年齡、學歷、職業、經歷、存歿，以及家庭經濟情況、生活相處情況等。

㈢**求學過程**：簡單扼要地敘述自己的求學經歷。畢業、或肄業於哪些學校，參加過什麼的比賽、得過哪些獎，或是曾經參加過哪些社團活動，擔任義工，或是協辦過活動，都值得一提。不要只著重在流水帳式的介紹，更重要的是你的付出過程與收穫心得，審查者可以判斷你的人際以及群己關係。

㈣**專長與興趣：**你有什麼樣的才華，也是審查者或面試者非常關心的，一個對各方面廣泛涉獵的學生，自然比一個只會「閉門造車」的學生，更容易獲得成就。除了可見的技能以外（例如語文能力、樂器、攝影等等），你的溝通能力、EQ、創造力、領導統御，都能引起審查者的興趣。

㈤**自我評價：**以平實、中肯、客觀、誠懇的態度，對自己的能力、個性、專長、嗜好、消遣、優點、缺點以及人生觀（包括宗教信仰）等，作一綜合性的評價，也可以用他人對自己的評語，或日常生活的概況來作敘述。

㈥**報考動機：**在那麼多的院校科系中，為什麼獨獨挑上這個科系呢？當然有很多現實上的因素，例如分數、距家遠近、學費、未來出路等等，審查者通常心裡也有個底，所以不要說得太離譜。你可以從自己的興趣下筆，說說為何對這個系所情有獨鍾。如果你真的沒有更出色的答案，那麼來一段對於該系的展望與期許也不錯。

㈦**生涯規劃：**簡單敘述自己的人生理想，和就讀該科系以後的讀書計畫。如校系規定另有讀書計畫，則可以刪減。

二、求職自傳

求職自傳的寫作內容與參加推薦甄試的自傳，前五項大致相同，但求職自傳至少還要加上幾項：

㈠**就職經驗**：將個人過去工作的具體成績詳實列出，包括公司機關名稱、擔任職務、工作內容及具體績效、進修項目等。必要時，可以介紹曾經服務公司機關的特殊性、工作期間的感人故事，對於工作過程的反省，以及離職的原因。

㈡**對應徵單位的興趣及期望**：將個人對應徵單位的興趣及期望，與自己對未來的計劃及展望，作大膽的表白，甚至可對應徵單位予以適度讚揚，並表達個人勠力學習、積極加入的決心，使對方可獲知自己對這項工作的深刻了解、能夠提供的貢獻與發展的潛力，從而建立錄用的信心。

㈢**其他事項**：可以敘述對個人影響最大的特殊際遇，以及難忘和感恩的人、事、物，作為動機方面的補充，或其他自己覺得需要加以說明的事項。

第三節 自傳的實例

我的名字叫林思賢，因為媽媽在生我的前一晚，夢見置身在一所思賢國小裡，所以取其名命之。顧名思義，父母希望我能「見賢思齊」，將來在社會上能有所成就，而我也正努力朝這目標奮鬥，希望不使父母的期望落空。

【我的家庭】

幼時生長在全國最前線的戰地——東引島，隸屬福建省連江縣，是馬祖列島中最北端的小島。家鄉的特色——美麗的景觀、新鮮的空氣和濃厚的人情味。敬愛的父親任職於臺電發電廠，母親是國小老師，為了讓我和姊姊能接受更完善的教育，在我國小四年級的時候帶我們來臺就讀，姊姊去年考上大學，成為快樂的新鮮人。雖然我的家庭很平凡，但充滿溫馨的氣氛，我愛我的家人，他們是我面對未來挑戰的精神支柱。

【科學興趣的起源】

小時候，第一個偶像就是能化危機為轉機，隨時隨地利用身旁事物解決問題的馬蓋先，因此在我幼小的心靈中，便對科學結下不解之緣。然而，在家裡卻也有一位影響我很深的人，那就是我的父親。每當家裡任何東西壞了，父親總是拆開來看看到底哪裡出問題，並且發揮所長將它修好，在耳濡目染之下，使我對機械或電器有濃厚的興趣，及長，舉凡家中的電器如電燈、電扇、電鍋等故障，我都會自告奮勇的去修，再加上有父親的從旁指點，所以每當電器重新運轉時，我都特別的興奮，也越來越崇拜父親豐富的學養。考上高中後，為了興趣與理想，我毫不猶豫地選擇了自然組，希望自己在機械工程方面有卓越的表現。同時，這也是我上大學之所以選擇工科的原因。

【人格特質】

一、興趣：

在課業上，數學是我的最愛，我喜歡接觸不同類型的題目來挑戰自己的邏輯思考，破解它時的喜悅，真是無法以言語來形容。休閒時，除了打球之外，我也喜歡看書，從人文社會科學到自然科學，我都喜歡。此外，我也收藏郵票和錢幣，在小小的圖案中，它增廣我的見聞，豐富我的人生，使生活更多采多姿。

二、專長：

我的專長是專題報告，我的作品都很受老師的青睞，常常拿到班上最高分。從國小、國中到高中一直是如此，我想這和我從小就愛看書和能善加利用圖書的資源及上網尋找各種資訊，並加以組織整理彙集成篇有很大的關係。

三、個性：

開朗、樂觀、活力、自信、富領導能力、適應新環境的能力滿強，在人際關係上，也能愉快地和人相處，這是我的優點；但是脾氣不好、易衝動打擊，且雖然膽大，但有時面對大場面時仍不免緊張，是我的缺點；大體而言，我是個隨和而且喜歡交朋友的人。

【未來展望】

如能有幸進入貴公司，我將以「人生以服務為目的」的精神，以所學之專業能力，奉獻己力，讓自己成為一位具有專業素養的快樂機械工程師。

應－用－練－習！

一、你大學剛畢業，面臨求職的考驗，此時，你必須撰寫一篇自傳，請就所學，自擬一篇。

(一)文長一千五百字以內。

(二)手寫或電腦打字皆可。

(三)得獎紀錄、檢定資格證書等資料請附上影印本。

第七章　啟事

第一節　啓事的意義

「啟事」意謂開陳其事，以使人知。所謂「人」，指啟事的對象，凡個人或團體，對社會大眾或一部分人、或某一個人，皆屬之。所謂「開陳其事」，指啟事的方式，亦即以某事作公開之書面陳述，通常刊載於報紙、刊物，或在電視、廣播中播出，或張貼於通衢中。所謂「以使人知」，指啟事的目的，在公布事實、宣達意見，使人知悉而或產生因應行為，或用之以資證明。

第二節 啓事的種類

啟事依其性質，可分為以下三大類十九種：

一、公布類：公諸社會，俾使大眾知曉該事。

㈠嘉慶啟事　對婚嫁、壽誕、開幕、榮升、膺選、獲頒學位或有殊榮而告知或祝賀。如慶賀當選十大傑出青年等。

㈡喪祭啟事　對喪事及祭奠之通告。如報喪、公祭、追悼會等。

㈢鳴謝啟事　受人恩惠或慶賀而表達謝意，如感謝救火等。

㈣介紹啟事　推薦人才或宣傳物品，如介紹醫師等。

㈤辭行啟事　個人或團體向各界或親友辭行之表示。如僑團返僑居地前向各界辭行等。

㈥遷移啟事　公司行號或個人住址遷移新址之通告。

㈦通知啟事　對外有所通告，如通知校友會、考試日期、簡章發售。

二、聲明類：為完成法律應具備之程序，或對不特定人而作之公開聲明。

㈧聲明啟事　宣示或表白對於某事之意見，多與法律行為有關。如聲明脫離關係等。

㈨遺失啟事　遺失證件，聲明作廢，以便請求補發或免致法律責任等。

㈩更正啟事　發表之文件有誤，用以更正。

㈩㈠警告啟事　對某人或某部分人作事前之告誡，多為採法律行為之步驟。如警告逃妻等。

㈩㈡道歉啟事　事後對某人表示歉疚悔改，多為和解之條件或方法。如酒醉失言，後公開致歉等。

三、徵求類：公開向社會徵求，以達到特定目的。

㈩㈢徵求啟事　公開徵求人、物，如徵求店員、司機、配偶等。

㈩㈣租售啟事　將物品房產出租出售，如房屋出租等。

㈩㈤徵詢啟事　購產物時，徵詢對產權有無異議，以免發生法律糾紛。如徵購房舍土地等。

㈩㈥尋訪啟事　尋找人、物下落，如尋人等。

㈩㈦懸賞啟事　以獎金方式公開求人助找失物或緝捕人贓等。

㈩㈧陳情啟事　對某事或某政策有異議，請求支持或主持公道等。

㈩㈨預約啟事　新著或修訂書刊（貨品）將出版（售），事前宣傳，接受預先訂購。

第三節 啓事的結構

啟事之結構，可歸納為下列五項：

一、**標明性質**：正文之前，應以大號字標明性質，使人一見即知其類別。如「急徵人才」，「徵婚」等。現在報紙皆有分類廣告，如不標明性質，報社亦會分類安置。

二、**啟事事實**：將某一特定事項聲明或要求，在啟事之內容上作詳細說明，如徵求人才之啟事，應列出應徵人之資格、手續、日期、名額、以及待遇等。

三、**啟事目的**：應將啟事目的明列，使人有所遵從或引起讀者響應之意願。例如徵求歷史文物啟事：「倘蒙割愛，當致重酬。」聲明啟事：「誠恐外界不明真相，特此登報聲明。」

四、**啟事對象**：啟事雖對社會大眾有所宣告，但仍有其特定之對象，例如結婚啟事：『特此敬告諸親友。』警告啟事：「警告逃妻○○○。」道歉啟事：「敬向○○先生道歉。』商店遷移新址啟事：「敬請舊雨新知不吝指教。」

五、**啟事人具名**：此為必須之條件，以宣告啟事者為何人。如私人則列具姓名，商店機構應列具全名，以示負責。啟事人之具名可用本名、化名、略名、隱名四種。茲分述之：

(一)本名：如警告攻訐等啟事，涉及法律問題，故應具本名，以示負責。

㈡化名：此乃欲誹謗他人，並逃避法律或輿論之責任。惟今日報社對此類廣告均有限制，故已少發現。

㈢略名：如男士徵偶、小姐徵婚等，通常不具本名，而以「某君」、「某小姐」代之。

㈣隱名：略名雖不具本名，尚有一略名，而隱名則根本不具名。如「函本市○○路○號洽」。或上面寫「○○兄鑒」，而下面則僅寫「知名」二字。

第四節　啓事的作法

啟事與一般文章不同，一般文章長短繁簡，彈性較大；而啟事則因受人、地、時、事之種種限制，不能暢所欲言。因此，寫作此類文字時，須注意下列三事：

一、**簡明嚴謹**：文字力求簡短明確、謹慎嚴正；凡與法律有關者，必引述法律某條款為依據，避免爭議誤解。

二、**淺顯扼要**：行文宜淺顯，忌艱澀難懂；陳述扼要，忌繁冗拖沓。

三、**措辭妥當**：啟事多沿用習慣語彙，典雅大方；不宜任意改動，標新立異。

四、**標題醒目**：題目字體宜較正文略大，可套紅。

第五節　啓事的實例

一、公布類

(一)喜慶啟事

1.訂婚

長男○○　於中華民國○○年○月○日
三女○○　在臺北市訂婚謹此敬告
諸親友

○○○
○○○ 敬
○○○ 啟
○○○

○○○
○○○　訂婚啟事

我倆經徵得雙方家長同意謹擇於民國○
○年○月○日在臺中市訂婚特此敬告
諸親友

2. 結婚

謹詹於國（農）曆○○月○○日（星期○）為
長子○○
長女○○
在臺北市舉行結婚典禮恭請
○○○福證 特此敬告
諸親友
○○○
○○○
謹啟

我倆已於中華民國○○年○月○○日在
高雄地方法院公證結婚特此敬告
諸親友
○○○
○○○
敬啟

次男○○已於四月七日下午三時與
○○○
○○○
賢伉儷之次女公子○○小姐舉行婚禮
特此 敬告
諸親友
○○○
○○○
謹啟

三男○○
小女○○
謹詹於中華民國○○年○月○日在就業地舉行結婚典禮 謹此奉告
諸親友
徐○ ○
徐○○○
羅○○○
敬啟

小女○○已於中華民國○○年○月○日在僑居地與○○○君　舉行結婚典禮

謹此敬告

諸親友

蔣○○
王○○　敬啟

3.發起祝壽

○○先生○秩華誕慶祝籌備會啟事

本年○月○○日（星期○）　欣逢○○先生○秩華誕，祇以先生躬行勤儉，堅辭祝壽，未便拂其謙沖雅意。爰經決定，不徵詩文，不受賀禮，謹訂於是日上午九至十一時半，在○○市○○路○○廳，設置壽堂，敬備茶點，招待來賓，共祝嵩壽，恕不另柬。

此啟

○○○先生百齡誕辰紀念籌備委員會啟事

中華民國○○年○月○○日（星期○）為

○○○（○○）先生

百齡誕辰謹訂於是日上午十時假臺北市○○路○○號
○○餐廳舉行紀念會　特此敬告

諸親友

主任委員○○○
副主任委員○○○　○○○　○　○
總幹事○○○
連絡人○○○
地址：臺北市○○路○段○○巷○○弄○○號
電話：（○二）○○○○○○○○

禮金、花圈
花籃、聯幛
均敬辭謝

本（○）月○○日（星期○）為本社前發行人○○○先生夫人○○○女士八秩帨辰故舊好友
定於是日上午九時至十一時假臺北市○○路○○廳茶會簽名祝嘏屆時敬請　光臨

○○文獻社　謹啟

國曆三月五日（星期六）為湘潭楊劍峰將軍八十嵩慶，謹訂於是日下午三時起假臺中市宜寧中學大禮堂舉行簽名祝嘏，並備茶點招待，敬請 楊將軍親友袍澤屆時撥冗參加為荷。

慶祝湘潭楊劍峰將軍八十誕辰籌備會敬啟

慶祝段恩培先生七秩誕辰啟事

國曆九月二日（星期三）欣逢 段恩培教授七秩大慶，謹訂於是日上午十時至十二時假臺北市愛國西路自由之家舉行簽名祝壽，敬請諸親友好踴躍參加。

莊雅州　林茂雄
李周龍　陳文華
同敬啟

4. 開業

新臺百貨公司啟事

本公司業已籌備就緒，謹擇於八月二十五日正式開業，是日上午九時正敦請
常知非先生按鈕
周芝明小姐剪綵，敬備雞尾酒會，歡迎
各界人士蒞臨參觀指教，不勝榮幸。

新臺百貨公司
董事長　汪懋亭
總經理　楊漢聲　謹啟
地址：台北市武昌街二段三十六號
電話：三三一六九八一號（十線）

韓康大藥房開業啟事

本藥房經銷國內外各大名廠良藥、化工原料等。謹訂於本（廿三）日上午十時正式開業，敬備茶點，恭請
同業先進暨各界人士惠臨指教。

韓康大藥房　謹啟
地址：台中市有恆街二十五號
電話：二六三二一七號

慶賀

林老校長東淦先生之
令坦謝孟雄博士　臺北醫學院院長
令嬡林澄枝教授　榮任　實踐家政專校校長

應是冰清招玉潤　欣看龍鳳出天池
上庠座主添雙璧　樂育英才固國基

省立高雄高級商職旅北校友會　敬賀

邦家之光

賀蕭順昌先生之長公子東屏世兄榮獲
日本國立東京大學理學博士學位

高惠吉　敬賀

賀
○校長○○令郎
○○○先生榮獲國立○○大學○○學博士學位

○○○　○○○
○○○　○○○
○○○　○○○
同敬賀

6.通知

國立臺灣大學公告

中華民國六十七年十一月八日
（67）校總字第八一七八號

國立臺灣大學歷屆畢業校友公鑒：

本年十一月十五日（星期三）為本校成立卅三週年校慶紀念日，是日上午十時在本校體育館舉行校慶紀念大會，會後在學生活動中心茶會，歡迎本校校友返校參加，共申慶祝。校友會在本校正門及新生南路側門均設有招待站，負責接待事宜。

國立臺灣大學卅三週年校慶籌備委員會啟

臺灣省立臺北師範專科
學校校慶歡迎校友返校　啟事

十月廿五日本校校慶（原為十二月五日從去年起奉命改在光復節）舉辦各項慶祝活動，並定廿五日上午八時舉行校慶紀念大會，九時半本校暨附小聯合運動會，歡迎歷屆校友返校參加，共襄盛舉。

(二)喪祭啟事

國立清華大學前教務長
國立交通大學前教授兼系主任
私立大同大學前校長　胡敦復先生追思紀念會

訂於六十八年三月十九日（星期一）下午三時正假臺北市延平南路一八二號實踐堂舉行　特此
敬　告

國立清華大學在臺同學會
國立交通大學同　學　會　謹　啟
私立大同大學校　友　會

聯幛花圈賻儀均懇辭

聯絡處：臺北市中華路八十三號
電話：三六一〇六三九

哀啟

○○年○月○日

先慈○母○太夫人痛於中華民國○○年在故鄉○○○仙逝 不孝男 時以旅居海外消息隔絕日昨始驚聞噩耗深以不能親視含殮悲痛罔極為盡孝思謹擇於國曆○○年○月○日上午○時為先慈○秩晉○華誕前夕假○○市○○路○段○○號○○○寺舉行追祭典禮並誦經超薦以慰在天之靈叨在

戚 學
鄉
寅 世
誼謹此奉

聞

棘人○○○率妻子女敬哀啟

本公司董事○○先生之令尊

○公○○之喪謹訂於中華民國○○年（國曆）○月○○日上午九時三十分假臺北市立第○殯儀館○○廳舉行公祭 謹此奉

聞

○○實業股份有限公司 謹啟

國民大會代表全國聯誼會通告

本會訂於○月○○日（星期○）上午九時在臺北市民權東路臺北市立第一殯儀館○○廳公祭

○故代表○○先生

至希各代表同仁準時前往參加祭典為荷

先室○○○女士逝世週年茲定於本（○）月○日（星期○）上午八時至十二時在○○市○○○路○○寺舉行誦經追悼會　謹此敬告

諸親友
同學

○○○率子○○　○○　女○○拜啟

顯妣○母○太夫人

慟於中華民國○○年○月○日下午一時三○分蒙 主恩召距生於民國前○○年農曆○月○○日享壽○○歲 孤哀子 ○○等聞耗遵禮成服謹擇於本年○月○○日（星期○）上午九時假臺北市○○○路○段○○號天主教堂舉行追思彌撒

叨在

世姻戚學友 誼哀此訃

聞

恕不另訃

孤哀子 ○○ ○○ ○○（在美） ○○

媳 ○○○ ○○○ ○○○ ○○○

孫 ○○（在港） ○（在美） ○○ ○○

孫媳 ○○○（在港） ○○○ ○○○（在美）

孫女 ○○（適○在港） ○○ ○○ ○○

孫女婿 ○○○（在港）

曾孫 ○○ ○○（在港） ○○（在美）

曾孫女 ○○（在港）

曾外孫 ○○（在港） ○○（在港）

族繁不及備載

同泣啓

聯絡處：臺北市○○○路○段○○號○○書局祕書室 電話：○○○○○○○

故○○縣立○○國中訓導主任○○先生字○○逝世拾週年紀念
謹訂於○月○○日上午假○○市○○路○○寺誦經追悼敬請
寅學鄉友撥冗參加恕不一一奉聞

前○○縣政府主任祕書
○○縣文獻會副主任委員
私立○○工專副校長
○○○（○○）先生追悼會

故○○○（○○）先生於中華民國○○年○月○日上午○時病逝於美國○州○○○寓所旅臺友好訂於本年○月○日（星期○）上午九時至十一時在
○○市○○路○○寺舉行追悼會
敬請諸友好準時與祭為荷

○故○○先生追悼會籌備會　啟

聯絡處：一、○○市○○路○段○○號○○寺　電話○○○○○○○
二、○○縣○○鄉○○村○○工專　電話○○○○○○○

訃告

前○○副總司令陸軍中將

○公諱○○字○○先生於中華民國○○年○月○○日下午○時○○分病逝臺北○○醫院

享壽○十有○歲謹訂於○○年○月○○日（星期○）上半九時在

臺北市民權東路市立第一殯儀館景行廳舉行公祭隨即發引安葬於臺北市內湖五指山國軍示範公墓

謹此訃告

諸親友

故○公○○將軍治喪委員會　敬啟

喪居：臺北市○○街○○○巷○○號　電話：○○○○○○○

(三)鳴謝啟事

1. 謝祝壽

屈萬里啟事

日前猥以賤辰，重勞　諸前輩、諸至友或枉駕賜教，或函電勗勉，或寵以厚貺，或錫以鴻文。高誼雲深，沒齒難忘。病中不克趨府面謝，僅布區區，敢乞　曲宥為幸。

楊廷俊謝啟

廷俊八十賤辰，值國步艱屯，未敢言壽，重勞　高軒雅貺，感愧無量，敬布謝忱。諸維

荃　察

謝啟

敬啟者：昨為家君七十壽辰，芳荃等遵奉庭訓，厲行節約，猥蒙　政府長官、桑梓父老寵臨道賀，既隆儀之下賚，復吉語之增華。高誼雲天，良深銘篆。清茗接待，諸多簡慢。謹申謝悃。伏維　朗照

陳芳荃謹啟

日昨賤辰，渥蒙
總統頒賜壽軸，及　諸長官親友或高軒蒞止，或墨寶遙頒，華藻鴻文，光叨福照。謹申謝忱。諸祈
澄　詧

丁紹武敬啟

2. 謝賀婚

張同慶
楊憶梅 鳴謝啟事

昨日長男孝徽次女潤芝結婚，辱承　長官親友寵錫厚貺，惠臨觀禮，無任榮幸。謹此申謝。

3. 謝賜選票

銘謝賜票

樹芳此次參加臺北市第五屆議員競選，承　諸位長官父老兄弟姊妹盛情賜票，衷心感激，莫可言宣，除另行趨府拜謝外，謹先致意，諸維　霽詧。

萬樹芳鞠躬

4.謝醫師

謝高士潔醫師啟事

鄙人久患眼疾，屢醫不癒，頃承　高士潔醫師細心治療，未及匝月，即告痊可，銘篆之餘，特此登報申謝。

高醫師診所：臺北市瑞安街三一三號

孫履常謹啟

5.謝救火

鳴謝啟事

日昨本公司大樓不幸發生火警，承蒙　臺北市警察局消防大隊王大隊長及消防員警馳赴現場灌救撲滅，感激之餘，謹此申謝。

東光百貨公司敬啟

6. 謝光臨

本飯店昨（三十）日重新開幕，承蒙 胡金銓先生蒞臨主持典禮，胡慧中小姐剪綵，中外各界貴賓高軒蒞止，寵賜隆儀，雲情高誼，銘感五中。祇以招待不周，殊深歉疚，尚祈時加賜教，俾資遵循。謹申謝悃。諸祈

垂 詧

光華大飯店

董事長 曾元暉

總經理 魏文衡

謹啟

7. 辭壽

秦光裕啟事

光裕八十賤辰，渥蒙 諸親友好發起祝壽，高誼雲情，感荷無既。祇以德薄才庸，兼值邦步多艱，何敢言壽。除於即晨遄赴中部郊區靜思外，恐勞 親友枉駕，謹此布意，並致謝忱。敬

希鑒 諒

8. 其他

謝啓

日昨本行〇〇〇分行開業，荷承　政府首長，各界碩彥及同業先進，寵臨指導，本行至感榮光。今後當仍本輔助工商服務社會宗旨，繼續努力，以負厚望，謹申謝忱。諸祈
垂　詧

〇〇銀行敬啟

鳴謝啓事

本村此次水災，幸賴國軍〇〇〇〇〇部隊及時救援，使被困村民得免於難，本村居民萬分感激，特此登報申謝。

〇〇縣〇〇鄉〇〇村
村民代表　〇〇〇等　謹啟

鳴謝啓事

家父〇〇先生高年被疾情勢危殆幸承
〇〇醫院直腸科〇主任〇施行手術割除腫瘤手術順利方擬出院療養詎意家父手術後體氣大
衰諸症併發喘息特甚復蒙胸腔內科〇主任〇〇　〇大夫〇〇悉心診治歷時五週始克轉危
為安感德之餘謹登報申謝以揚仁風

鳴謝人〇〇〇〇〇〇

謹啟

謝啓

先夫〇〇〇先生之喪渥蒙
總統　嚴前總統　李副總統賜頒輓額長官親友躬親弔唁高儀雲情歿榮存感謹申謝悃
伏維
矜鑒

未亡人〇〇〇〇率孤子　孤女　孝媳　孝孫　同叩啟

㈣介紹啟事

1.介紹書畫展

介紹鄺諤書畫個展

鄺諤號光慈，別署嶺南一士，愛日齋主。粵之台山人。現任香港中國美術會監察委員會主席、台山書畫會理事長、中華藝術學院院長。自幼浸淫書法，工各體。所作行草，用筆俊拔，自然流暢，而法度謹嚴。間用左腕，亦見沈著健舉，同具舞鶴之姿，早已蜚聲海外，推為獨步。近年偶以書法入畫，振迅天真，面目「有我」，雅淡閒適，亦為識者所稱許。現檢其近作凡百餘幀，訂期於八月一日至六日假臺北市衡陽路二十號正中畫廊舉行回國首次個展，並於每日下午四時至五時在展覽場中即席揮毫，藉以就正於藝壇有道。特為紹介。

介紹人　成惕軒　何　適　周樹聲　林光灝　祝秀俠
　　　　梁又銘　梁中銘　翁文煒　陳子和　張光亞
　　　　張軍光　劉延濤　劉太希　謝伯昌　釋曉雲
（排名按姓氏筆筆畫為序）

2.介紹名醫

○○○大醫師家學淵源，承先人祕傳，對○科○症獨具心得，凡經診治者，無不藥到病除。本人素患此症，經○大夫醫治，多年痼疾，霍然而愈，受惠之餘，特為登報介紹，俾患者知所問津焉。○大夫診所設○路○號。

介紹人○○○啟　○月○日

3.介紹產品

華清公司最新出品之自動熱水器，已取得中央標準局正字標記，設計美觀，使用安全，且價格低廉，現經○○、○○、及○○建築公司採用，交相稱譽。本公司新建○○大樓，總計○○戶，衛生用熱水器均採用上項產品，而本大樓各戶亦均訂購家庭用熱水器，特此鄭重介紹。華清公司營業部設○○路○號電話○○號。

美華建築公司啟　○月○日

㈤辭行啟事

1.團體

旅美回國商業考察團謝啟

此次本團回國參加國慶大典辱承
總統副總統召見勗勉各界首長暨廣東同鄉殷切關懷盛情款待拜領之餘銘感五中祇以行期匆促未能
一一踵辭謹布謝悃敬祈
亮　詧

本團此次回國訪問，承蒙政府機關暨各界人士熱忱接待，隆情厚誼，感激良深。茲以回程匆促，不克一一走辭，謹此致歉，並申謝悃。

旅日回國訪問團全體團員謹啟

2.個人

李約翰辭行啟事

本人此次奉召回國參加國建會，承　政府長官及各界人士熱誠款待，多方協助，祖國溫情，莫名感篆。茲因預定期限屆滿，定於今晨搭機返美，臨行倉卒，不克一一踵辭，謹此申謝。並乞不遺在遠，時賜南鍼，以匡不逮，無任企幸。

日本佛教訪華親善團啟事

此次中村一雄等三十五人來華訪問，承蒙 中國佛教會與臺北分會、臺灣省臺中市支會、高雄市支會、屏東縣支會、東方佛教學院、並諸山長老大德、以及政府機關首長優予招待，銘感無既。中日兩國佛教文化交流，本有悠久歷史，今者受此厚遇，尤感振奮，回國後當更向此目標，力謀策進，加強合作。祇以行色匆匆，未遑踵辭，特留數語，藉表謝忱。諸祈 鑒宥。

本人此次率團回國觀光，辱承
長官友好接待，雲情高誼，感激良深。茲以返回僑居地在即，不及一一踵謝，特此啟事，藉致歉忱。

〇〇〇敬啟

○○此次返國出席○○會議期間，辱承各位長官友好或親蒞機場迎接，或設宴款待，或陪同參觀各項經濟建設，復承各機構熱忱接待，隆情盛意，不勝感銘。茲因遄返僑居地，未及踵辭，謹此申謝，敬希　荃察。

○○○偕眷屬　同啟

㈥遷移啟事

遷移啓事

本會自即日起遷移至高雄市中山二路四百七十二號啟安大樓四樓辦公，一切公私函件悉依上址投寄，特此奉告，敬請　惠教。

高雄市進出口商業同業公會啟

電話：二四一一九一（六線）

○○○○公司遷移啟事　本公司因擴充業務，即日起遷至○○市○○路○段○○○號○樓（○○○隔壁）新址營業。電話仍為○○○○·○○○○。至祈　舊雨新知倍加愛顧，時錫南針，無任企幸。

遷移啟事

本公司自民國○○年○月○○日起遷至○○市○○區○○路○○號　電話：（○○○）○○○○○○（代表號）

敬請　惠予指導

○○製藥股份有限公司　謹啟

本店因改建大樓，經於本（〇）月〇〇日遷入本市〇〇路〇〇號新址營業，敬請舊雨新知，繼續惠顧，並蒞臨指教。

〇〇商店　敬啟

(七)通知啟事

〇〇鋼鐵股份有限公司啓事

茲為明瞭各用戶本（〇〇）年〇〇月鋁品需求情形及預估〇〇月國內鋁品需求量，本公司業於〇月〇日將鋁品調查表掛號郵寄各用戶。

由於該調查資料，將作為本公司計畫生產之重要依據，務請於〇月〇〇日（含）前將調查表寄回「〇〇市〇〇區〇〇工業區〇〇鋼鐵股份有限公司營業管理處國內市場研究組」，以利辦理。逾期寄達之用戶，其取得本公司鋁料供應之優先順序，將受影響。

二、聲明類

(八)聲明啟事

1.商標仿冒

商標註冊權聲明

本廠出品之大象牌風衣行銷已久，大象商標由商標局註冊在案。近日在本市，發現有非本廠所出品之大象牌風衣流通市場，所用商標與本廠無異，顯然屬有意冒充。為此特登報抗議，有關廠方必須於二十日內收回贗品並登報致歉，逾期將依法起訴。

〇〇製衣廠啟

二〇〇二年〇月〇日

2.解除婚約

解除婚約啟事

我倆因個性相悖，勢難締結鴛盟，雙方同意解除婚約，特此聲明。

民國六十八年八月三十日

○○○
○○○
同啟

離婚啟事

我倆情意不投，勢難偕老，經雙方協議離婚，永斷葛藤，嗣後男婚女嫁，各不相干。除另立書據，並請新竹地方法院公證外，特此聲明。

○○○
○○○
同啟

3. 職員離職

查本公司前聘經理○○○先生，因另有高就，已於○年○月○日離職，嗣後○○○先生在外之往來，概與本公司無涉，特此聲明。

○○○○公司啟　○年○月○日

○○○律師事務所啓事

㈠茲受理○○○○女士之子○○○君委辦清理其母債務事件。㈡除已分函○○○○女士之債權人登記債權外，恐有未周，特再公告。敬請自即日起至本年○月○日止，於辦公時間內攜債權憑證與身分證明，駕臨○○市○○路○段○號○○○室，辦理債權登記，逾期恕不受理。㈢特此啟事如上。

4. 買賣土地

某機關經購座落○○縣○○鄉○○段○○地號土地一塊，如對上項土地持有意見者，請於○○年○月○○日前提出，由出賣人負責清理，逾期與買主無涉。特此聲明。

出　賣　人：○○○
住址：○○○○○○
承買人代表：○○○
住址：○○○○○○

㈨遺失啟事

聲明啟事

茲不慎於○○年○月○日遺失○○○角質印鑑一枚如下圖，恐日後遭人冒用本人名義從事不法行為及有關債權債務之行為，特登報聲明，除原留印鑑外，非經本人在場並親筆簽名，不生任何效力。

印

○○○啟

遺失

遺失本人原登記於○○塑膠製品股份有限公司之公司登記印鑑一枚聲明作廢特此公告　○○○

遺失○○產物空白保卡○○號作廢　○○○

遺失臺灣省糧食局臺糧國字○○號糧商執照聲明作廢　○○行

遺失○○中學學生證○○號作廢　○○○

遺失○字○○號榮民證聲明作廢　○○○

遺失○○大學學生證○○號作廢　○○○

遺失護照○○號聲明作廢　○○○

遺失機車行照○○號聲明作廢　○○○

遺失身分證○○號聲明作廢　○○○啟

(十)更正啟事

○○院○○署公告

○月○日原公告四、押標金更正為按投標總金額百分之五以上為計算標準。

主編先生：

承○月○○日發表拙作「遊美雜感」，至感。內中「保俶塔」係「雷峰塔」之筆誤，特此更正。

○○○　手啟　○年○月○日

緊急啟事

本廣告因昨日○月○○日郵撥帳號○○○○誤刊為○○○，特此更正，敬請原諒。

㈩警告啟事

1. 警告逃妻

警告逃妻○○○

妳因貪慕虛榮，不守婦道，竟於三月十八日乘我出差之際，將家中金飾悉數捲逃。限登報十日內返家，既往不究，否則依法控訴，幸勿自誤。

○○○啟

2. 警告逃夫

警告逃夫〇〇〇

你藉故攜款離家，迄今月餘，音訊全無，置家庭生活於不顧。所施詭計，均已探悉，勿再掩飾。望你見報後一週內回家解決，否則依法訴究。

〇〇〇啟

3. 警告捲逃

警告〇〇〇啟事

〇〇〇君現年〇〇歲，〇〇縣人，任本公司出納，昨日竟將所保管之一百萬元及有價證券席捲潛逃。茲特登報警告，限三天內回公司清理，否則依法報請通緝。如有知其下落者，並盼勸其迷途知返，或通知本公司，或告知當地警察機關，無任銘感。

〇〇公司謹啟

地址：〇〇市〇〇路〇〇號
電話：〇〇〇〇〇〇〇

〇〇法律事務所〇〇〇律師代理英商〇．〇〇〇公開發行股份有限公司警告中華民國境內各廠商、商店及零售攤販切勿仿冒該公司註冊商標啟事：

茲據上開當事人英商〇．〇〇〇公開發行股份有限公司〇〇〇〇〇委稱：「本公司之左列商標業經向中華民國中央標準局呈准註冊，專用於書包、手提箱袋、皮包及皮夾等商品：

商標	註冊號數
（圖略）	第〇〇〇〇〇號 〇〇〇〇〇〇號

惟最近發現中華民國境內部分不肖廠商、商店及零售攤販，意圖不法利益，竟公然製造、陳列、販賣仿冒本公司上開註冊商標之皮包及手提包等商品。本公司為有效遏阻該等情事之擴張，特委託貴律師登報警告該廠商、商店及攤販，務請尊重中華民國法律及本公司依中華民國法律取得之註冊商標專用權，並立即停止仿冒之違法行為，本公司為保障合法之權益，將對仿冒者採取嚴厲法律行動，幸勿以身試法。」等語，據此，合代啟事如上。

〇〇〇律師
〇〇法律事務所
事務所：〇〇市〇〇路〇〇號〇樓

○○○君臺鑒：臺端離職已兩個月，所欠本公司款項尚未完全還清，經存證信函催繳，迄無回音。務請於一週內清還，否則依法處理。

○○股份有限公司　啟

㈢道歉啟事

道歉啟事

本人因一時失察，冒然採用○○○○出版有限公司「○○○○○」書本內容，製作「○○○○○○」錄音帶，侵犯○○○○出版有限公司權益，幸蒙○○○○出版有限公司宏諒，達成和解，深表感激，為此特刊啟事，鄭重道歉，並保證絕不再侵犯。

此致

○○○○出版有限公司

道歉人○○○

道歉啟事

為本人於○年○月○日因擋土牆施工，言詞上對○○○女士不禮貌，敬請○女士見諒，謹此鄭重道歉。

道歉人○○○

道歉啓事

為私印○○日曆記事本事，謹向○○博物館及董事長○○○先生致歉

○○博物館所之○○日曆記事本，已具七年歷史，○○年版由○○文化事業公司設計攝影製作後交由本廠承印，在交貨後未徵得○○及○○博物館同意，自行就原版更換內容部分圖片插頁，改變使用於其他公司印件中，事為○○博物館發覺，復經○董事長及○○公司諒解不予追究，除感謝外，特此登報道歉。

○○印刷廠　負責人○○○啟

㈢徵求啟事

1. 徵人

某大紡織廠總管理處徵聘人才啟事

1. 企劃研究員：男性。企管、會計、財稅或相關研究所及系畢業，年卅歲以下。
2. 助理研究員：女性。公立大學商學院有關科系或經濟系畢業，年廿五歲以下。

請於四月十二日以前將履歷表、自傳、照片寄臺北郵政信箱一四三五號收，不合恕不退件。

某公司徵英文秘書啟事

凡大專外交系科畢業，英文程度良好並擅長打字，年在四十歲以內，有意應徵者，請繕具自薦書，說明希望待遇，連同簡歷表一份、最近二吋半身照片一張，於九月卅日前寄臺北郵政五〇九號信箱。合則函約面試，否則原件退還。

2.徵婚

淑女徵婚

某小姐，廿八歲，江蘇籍，國立大學文學士，現服公職，身高一六三公分，品性端淑，風姿美雅。徵身材高大、職業高尚、談吐高雅、經濟基礎雄厚、國立大學研究所畢業之男士，先友後婚。有意者請親書自傳及簡歷照片寄臺北市○○街○○號王太太收轉，合即約晤，不合密退。

徵婚

某君，卅六歲，臺籍，公立專科畢，高一七四公分，重六四公斤，現任民營公司經理，收入豐，有房蓄。徵高中以上、廿八歲以下、秀外慧中、愛好音樂之淑女為侶。有意者請將自傳近照寄臺北○○路○○號林太太收轉。合約晤，否密退。

婚

福西哲夫現年34歲石川島造船公司設計員月入六萬B型未婚徵21至30淑女北市南京東路3段89巷5弄2號二樓電 562-9957陳

婚

小女26護專畢藥師高161端麗明朗徵大專170上35下正職有為男士出國可意者歷照寄三重仁愛街315巷160號2樓孔轉

婚

男43魯籍未婚高179重
73健俊無不良嗜好留
美業商有產徵25至35未婚清
貞秀慧高上淑女寄歷照電士
林大東路160號洪君保密

婚

臺籍美僑美國女藥劑師1953年生健美美
國醫學院藥學系畢現在美高職誠徵在美或
赴美男醫師或專業才簡歷相片請函臺北郵政信箱
516號收

3.徵求合作

徵求合作啟事

某營造廠為擴大營養，徵資十股，每股二十萬元，除享受股東權益外，並可供職支薪，有意者請與○○市○○路○○號○○○君洽。

4.徵求書籍

徵求書籍啟事

茲徵求○○書局出版之《全唐文》一部，願出讓者，請開示價格函○○市○○路○○號○○○洽。

某進口圖書公司誠聘

▲業務主管：26～40歲專上具有企劃領導能力，市場開拓、人員管理兩年以上經驗及敬業精神者。（需備工作企劃說明書及自傳）

▲業務代表：數名，高畢以上，具有業務經驗敬業精神能獨立作業者。（需自備機車）

▲編輯部：國文系畢，具有校對經驗、文筆流暢者。（有醫療知識者尤佳）

▲美工設計：需相關科系畢，具有實際編排美工經驗。

▲送貨員：乙名，需刻苦耐勞努力向上。（備有汽、機車駕照者）

▲中打員：具有中打經驗兩年者。

▲臨時美工作業者或工讀生：初畢以上，具有耐心，可兼差。

以上應徵人員請將簡歷貼照片附自傳、希望待遇，並註明應徵項目，郵寄臺北市○○路○段○○號○樓本公司人事室收。

5.徵求推薦選拔

國立○○師範學院鐸聲獎
徵求推薦傑出校友啟事

本校每二年舉行一次傑出校友選拔活動，膺選者在校慶（○月○日）大會表揚，並頒贈「鐸聲獎」獎杯壹座。本年度傑出校友推薦訂於即日起至○月○日截止，敬請各界及校友踴躍推薦，推薦表請向本校實習輔導室索取。

○○大學校友會總會啟事

一、主旨：舉辦第一屆○○大學十大傑出青年校友選拔。二、主辦：國立○○大學校友會。三、候選人資格：凡本校畢（肄）業足為校友楷模者（滿四十歲以下）。四、選拔方式：由校友或關係團體、機關推薦。五、推薦期間：即日起至○月○日止。六、選拔辦法備索，請來電或親臨○○市○○路○段○號○○校友會索取。電話：○○○○○○○

第一屆○○大學十大傑出青年校友選拔委員會　主任委員○○○

㈩租售啟事

本大廈五樓一層出租。三十二坪，三房二廳，衛浴設備二套，適合小家庭。有意者請至一樓○太太處代洽，或撥電話○○○○○○○。

本樓主人　啟○○年○月○日

茲有○○牌鋼琴一台，九成新，以出國廉售，歡迎入內試彈，價格面議。

○○○啟○○年○月○日

㈩徵詢啟事

本人向○○○先生購得座落○○路○○號建築用地一筆，地號○○○○○號，如有異議者，自即日起○天內向本人面洽，逾期即行使用。倘有問題，概不負責。

○○○啟○○年○月○日

本人承購○○○先生大型貨卡一輛，牌照號碼為○○號，如有異議者，請於○月○日前提出，逾期即行辦理過戶手續，事後如有問題，概不負責。

○○○啟○年○月○日

㈥尋訪啟事

尋人○○○（○）先生，民國三六、三七隨姊夫至○○學醫，江蘇○○人，見報速與聯絡。Mike Zech 7515, Sunny's IDE AVE. N. SEATTLE WA 98103 U. S. A.

尋夫○○○你自○○年○月○日起離家，棄妻兒不顧，二次登報，望見報速回。

妻

尋

○○○告妻：兒朝賢突發病危，請見報速回。

夫

○○○

又名○○○，廣東○○縣○鄉○村人，見報速與○○○聯絡。

電話：○○○○○○○

尋

茲走失北京狗一頭，黃色，重約二公斤。如有仁人君子收容，或知其下落，請賜尊址，或撥電話○○○○○○○，當致酬金○○元。

主人○○○啟

(七)懸賞啟事

本公司職員〇〇〇，於上月〇日捲款潛逃。該員現年〇〇歲，〇〇市人，身分證號碼為〇〇〇〇〇〇〇〇〇〇〇〇。經報警追緝在案；如有發現其行蹤報警捕獲者，酬賞新臺幣〇〇萬元。

〇〇公司　〇〇市〇〇路〇〇號　電話：〇〇〇〇〇〇〇

(六)陳情啟事

台灣區飼料工業同業公會

為挽救飼料業之危機，避免影響物價之波動，籲請政府改善玉米進口辦法緊急啟事。

謹　呈

行政院院長〇

經濟部部長〇

交通部部長〇　鈞鑒

國際貿易局局長〇

一、查飼料業與畜牧業之發展，二者息息相關，關係民生甚鉅，是以進步國家莫不大力獎勵飼料發展畜牧業。我賢明　總統也常昭示發展農牧，改善民生，足見關懷民瘼無微不至，然而自從本年五月間大宗物資進口辦法公布實施以來，飼料業賴以進口加工的主要原料玉米，不僅須經指定之公營貿易機構代為標購，而且又須經國輪東南亞航線組排船，以致無形中造成採購費用增加，運費上漲，原料不繼等諸多困擾，非但直接影響飼料製造成本，同時間接影響家畜生產成本，增加消費者負擔，實亟待改善以利國計民生。尤其，採購玉米合約，致使泰國乘機抬價，緊縮對我供貨，甚至拒絕對我應標，更影響國內玉米市價之波動，因此本會乃不得不冒瀆公開向政府有關機關陳情，並作數點建議，祈請採納解決。

二、茲謹分別詳陳事由及建議如下：

1. 應停止與泰國談判之理由……

2. 改變採購地區之理由……

3. 開放限制國輪裝運，改為鼓勵裝運國輪之理由……

4. 在目前進口不正常情形下，不影響進口計劃量之廠商暫不處分……

5. ……

三、除正式向主管貿易提出申請外，謹特呼籲如上，伏祈　督察迅賜解決，俾利畜牧飼料發展，以利國計民生。

王雲五主編

四角號碼索引本　**佩文韻府**

•我國最完備的文學大辭書•

六大用途　**求解　辨義　選詞**
典據　考證　叶韻　樣張備索

預約價格：二、四〇〇元（定價三、三六〇元）

發售預約　卅日截止　同時出書

臺灣商務印書館　臺北市重慶南路一段三七號
郵政劃撥第一六五號

謝觀編纂

中國醫學大辭典

中國醫學權威之鉅著

名詞七萬餘條附補遺及索引

卅二開五千餘面精裝四鉅冊

再版發售預約

本書於五月初發售預約，為期兩月，詎料預約期限未屆，印數全部訂購告罄，而訂單紛紛續到，無以供應，向隅諸君堅請加印，為此再版以應需求，並照原價發售預約，敬請及早訂購，免再向隅。

預約價格：七百元（定價九六〇元）

預約時間：本月底截止　同時出書

臺灣商務印書館

臺北市重慶南路一段三七號　郵政劃撥第一六五號

○○新書預約

作者：○○○
書名：○○○○

■預約優待○月○日止，同日出書。
■預約○書○○元。掛號寄書。

○○出版社　啟

郵撥：○○○○○○
電話：○○○○○○○

臺北市○○路○段○巷○弄○號

舉世惟一孤本

景印○○○○○○薈要

○○○

全本道林精印高級充皮燙K金精裝十六開○百鉅冊

定價：新臺幣○○萬元　預約特價：新臺幣○○萬元

預約方法

㈠**出書日期**：分五期出版

•第一期民國○○年○月○○日　•第四期民國○○年○月○○日

•第二期民國○○年○月○○日　•第五期民國○○年○月○○日

•第三期民國○○年○月○○日

㈡**預約方式**：凡有意訂購者請與本局簽訂預訂單，每出一期書收一期款，分五期收齊。預約時先收訂金○萬元。訂金可於收第一期款時扣抵（機關團體學校免收）。

㈢**預約特價**：新臺幣○○萬元正（預約價每半年調整一次）

㈣**預約日期**：第次預約自即日起民國○○年○月○○日止。

㈤**備有樣張函索即寄**。

○○書局　○○市○○路○段○○○號

電話：○○○○○○○　郵撥：○○○○○○○○

應-用-練-習！

一、陳小金走失波斯貓一隻，試代擬懸賞啟事。（請參照實例，並適度添加內容）

二、某甲之祖母即將過九十大壽，甲家擬舉行茶會，試代擬啟事一則。（請參照實例，並適度添加內容）

三、某乙有房屋招租，試代擬啟事一則。（請參照實例，並適度添加內容）

第八章 廣告

第一節 廣告的意義

「廣告」一詞，就字面意義來看，就是「廣為告知」之意；就專業領域來看，就是「廣告主以付費的方式，透過適當的媒體，針對特定的對象，傳遞經過設計的訊息，以期達到特定的廣告目的。」

第二節 廣告的種類

一、印刷物廣告

㈠傳單：通常是以文字或附上圖片，將銷售的商品及相關資訊印在傳單上，僱人分發或以夾報方式行之。

㈡報紙：由於報紙發行量大，普及率高，即時性強，所以讀者多，效果良好。

㈢雜誌：雜誌上的廣告較可以長期閱讀，以收反覆刺激的效果，而且印刷精美，容易惹人注意。不過，雜誌不如報紙普遍，效果自亦有限。

㈣目錄：將產品內容、促銷資訊、市場狀況……等印成目錄。

㈤其他：通常是單一的公司行號或個人（如候選人）所印製的，如日曆、月曆、年曆、桌曆、農民曆、記事本等。

二、影視媒體廣告

㈠電影：在電影放映前播放，通常內容與電視並無兩樣。

㈡電視：因能深入家庭，並有動態的彩色畫面、引人注目的文字、配以聲情相稱的口語、優美的音樂，甚至有簡單生動的情節，將商品生動地呈現給觀眾，收效頗佳。

㈢廣播：無線電廣播廣告，無遠弗屆，且具行動性及方便性，在行車、工作、讀書、行進時，皆可收聽，收效亦大。

㈣**多媒體：**如紐約時代廣場、台北新光三越前，或大型交叉路口，有時可見大型具有視覺效果（有時還含有聽覺效果）的多媒體廣告。

三、日用品廣告

將廣告內容印在日用品上，如：打火機、紙扇、帽子、面紙包、茶具、手提袋、夾克、汗衫、背心。

四、交通工具廣告

在車輛，如計程車、箱型車、公車、捷運的內部或外部，張貼或懸掛廣告。有時可以在市街上看到來往巡迴的車輛廣告，車上裝有廣告板或旗幟，配上擴音器，沿途播放，亦為其中一種。

五、市街廣告

㈠在商店外牆上以招牌方式廣告，或是靜態的平面，或是動態的霓虹燈。

㈡在街道牆壁上，或在視野開闊的通衢大道，如橋頭、高速公路、廣場……等，設立廣告看板。

第三節 廣告的作法——原則篇

廣告包括文字、圖片、色彩、聲音、設計、攝製……等要素，茲就文字方面，說明其作法。

一、精簡性——言簡意賅

以廣告主而言，廣告以篇幅大小或以秒計費，為求減省成本，語文之使用必力求精煉。以廣告對象而言，在資訊爆炸的現代社會，眼睛所見盡為形形色色的資訊，為使廣告對象能注意到該項廣告，並使其能在片刻之內將廣告內容一覽無遺，所以，廣告也必須使用精簡扼要的語文。如中華豆腐：「慈母心，豆腐心」，李立群的柯尼卡底片：「他抓得住我」，M&M巧克力：「只溶於口，不溶於手」。以 DUNCAN 英國大師手工鞋的廣告為例：

足下，您滿足嗎？

您還在削足適履嗎？

穿不合腳的鞋，輕者造成腰背疼痛，重者導致膝關節、脊椎病變化

現在，由歐洲老經驗師傅為您量身訂製，您不必再削足適履，向憋腳的日子說再見吧！

標語部分的「足下」一詞雙關「您」和「腳下」之意，屬諧音雙關的運用，而「削足適履」一成語則增加其典雅之感；內容部分前以論說式的語氣出之，觀者容易警醒；後半則以呼告語氣出之，有促進觀者進一步行動的作用。

二、普遍性——雅俗共賞

廣告對象的知識水準及品味偏好必然有所差異，因此，為求接受度之提高，廣告語文必須盡可能讓每一位廣告對象都能了解，並且能接受，進而引起共鳴，或產生興趣。如捐血廣告：「我不認識你，但是我謝謝你」，孫越的麥斯威爾咖啡：「好東西要與好朋友分享」，金莎巧克力：「凡人無法擋」，寶健飲料的：「實實在在的好朋友」，泛亞電信：「連這種鬼地方都收得到」。其用語極其口語，也極其親切、極其自然，共鳴度極高，又能契合廣告產品。又如太平洋房屋廣告：

就在東區發現一個完美之境，可以啜飲山泉的甘甜、細品活氧的鮮度、恣享暖陽的溫馨，生活的春天在這裡唾手可得！

讓「歐洲聯邦」帶您親臨感動，參觀預約專線：○○○○

（來優氧別墅，走時請記得裝一袋新鮮空氣回去……）

以理想中的環境來引起對未來生活的嚮往，此種感性訴求容易撩撥觀者的心弦，使人印象深刻。

三、創新性——變化創新

枯燥呆板，落入俗套，引不起興趣和注意；與眾不同，不落窠臼，標新立異，才能讓人印象深刻。如嬌生嬰兒洗髮精：「寶貝妳的頭髮，適合天天洗髮的妳」，即將「寶貝」一詞從名詞力用「轉品」修辭而為動詞，聽來令人印象深刻。又如柯達底片：「繽紛你的回憶」，也是利用轉品修辭，將「繽紛」一詞從形容詞變成動詞。又如司迪麥口香糖：「我有話要說」，因為針對年輕族群，所以將內心洶湧的叛逆以口語化形式表達，這句話與口香糖完全無關，但因為產品訴諸於年輕人，所以，以這句話來引起年輕人對這產品的興趣。又如波爾茶飲料：「鼻子尖尖，鬍子翹翹，手上還拿根釣竿。」以釣魚者閒適的意象來引起對具有閒適色彩的族群的喜愛。又如元本山海苔：「元本山，原本是座山。」以兼用「諧音」及「拆字」的技巧，使人在覺得有趣之餘，加深對產品的印象。又如蕭薔的 SKII 化妝品廣告：「你看得出來嗎？我每天只睡一個小時。」以常人做不到的境界做為第一個驚世駭俗之言，並以氣色並未變差的現象來使人驚訝，以此兩者來使人對這產品的效果產生興趣。再以泛亞電信的廣告內容來看：

想省錢不必省口水，泛亞「參玖玖」專治話太多！

處方箋

單辦泛亞超級雙網卡只要399元，24個月免月租費，

每月再送17.5分鐘，可講4032元。

每日晨昏服用，心脾爽健、筋骨暢通、內光外澤、氣色相融。

以治療的意象來處理，極具幽默感，讓人在微笑之餘引起興趣。

第四節 廣告的作法——標題篇

標題是一個廣告的門面，是乍然映入眼睛的第一印象，所以，標題能不能吸引人就成為廣告文案中的首要課題。以下的幾種標題表達方式或驚世駭俗，或標新立異，或撩撥心弦，或平實穩妥，或精巧絕妙，或以理服人，……皆能喚起人們的興趣和注意。

一、說服式

以理服人，通常具有強烈的理論內容，通常對於消費者有某一種程度的教育意味，並以之喚起高度而不可移易的認同，在產品生命週期剛開始的介紹期頗為適用。在文字取向上，或訴諸專

業以建立信心，或訴諸權威以喚起認同，或訴諸益處以明其實用；或單講該產品，或與最優品質比較，以最為追隨者（follower）；或與相關產品比較，以做為領導者（leader）。

❖有效、安全、無殘留味道！（必安住產品廣告）【言其益處】

❖烤米片的脂肪只有合成洋芋片的1/10。（僑聚公司廣告）【言其益處】

❖最新生化科技產品，預防勝於治療。
還原大自然的好水——倡導人體自我改善。（吉安家活力寶鈣離子水廣告）【言其益處】

❖相較之下，我們認為德國高級車把安全氣囊列為標準配備才是正確的作法。（Ford MONDEO METROSTAR廣告）【訴諸權威】

二、敘述式

對於將舉辦的活動、例行性的活動，或已眾所周知的產品（一般而言是進入成熟期的產品），可用較為平實的敘述式語氣做為標題，具有新聞的告知事實的性質；雖非震人心目，但因為親切平實，也有相當好的效果。

❖Sinn ENZ系列暨新品展售會（敦文公司廣告）

❖ 2002全方位業務人研習營（時報育才公司廣告）

❖ TOYOTA獨霸三冠王。5/18.19種瓜得瓜感謝會（TOYOTA廣告）

❖ 重貨到中國大陸，FedEx輕易送達（FedEx Express聯邦快遞廣告）

❖ 古藥方調配新健康，美膳食深入好家庭。（《中國藥膳全書》廣告）【此亦利用「拆字」修辭】

三、抒情式

軟，屬陰；柔，屬陰；溫軟陰柔之語往往使人撤去心防，探觸到消費者缺乏理性卻又感性到無法自我控制的那一面，其效果有時勝過千言萬語的理性雄辯。

❖ 用心投入，是你充實內在與生活的方式……（三菱汽車廣告）

❖ 因為有所堅持，你總能專注最細微的調整，找到心靈最大的滿足……在FREECA II全新米色系雙彩內裝中，如此感受更為深刻（三菱汽車廣告）

❖ 子女的孝心，媽媽的驕傲。（京華鑽石廣告）

四、詩句式

或一句，或兩句，或完整的一首詩，也不管是古典詩，新詩，還是打油詩，凡是以詩句形式出現的，皆屬於「詩句式」廣告標語。在品味詩句之餘，自然會增加該產品的韻趣，並對該產品有某種程度的欣賞興致。

❖ 打通你帳戶的任督二脈。（慶豐銀行信用卡廣告）【新詩】

❖ 生命的對弈，絕不能失手！（POLBAX 菠蓓健康食品廣告）【新詩】

❖ 一身技，一生翼。（91年度全國技職校院博覽會）【以排比、諧音又押韻的形式表之】

❖ 不一樣的選擇，不一樣的天空，一樣精彩的人生！（91年度全國技職校院博覽會廣告）【新詩】

❖ 「填鴨」直接抄，只聽沒思考。「互動」有提問，輕鬆又考好。（張耀元互動教法廣告）【打油詩】

五、誘惑式

以最小的代價獲得最大的收益，就是誘惑式的寫法。所謂「最小的代價」也包括免費；而「最大的收益」則除了金錢之外，也包含了消費者所想要擁有的實際利益，比如免費的旅遊、送上門的工作、一生的健康、優質的豪宅、高級的裝潢、高級的汽車……等。這種訴諸實際利益的誘惑，很少人不動心，但因為成本較高（當然，有時羊毛出在羊身上），所以，通常用在促銷（promotion）時或是具有時效性的產品，效果通常迅速而不錯。

- ❖ 慶豐銀行Call-In猜樂透，讓您獨得刷卡金200萬。（慶豐銀行信用卡廣告）
- ❖ 全民拍賣運動！流行商品1元起。（鼎世郵購廣告）
- ❖ 美國布希總統的母校耶魯大學，暑期英語課程，今年限收20名台灣學生。（學美留學顧問公司廣告）
- ❖ 投資一萬元，入主高科技電信事業。（遠東傳訊公司廣告）
- ❖ 玩與大發嗎？你還在等什麼？（Clud Med Vacances Ltd.廣告）
- ❖ 我敢發誓絕對最低價。（中華電信歡樂打廣告）
- ❖ 通通不要錢。（中華電信歡樂打廣告）
- ❖ 購屋完全升級計劃。全面居家品質提升行動開始（信義房屋廣告）
- ❖ 你學英文，我給你工作。（捷進留學顧問公司遊學廣告）
- ❖ 我爸爸買新車了，我要用一元買NAVI+VCD。（NISSAN廣告）
- ❖ 花30元，成就一生。（實用空中美語文摘廣告）
- ❖ 最豪華的獨棟大別墅——台大山莊。

距離台北最近的住宅區——城堡別墅（大地開發公司廣告）

六、呼告式

彷彿有人在你耳邊說話，或輕訴，或呼籲，或勸勉，或明說，或暗示，或……總之，下一步行動已經有人替你料想好，並且告訴你怎麼做，這種「呼告式」的標題像是催眠，像是有人在心中預示著未來的行動，多少會有誘導作用。

❖保誠美國高科技基金，帶你的錢去美國拼。（美國保誠投信廣告）

❖擁有65萬8的ACCORD動作要快，否則……，一眨眼，機會就沒了。（HONDA汽車廣告）

❖見證歷史，世界僅存的烏托邦理想國。直飛北韓，限時五十天。（良友等六家旅行社廣告）

❖哈東京？絕對不能錯過最優惠的8888華航新東京方案！（中華航空廣告）

❖以國際的視野，擁抱台灣的鄉土。（佳音英語宜蘭農村英語夏令營廣告）

❖美好的事物，永遠值得珍惜。（TOYOTA 廣告）

❖家是您最後的堡壘，豈能讓人破壞它。（全家國際徵信廣告）

❖傷了大人的心，別再碎了孩子的夢　婚姻、感情挽回專家（安泰徵信廣告）

❖ 一生重要時刻，陪你倒數計時，

來這裡，你可以把未來看得更清楚。（91年度全國技職校院博覽會）

❖ 921、331、515之後……

抗震大行動

換住遠東世界花園SRC安全耐震建築（大都市建設廣告）

❖ 人生難得一回要就選最好的

邀您體驗阿拉斯加的壯闊之美。（歐樂旅行公司廣告）

❖ 祝您身體健康，快樂又美麗

一個關於娉婷美麗的承諾！（美商亞培減重廣告）

❖ 生意、生活，換個角度，不用換車。（三菱汽車廣告）

❖ 請媽媽每天喝千山淨水，陪媽媽遊遍千山萬水。（千山淨水公司廣告）

七、口號式

像是舉起手來高呼產品的優秀一般，通常會有一些誇張，但其震懾人的氣勢，和發誓般的堅定，則令人睜大眼睛細看。口號式的內容強而有力，對於消費者像是打針一樣，直接把效果輸入人心；消費者的心中不免會冒出幾個問號，可是，若能針對消費者的需求，內容往往會有更好的效果。

❖ 超值良機，好康沒得比（Panasonic手機廣告）
❖ 七年的等待，終於等到。今夏的唯一，只有張學友。（張學友2002音樂之旅－世界巡迴台北演唱會廣告）
❖ 3M無痕掛鉤、無痕雙面膠漆，來去不留痕跡，收納整理最佳利器。（3M廣告）
❖ 有了台新銀行二胎房貸，今天就是您的出頭天。（台新銀行廣告）
❖ 打電話更快！缺錢？找萬泰就對了！（萬泰商業銀行廣告）
❖ 水桶腰、啤酒肚的剋星。（淡大文化「懶人塑身」廣告）
❖ 唯有維多利亞攬盡江南三峽。獨霸三峽，樂透江南。（五福旅行社等廣告）
❖ 免費一試，改變一生。（張耀元互動教法廣告）
❖ 劉毅英文，讓好孩子更好。（劉毅英文廣告）
❖ 我們敢發誓，現在真的多更多！屈臣氏「買貴退2倍差價」商品現在超過3000種，除了日用品更加入保健、流行及趣味性商品，多得選不完！（屈臣氏廣告）
❖ 有影嘸！對付重大疾病，國泰先給50%，後面還剩100%!!（國泰人壽廣告）

❖ 感動ㄋㄟ。才辦住院，國泰就把錢送來！（國泰人壽廣告）

八、幽默式

幽默是人類心靈的花朵，是智慧的閃現，是在輕鬆而具機智或巧妙的話語中讓人佩服，再利用這種佩服帶領讀者了解廣告內容。不過，筆者目前為止只發現一則，嘆哉！

❖ 想省錢不必省口水，泛亞「參玖玖」專治話太多！（泛亞電信廣告）

九、雙關式

雙關，同時關涉到兩種意義之謂；諧音，包含雙聲、疊韻和同音；諧義，即此義與他義同時並存。

此種作法近年來已成為新聞及廣告的重要作法，因其有趣，巧妙，頗為討喜。

(一)諧音雙關

❖ 煉舞（景美女中2000年舞蹈公演海報廣告）【練舞】

❖ 出七制勝（KIA汽車廣告）【出奇制勝】

❖ 仗勢7人（KIA休旅車廣告）【仗勢欺人】

❖ 捍胃先鋒（藥品健胃先的廣告）【捍衛先鋒】

❖ 健康新視界（二代超彩光學放大護目鏡廣告）【健康新世界】

❖ 我就是愛線（中華電信廣告）【我就是愛現】

❖ 2000年耶誕大金奇（內容節錄：年底一連串節目即將來到，業者大力推出金色系服飾皮件，再造時尚金旋風）【大驚奇】

❖ 小期兵服務團（台灣證券交易所對於證券期貨服務性質的電視廣告）【旗兵】

❖ 雞會成雙（意為：搭配兩種餐點，只要99元。麥當勞廣告）【機會】

❖ 稅稅如意（新光人壽報稅諮詢服務廣告）【歲歲如意】

❖ e網情申（尚有廣告詞：迎向二十「e」世紀，「網」住優質新生活，健康「情」況要注意，預約「申」購搶先機。台北市三本診所廣告）【一往情深】

❖ 台新銀行貸您　高人一等（台新銀行廣告）【帶您】

❖ 台新銀行信用貸款，貸您加速向錢走。（台新銀行廣告）【「帶您」、「向前」】

❖ 「玩」美女人（思薇爾胸罩廣告）【完美女人】

❖ 我永遠忘不了……那一場美麗鯨豔。（加拿大旅遊局與長榮航空廣告）【驚豔】

❖ 6天5夜「泰想玩」假期，只要4999元。（易旅旅行社廣告）

(二)諧義雙關

❖ 真的好險（美國安泰人壽廣告）【諧「好危險」和「好的保險公司」】

❖ 足下，您滿足嗎？您還在削足適履嗎？（DUNCAN英國大師手工鞋廣告）【足下有「腳下」及「您」之意】

❖ 超級良機，好康沒得比！（中華電信廣告）【「機」指「機會」和「手機」】

十、問答式

問答式其實就是在修辭上的「設問法」，其效果在於提醒，有幫助提示重點，也就是將訴求內容以輕鬆的對話方式讓消費者迅速地注意到並掌握到產品最重要的訴求。

❖ 喘不過氣嗎？誠泰金太郎說：「錢先拿去用，前3個月0利率！」（誠泰銀行廣告）

❖ 為什麼每年有超過50年輕人湧入Clud Med？在Clud Med每一秒都有新鮮事。（Clud Med Vacances Ltd.廣告）

❖ 美食當前不吃太痛苦，運動又沒時間，身材卻日益走樣，怎麼辦？男女懶人塑身變窈窕。（淡大文化「懶人塑身」廣告）

十一、懸疑式

當我們看完標題，卻無法了解其中要賣的東西是什麼時，就會想要進一步去了解，而標題所要表達的內容就在廣告內容中，此時你已經被這種「懸疑式」的廣告標題巧妙地利用好奇心了。沒錯，先在標題故作懸疑，再引君入其內容之甕，逼得我們不得不多看幾眼，讓我們有更進一步的印象。

❖ 2＞1（新加坡航空公司廣告）
（答案如下：自2002年5月8日起，新加坡航空公司於中正國際機場的服務將遷移至第二航站，提供您更寬敞的空間，更新的設備和更舒適的環境。）

❖ 橘子不在果樹上。（「遊戲橘子」線上遊戲廣告）

❖ 尊貴，會自然留住您的目光。（HYUNDAI Grandeur XG 房車廣告）

❖ 不是頂尖，絕不輕易出手。（國泰建設雍雅房屋廣告）

❖ 物換星移，權力難長久。還好，這世上還有一些東西，經得起時間的考驗。（Ford TIERRA 廣告）

❖ 同樣辛苦，為什麼有些人撿來撿去都是破銅爛鐵!?（3M 無痕掛鉤廣告）

（答案如下：原廣告之標題尚有：「3M無痕掛鉤教你幾招老宗祖的開運法你嘛也通」）

❖ 俠隱dream hunter。男主人的成功舞台，女主人的時尚殿堂。（力麒建設廣告）

❖ 三通後，從台北▽▽▽上海要多少錢？（遠傳電信廣告）

（答案如下：遠傳用戶只要打3通電話，就能免費去上海吃喝玩樂。）

❖ 「咖啡桌上前，我們五個人已討論出最後結論……」（NOKIA 9210C Communicator廣告）

（答案如下：全新NOKIA 9210C Communicator「五方電話會議」功能，即使只是一杯咖啡的短暫空檔，也能隨時地召開跨國性的重要會議！）

❖ 「參觀漢諾威科技展，我讓公司同事也如臨現場、大開眼界……」（NOKIA 9210C Communicator廣告）

（答案如下：全新NOKIA 9210C Communicator「超強行動多媒體」功能，即使遠在天邊，也能透過高速傳輸，讓最即時的聲光影像完整呈現！）

如果廣告標語可以設計若干行，可以考慮多種方式的組合，讓廣告標語更靈活，更有效果。以台北市祐德高中的招生廣告來看：

❖ 名師名校．國中學生．最佳選擇

升大學保證班．保證考取大學
全國最優師資．教學管理嚴格

第一句是訴諸權威的說服式，第二句是訴諸利益的誘惑式，第三句是口號式。又如金和建設公司的廣告：

❖北市最佳換屋首選——帝璽
稀有千坪城堡式庭院住宅

第一句是口號式，第二句是誘惑式。

第五節 廣告的作法——內容篇

一、說服式

如同廣告標題的性質一樣，說服式的內容在於提供知識性的內容，讓讀者能根深蒂固地相信產品的效用；不過，就專業論專業，內容是真的有此效用才好，否則，一旦被拆穿誇大不實或是理論有誤，就會使消費者信心潰散，而難以收拾。

❖ 2001 年台灣經濟成長率為負 1.91%，遊戲橘子的營收成長卻是 195.09%，數字證明了線上遊戲的商機趨勢。（「遊戲橘子」線上遊戲廣告）

❖ 穿不合腳的鞋，輕者造成腰背疼痛，重者導致膝關節、脊椎病變化現在，由歐洲老經驗師傅為您量身訂製，您不必再削足適履，向憋腳的日子說再見吧！（DUNCAN 英國大師手工鞋廣告）

❖ 活力寶還原大自然的好水——倡導人體自我改善，自我治癒的功能。21 世紀的現代人，面對生活環境的嚴重污染。無論空氣、土壤、水源等有害物質不斷的增加，導致人體機能受損、傷害。人人都不希望生病，健康要如何獲得？請多喝可以在家裡自己造出的鈣離子水。當您喝下吉安家活力寶鈣離子水時，立即便會有以下味覺反應。顯示您體內五臟六腑的機能有失調現象。

酸　味——心血管小腸失調。　澀　味——脾胃腸肺功能失調。

苦　味——肝膽功能失調。　嘔吐感——腦神經衰弱及體質差弱。

腥　味——腎、膀胱虧虛、內分泌失調。甘　甜——表示身體健康。

（吉安家活力寶鈣離子水廣告）

❖英國保誠集團以154年的資產管理經驗，以及國際化的經營能力，再一次在台灣市場開花結果。去年，保誠投信勇奪國內開放型基金第一及第二名，投資報酬率逾80%。今年，保誠美國高科技基金更要帶你的錢去美國拼。（美國保誠投信廣告）

❖大家都知道，德國高級車在性能上的表現向來無人能及，這是因為德國是世界上唯一擁有Autobahn無限速高速公路的國家，在設計車輛時即力求高速行駛的穩定性、操控性及結構剛性，因此，對於安全的要求也就特別嚴苛，成為造車理念中最基本的堅持！這一點，我們從Mercedes、Benz、BMW都將安全氣囊列入全車系標準配備，就可以看得出來。來自德國造車工藝的METROSTAR，同樣秉持德國造車理念，全車系都配備雙安全氣囊。對懂車的人來說，配備可以選購，安全卻是無價的！當然，這或許是習慣將安全列入選配來販賣的台裝日系2.0房車，永遠也無法理解的。重要的是，當你已經準備升級擁有一部更精緻的2.0房車，對安全的要求當然也要跟著升級，而METROSTAR正是你不可多得的絕佳選擇。（Ford MONDEO METROSTAR廣告）

❖您不能不知道？塵蟎多隱藏在窗簾、寢具、地毯、纖維製品、沙發、彈簧床底、榻榻米或裝潢壁中。（塵蟎體積小於0.3mm，需由顯微鏡放大才看得見）。塵蟎以人的皮屑為食，其分泌物、排泄物會引起人類過敏性哮喘、鼻炎、皮膚炎、眼睛癢及慢性蕁麻疹等症狀。使用必安住水蒸式殺蟎滅蟑劑加水即可使用，安全、無殘留味道。殺蟎滅蟑亦可用紅恐龍蟑螂螞蟻藥。本公司榮獲ISO9001 2國際品質認證。住家安康必備，必需安心住宿，維護住家衛生，追求健康人生。（必安住產品廣告）

❖ 健康概念，永遠不褪流行！

健康取向的零食即將改變人們對於零食太油的負面刻板印象。

烤米片就市因應現代人健康新觀念，所開發出來的薄片米果，不用傳統油爆方式生產，而採用高成本烘烤技術，慢工烘烤，在生產過程中，將油脂含量降到只有洋芋片的十分之一。

烤米片早在去年就已經風行以美食著稱的歐洲，獲得廣大消費者的肯定，成為眾所周知的健康取向的零食（僑聚公司廣告）。

二、敘述式

敘述式的廣告內容最沒特色，卻也最平實親切，只要能針對消費者的需求而去設計內容，相信這種對於理性、冷靜而客觀的消費者應該有相當大的效果。

❖ FedEx擁有專屬機隊每日直飛中國大陸，不論貨件大小、形狀、重量，只要飛機裝得下，我們都送。此外，FedEx運送範圍遍及大陸190多個城市，並與中國海關電腦化連線，使運送過程倍加方便快捷且值得信賴。（Fedex Express聯邦快遞廣告）

❖ 在您使用信用卡刷卡額度不足時，會以您設定的活期存款帳戶餘額來支應此筆消費；而使用金融卡於ATM上提款或轉帳但存款不足時，會以信用卡預借現金來支應此筆交易。申請免費，手續簡便，請洽慶豐銀行全省分行。（慶豐銀行廣告）

❖ quattro，20年前全球第一個全時四輪傳動系統，後至今日，它仍是世界上最優秀的全時四輪傳動系統。Audi專有的quattro，反應的速度，甚至超過人類的本能反應。當偵測到輪子打滑時，quattro系統會自動停止在分配動力到打滑的輪子，同時重將動力導引到其他未打滑輪子上，以便獲得更好的抓地力。簡單地說，它就是緊緊地抓著地面，不讓它輕易地溜走。（Audi廣告）

三、抒情式

抒情式的廣告內容的語調是軟性的，是訴諸情感的，在技巧上通常會利用文字營構出一個畫面，讓讀者在畫面中去想像，去悠遊，去享受，像是有人在耳邊以最感性的話語旁白一樣，在神經鬆弛之際，進入廣告內容的國度，而領略，而接受。

❖就在東區發現一個完美之境，可以啜飲山泉的甘甜、細品活氧的鮮度、恣享暖陽的溫馨，生活的春天在這裡唾手可得！讓「歐洲聯邦」帶您親臨感動。（來優氧別墅，走時請記得裝一袋新鮮空氣回去……）（太平洋房屋廣告）

❖在光芒萬丈的市中心，蓋了一座最不張牙舞爪的好建築，讓閣下從繁華的南京商圈隱身，回歸居家生活的清靜自在。（力麒建設「俠隱」房屋廣告）

❖以前，送一束康乃馨，媽媽就會笑。今年從媽媽臉上的歲月刻痕，我發現健康才是她最想要。

天天喝好水、天天替媽媽的健康打底——享受千山活水的滋潤，讓我陪媽媽遊遍千山萬水。（千山淨水廣告）

❖一場壯如史詩的音樂之旅，性感歌神張學友身著豪華禮服大跳異國風情舞蹈，在龐大樂隊伴奏下，為您深情獻唱，「如果這都不算愛」、「想和你去吹吹風」等二十年來精典名曲。僅有一場，千萬別錯過。（張學友2002音樂之旅．世界巡迴台北演唱會廣告）（註：此則後兩句為呼告式。）

四、詩句式

與抒情式廣告內容相同的是，詩句式也有意象，而且，更為重視，不僅如此，在想像上更為重視，也就是在文字藝術的要求上較高。此種廣告因為困難度較高，所以較為少見。

❖在浩瀚的北太平洋中，
尋找生命中的鯨彩，
在碧海藍天之際，
與鯨豚共舞，
今年的夏天很特別！（加拿大旅遊局與長榮航空廣告）

❖星塵墜入凡間，在你臉龐覆上嬰兒般
稚嫩晶透的光采。
緋紅輕吻雙唇，兩頰散發芭比的粉色調，
純真的糖果藍在指尖閃動，讓肌膚展現的
清澈感，自然地像一抹夏日晨曦。
雅詩蘭黛全新亮白星采系列，
一星塵的光芒，溫柔點亮妳！（雅詩蘭黛廣告）

五、誘惑式

誘惑式的廣告內容是以讀者的需要為內涵，並以誘人的條件提供滿足此種需要的環境，而後將此需要以優美的文字塑造出一個美麗的場景，讓讀者悠然神往之際能接受此種產品。

❖當微風徐徐，漫步在霞關的林蔭大道。淡水出海口美景就在你眼前，那種感覺，真的讓人很窩心！你嚮往一種自然、寧靜、舒坦，還有美景相伴的生活已經多久了？（國泰建設公司廣告）

❖身上不帶一毛錢，照樣全村玩透透。

Clud Med首創「一價全包」的度假觀念，在你預付的費用中，幾乎包含了所有吃喝玩樂住，讓你不必再為瑣事傷腦筋，在Clud Med，你只管玩就對了！從空中飛人、浮潛、風浪板到攀岩、射箭、迴力球，還有各種主題派對任你狂歡，入夜的Clud Med更有勁，晚會表演，只要你敢秀，主角就是你。（Clud Med Vacances Ltd.廣告）

❖來過Clud Med，全世界都有朋友

在Clud Med，你可以一秒也不浪費的把村子裡的遊樂設備玩遍，也可以當懶人一族，但是千萬別錯過交朋友的機會，來自不同文化，不同種族的年輕人，都跟你一樣有顆愛玩的心，瘋狂浪漫的故事，天天都發生在這裡！讓餐餐無限暢飲的紅、白酒和啤酒，放開你緊繃的神經，盡情享受青春假期。（Clud Med Vacances Ltd.廣告）

六、呼告式

呼籲或是勸告式的口氣在文句中必須配合其他較為紮實的內容，才能顯出效果。

❖除了孩子之外，生活中需要其他奇蹟。所以NISSAN決定創造「一元奇蹟」。（NISSAN汽車廣告）

❖健康的大敵如同黑子的佈局，分分秒秒，步步逼進，做一名能攻擅守的棋士，您除了要拿對棋子，還要下對位置。健康的身體，是絕對不能潰敗的城池，不管是圈制圍堵、或是試圖消滅有害身體的物質，您都需要適當的對策。（POLBAX菠蓓健康食品廣告）

七、口號式

全部用口號來形成廣告內容是不宜的，因為太多呼天搶地似的叫囂或吶喊，是會讓人感到不實在的，所以，穿插在其他方式的文句中是較好的表現形態。

❖太平洋有好厝，買賣最快速。（太平洋房屋廣告）

❖您的需要，太平洋房屋第一個想到做到……（太平洋房屋廣告）

八、幽默式

利用富含機趣或智慧的文字，吸引讀者的興趣和注意，微笑之際，心領神會，自然而然地接受這種產品，這是幽默式的廣告內容的效果。

❖處方箋

單辦泛亞超級雙網卡只要 399 元，24 個月免月租費，

每月再送 17.5 分鐘，可講 4032 元。

每日晨昏服用，心脾爽健、筋骨暢通、內光外澤、氣色相融。（泛亞電信廣告）

❖現在，橘子上櫃了。

五月二十一日，橘子不在果樹上

橘子在櫃子上。

遊戲橘子。新鮮上市。（「遊戲橘子」上線遊戲公司的上櫃廣告）

九、小說式

將現實的生活以極富生活化的文學體裁：小說，來呈現複雜而深刻的內容，往往能在自然而

親切的對話中拉近與讀者之間的距離。

❖「賣麵賣了十多年了，終於要出頭了……」
「您攏不知喔？我女兒就要去美國讀書咧！」
「我哪有辦法送她出國，這都要感謝台新銀行二胎房貸的幫忙，我家才有這出頭的一天！」
（台新銀行廣告）

十、列舉式

這是最沒有特色，也最沒有特殊效果的方式，但是，當活動本身具有例行性，或是眾所周知的事情，或是本身就已經具有相當的魅力，這種方式是相當直接而簡便的。

❖展示地點：寶鴻堂鐘表公司
展示時間：台北／91年5月15日（三）～91年5月19日（日）
台北市民生東路5段143號 TEL：（02）2766-5838
台中／91年5月22日（三）～91年5月26日（日）

台中市文心路3段221號　TEL：（04）2297-3068（敦文公司廣告）

❖ 活動期間：2002/07/07～08/16（分六梯，每梯六天五夜）
洽詢電話：（02）2701-6769#612-615
住宿地點：宜蘭三富休閒農場
（http：//www.iland-travel.com.tw/three/）
指導單位：教育部
主辦單位：財團法人佳音兒童文教基金會
協辦單位：蘭陽文化中心（佳音英語宜蘭農村英語夏令營廣告）

第六節　廣告的實例

綜合標語與內容兩者來看，一篇廣告的文字，尤其是較為大篇幅的廣告，通常並不是單用一種方式，而是統合各種方式，以多角度的方向進行心理攻勢，更會有效地使觀看廣告的人進而變成消費者。以下列各例來解說，各段文句之末有加上「【】」者，為筆者之按語，表該段文句所使用之技巧。

❖ 媚登峰廣告

【標題】

媚登峰不讓妳瘦得要命。【呼告】

這是警訊不是讚美，唯有健康減肥才能安全有效。【說服】

【內容】

即日起至6月15日止，持各種減肥藥包，至媚登峰各營業店，即可兌換為期一週的「健康減肥卡」。【誘惑】

減肥盛行，上至民代官員，下至未滿十歲的小學生，全國都希望能夠減輕體重，各種減肥方式頻頻出籠，舉凡吃藥開刀打針，只要能瘦就敢作。最令人憂心的，不管是否傷害身體，很多人只希望越瘦越好。

然而，除非肥胖已經致病，否則，專科醫生也不建議用藥減肥。

健康減肥法必須從認識健康真正的涵義，了解肥胖的原因及肥胖對健康的害處開始。媚登峰多年來一直秉持著「健康減肥模式」，透過專業營養師群，由健康檢測、體脂肪測量、BMI質量指數判讀，真正了解每一個人的肥胖問題核心，協助每一個人從日常飲食著手，改變生活習慣，同時媚登峰提供零負擔的女性減肥專用儀器，提高新陳代謝又可以雕塑身材，真正健康減去體脂肪而不讓你減去肌肉裡寶貴的蛋白質。【說服】

媚登峰讓你永續經營妳自己。【呼告】

❖ 玉山銀行廣告

【標語】
全家理財就在玉山【呼告】
玉山繳稅輕鬆貸【誘惑】
【內容】
只要您是位有責任感的人
只要您是位愛家顧家的人
請您馬上來玉山
玉山銀行會全力支持您【呼告】
……
憑90年度薪資所得扣繳憑單，繳稅貸款最高可貸年所得1.2倍。【敘述】

❖ 3M無痕掛鉤廣告

【標語】

誰叫你不掛好，才會「衣服變拖把」。【敘述】

【內容】

面對辦公室一堆公物、私物、雜物真是頭大。試試看！把他們都貼掛起來，不但能保持完好，更顯而易見、唾手可得，但千萬記得一定要用3M無痕掛鉤，才能來去不留痕跡，移動時不用擔心清理的問題。【呼告】

❖ **演講廣告**

【標語】

國際危機處理大師——邱強博士來台開講【說服】

【內容】

為您剖析企業經營與個人理財的風險管理與危機處理。【誘惑】

找出問題，迅速處理；成功取決於危機預防，一分預防勝過十分處理。【說服】

A.個人風險管理高峰會（個人理財危機預防與處理）

A_1高峰會：5月○日，晚上○點至○點。

A_2高峰會：5月○日，晚上○點至○點。

B.企業風險管理研習營（企業危機預防及處理秘訣）

B_1高峰會：5月○日，晚上○點至○點。

B_2高峰會：5月○日，晚上○點至○點。【敘述】

主辦單位：時報育才公司、和強國際公司。媒體協辦：中時晚報。

洽詢電話：○○○。

❖中時晚報廣告

【標語】

露華濃5分鐘快速護髮染髮霜送給您【誘惑】

【內容】

凡預繳中時晚報三個月期報費1000元（含郵資處理費），可獲以下：

露華濃快速護髮染髮霜＋活橙C遠紅外線護手組合

或露華濃快速護髮染髮霜＋活橙C遠紅外線護腳組合【誘惑】

訂閱方式：劃撥：○○○○戶名：○○○

信用卡定閱：○○○○索取信用卡訂閱單，填妥後傳真至○○○○。

❖「遊戲橘子」上線遊戲公司的上櫃廣告：

【標語】

橘子不在果樹上。【懸疑】

【內容】

2001年台灣經濟成長率為負1.91%，遊戲橘子的營收成長卻是195.09%，數字證明了線上遊戲的商機趨勢。【說服】

現在，橘子上櫃了。

五月二十一日，橘子不在果樹上

橘子在櫃子上。

遊戲橘子。新鮮上市。【幽默】

❖「信義房屋廣告」

【標語】

購屋完全升級計劃

全面居家品質提升行動開始【呼告】

【內容】

經過多年打拼，如今的您，集社會掌聲與成就於一身

您的薪資所得高漲，您各方面的品味也升級

　您當然更需要提升居住生活品質【抒情】

現在搭配政府持續提供的低利率優惠房貸，換屋正是好時機。

　歡迎您蒞臨信義房屋各分店索取購屋完全升級計劃。【呼告】

您該換屋的十大理由

1.房屋老舊已過換屋期2.空間太小該換大房子3.地段不佳生活機能差4.嫌惡設施走為上策5.交通不便通勤成本高6.小孩上學換個好學區7.土增稅減半機不可失8.房價觸底購屋負擔輕9.停車不便替愛車找家10.地位不同不該再屈就【說服】

❖ 太平洋房屋

【標語】

掌握3.1%精省房貸【誘惑】

指名效率安全優質服務的

太平洋房屋【呼告】

【內容】

太平洋有好厝，買賣最快速，【口號】

安全交易的把關者，以制度保障買賣雙方權益，

達到「服務百分百贏得客戶心」境界。【說服】

您的需要，太平洋房屋第一個想到做到……【口號】

※誠實明示委託價　※買賣雙方權益說明

※電腦公開出價　※購屋付款保證

※成屋履約保證　※水地保固【說服】

❖ NISSAN 廣告

【標語】

我爸爸買新車了，我要用一元買 NAVI + VCD。【誘惑】

【內容】

○除了孩子之外，生活中需要其他奇蹟，所以 NISSAN 決定創造「一元奇蹟」。【呼告】

○現在，不管你買 NISSANSENTRA 或 Q-RV，再付一元，就能破天荒同時擁有 NAVI 衛星導航 + VCD 行動劇院！沒錯，就這個價錢，一塊錢。

○什麼？你還想要 MARCH VERTIA 提供30萬24期0利率或低月付專案？

OK，you got it因為奇蹟永不嫌多。

奇蹟追加：回應熱烈要求，最後期限延至5月15日，絕不再延快把握！【誘惑】

【標語】

只付一元優待會【誘惑】

❖ POLBAX 菠蓓健康食品廣告

【標語】

生命的對弈，絕不能失手！【呼告】

【內容】

POLBAX 菠蓓是您手中關鍵的棋子【詩句】

健康的大敵如同黑子的佈局，分分秒秒，步步逼進，做一名能攻擅守的棋士，您除了要拿對棋子，還要下對位置。健康的身體，是絕對不能潰敗的城池，不管是圈制圍堵、或是試圖消滅有害身體的物質，您都需要適當的對策。【呼告】

自由基是危害健康的大敵，SOD 是清除體內自由基的有效元素。POLBAX 菠蓓，是由世界級醫藥大廠 Pharmacia Allergon 以專業精密技術製作，來自天然花粉萃取，含銅鋅 SOD 與錳

SOD酵素，藉由堅實的保護，使SOD酵素不被破壞，是補充SOD的最佳來源。【說服】

❖ 台新銀行廣告

【標語】

台新銀行信用貸款，貸您加速向錢走。【雙關】

【內容】

五月份就要申報綜合所得稅，繳稅的錢，您什麼時候要？應該是愈快愈好吧！請快來申辦台新銀行信用貸款，不但核貸成數可達個人年收入八五成，最高額度100萬，而且憑扣繳憑單即可申貸。缺錢繳稅嗎？快撥○○○○台新銀行馬上貸給您！【誘惑】

應－用－練－習！

一、「東城山上」廣告

資料：東城山上有風洞石，一塊很大的渾圓的石頭，上負一塊很大的石頭蛋。有大風，上面的石頭能動。

有個小伙子奔上去，仰臥，雙腳蹬石頭蛋，果然能動。

這兩塊石頭摞（音ㄌㄨㄛˋ，義為重疊置放）在一起，不知有多少年了。

這是大自然的遊戲。

問題：上文描述的是某一海灘的奇景，請你為它編寫一段吸引人的故事，作為旅遊景點的廣告文案。廣告標題自擬，文長不限。

【參考解答】

東城山上的傳說

在東城山上的風洞有一則古老的傳說——

從黃帝還沒出生以前……或許神農氏伏羲氏也還小……女媧還在媽媽肚子裡……

或許就在盤古開天闢地的時候，他玩了一個遊戲。

一塊很大的石頭，背著一顆石頭蛋

它們一起迎接春暖花開，一起承受炎炎炙暑，任由秋天的楓葉抹上一痕淡紅，任憑冬天的白雪塗上一片蒼茫。

聽說，大風吹來時，才能見到石頭蛋轉動。

但是，有個小伙子，奔了上去，用雙腳蹬了蹬石頭蛋，果然也動了。

你要來轉動這個古老的傳說嗎？

二、「海邊房屋」廣告

資料：有一家建設公司要做一個房屋廣告——皇地，資料如下：

1.由台北西區上高架快速道路，只要短短三十分鐘。

2.有5000坪基地、3500坪飛瀑中庭、1000坪私有健康俱樂部。

3.面對淡水「寧靜海灣」、靠山、有豪華遊艇和溫泉。

問題：請你仔細閱讀上列資料後，發揮你的創意，替建設公司寫出一則約300字的宣傳文案，讓有興趣的人有美好印象，甚而能打動人心，讓他想來看一看。文案形式可以是一篇短文、一首新詩、一篇告示或其他文類。

【參考解答】

　　擁抱我的寧靜海灣，重建家人的青春歲月

　　後續青春就在此地覺醒．重生

　　此地，皇地

生活是一場永無止境的即興交響樂章

而你，是否想要

每天起床，眺望萬里江山，和大自然做個溫存的擁抱……

　　黃昏，落日在浩浩海灣慢慢……沉墜，而你，也沉醉

　　整個淡水泛著金黃色的波浪

胸懷寬廣，心細如絲

一切失去的，都可以找回來

一切渴望的，都可以實現……不要讓你的夢想煙消雲散！

一部休旅車的錢，買下整座江山，永續青春不只是夢想而已。

由台北西區上高架快速道路，只要短短30分鐘，卻扭轉整個世界。

3500坪飛瀑中庭、1000坪私有健康俱樂部，

面對「寧靜海灣」、靠山、有豪華遊艇和溫泉，

和家人重新相愛，就在此時此地，完全享受人生

（本文案參考基興建設位於翡翠灣的喜凱亞房屋廣告，並有所改寫。2001.07.07聯合報16版）

三、「飢餓三十」廣告

資料：

1.如果你的冰箱中有食物，身上有衣服穿，頭上有屋頂，有地方睡覺，幸福已在世界前25%之內。

2.如果你銀行還有錢，在某個角落還有零錢，你已名列世上前8%有錢的人。

3.如果你不曾經歷過戰爭的危險、被囚的孤單、受折磨的痛苦、或飢餓的苦楚……你已在世

界上五億人之前了。

4.圖片上，一個又黑又瘦又乾又癟的小男孩，睜著無助無力的雙眼，望著你。

5.「飢餓三十」是三十個小時不吃東西，可以喝水，其餘現代文明的生活都暫時停止的生活，比如電視、電話、電冰箱、電玩、電扇、冷氣……讓你實實在在地去體會全球正遭受飢餓的人的痛苦。

6.凡在全國7-11門市購買商品，統一企業就為您捐出一元響應飢餓三十。

問題：「臺灣世界展望會」等單位即將合辦「第十三屆飢餓三十全球救援活動」，請你仔細閱讀上列資料後，發揮你的創意，替7－11做報紙廣告宣傳，寫出一則約200字的宣傳文案，以感性的口氣打動人心，並吸引社會大眾來共襄義舉。文案形式可以是一篇短文、一首新詩、一篇告示或其他文類。

【參考解答】

「一塊」來救命——

你的一塊錢，可以是他活下去的力量

快樂消費，輕鬆行善

飢餓三十創意立約行動

30小時不看電視、30小時不吹冷氣、30小時不講電話……

靜靜地，靜靜地……

用心，體會，

體會他們現在正遭受到的痛，與苦

讓我們一起訂定一個簡單又有創意的生活公約，

讓生活更簡單，生命更充實

同時將省下來的錢捐給「飢餓三十」！

即日起，凡是到 7-11 購買任何一項商品

統一企業就幫您捐助一塊錢響應「飢餓三十」

（本廣告文案參考統一企業於 2001.07.08 中時晚報 17 版之廣告，並有所改寫）

四、「電腦生活營」廣告

某大學資工系擬於今年暑假舉辦一「高中生電腦生活營」，以下是活動時間表：

	第一天	第二天	第三天	第四天	第五天
07:00~08:00		早餐			
08:00~09:30		早安，伊魅兒	電子商務	網頁DIY	虛擬未來
10:00~11:30		下載須知	認識駭客	動畫技巧	
12:00~13:00	午餐				
13:30~15:00	始業式	勁暴MP3	網路安全與法律	烘培雞選美大會	結業式
15:30~17:00	輕鬆上網	連線遊戲			賦歸
17:30~18:30	晚餐				
19:00~21:00	網路遨遊	電玩大作戰	防毒急診室	晚會	
21:00~22:00	小隊時間				

註1：「伊魅兒」為「E-mail」（電子郵件）之音譯。

註2：「烘培雞」為「Home page」（網站首頁）之音譯，「烘培雞選美大會」意指網頁設計競賽。

問題：請你仔細閱讀上表，發揮你的創意，寫出一則約200字的宣傳文案，介紹這個營隊的特色，並吸引大學生報名參加。

注意：文案形式可以是一篇短文、一首新詩、一篇告示或其他文類。由於本營隊招生對象包含對電腦、網路完全陌生的同學，因此請注意文案內容的普及性，勿使用BBS用語或艱澀的資訊術語。

【參考解答】

你認為電腦還是黑白的嗎？

你認為電腦只認識英文指令嗎？

如果你的回答是「YES！」

那你就完完全全的落伍啦！

加入「大學生電腦生活營」，讓你成為e世代的新新人類。

課程包括了讓你漫遊國際、用電腦可知天下事的網際網路；今夏最今夏最「IN」的MP3音樂無國界；設計網頁的烘培雞選美大賽。更附贈了最新防毒軟體教學，讓你碰到駭客不用怕；最後加上線上遊戲大對戰，以及欲罷不能的虛擬未來A計劃……。

保證讓你一生受用不盡，回味無窮。

你還在等待嗎？別遲疑！

最後一個名額就是你！

五、「愛心服務社」廣告

狀況：新的學期即將展開，將有許多一年級的新生進入本校。大學生活除了一般的課業以外，還有社團活動。假如你是「愛心服務社」的宣傳組組長，你將要如何招募學弟妹們加入這個服務性社團呢？以下是愛心服務社的資料：

1. 本社的活動以關懷社區老人、兒童為主要服務項目。
2. 每個月定期拜訪老人院、孤兒院。
3. 積極參與社區的各種服務工作。
4. 每兩個月舉辦一次義賣的活動，為慈善基金募款。
5. 本社是全校師長評鑑最優良、歷史最悠久、社員最多的社團。
6. 本社會在寒、暑假舉辦集訓式愛心夏令營，增進社員的服務能力。

問題：請你參考以上的特色，寫成一篇300字以內的短文，作為招募新社員的宣傳短文；並附上一句富有創意的標語作為題目。（以上特色，至少必須寫出四項，文字可斟酌改寫。）

【參考解答】

讓愛充實每一個心靈的角落

曾經，你不知道該如何付出你的愛心，去幫助那些需要你的人嗎？

曾經，你心裡有一種莫名的空虛，得不到學生生活應有的充實嗎？

加入「愛心服務社」，讓愛充實你生命裡的每一秒！

我們以關懷社區的老人、兒童為主要服務項目。

每個月定期拜訪老人院、孤兒院。

每兩個月舉辦一次義賣的活動，為慈善基金募款。

在寒、暑假將舉辦集訓式愛心夏令營，增進社員的服務能力。

大學生涯，加入「愛心服務社」，將你對社會的關懷付諸行動；實際學習如何舉辦、參加各種活動。本社是全校師長評鑑最優良、歷史最悠久、社員最多的社團；讓你的生活多采多姿。

第九章 柬帖

第一節 柬帖的意義

中國素稱禮儀之邦，不論婚嫁、弔喪、喜慶、宴會、餽贈，都有一套應酬禮節。這類應酬活動所用的正式書面通知統稱柬帖，也稱簡帖。柬帖一般以較硬的紙張印製，較便條隆重得多，在重要的交際活動中常會用到。過去，柬帖的格式和用語十分繁縟，現在雖已簡化，但仍有其特色。現行的柬帖可分為下列四種：

一、**婚嫁柬帖**：常用的有訂婚柬帖和結婚柬帖。

二、**喜慶柬帖**：如壽慶、彌月、開張、新居落成、揭幕、節慶等所用的柬帖。

三、**喪葬柬帖**：常見的是訃聞，是用以報告喪事的柬帖。

四、一般應酬柬帖：如日常宴客、洗塵、餞行、陞遷、同學會、謝師宴、社團聚會等所用的柬帖。

第二節 柬帖的作法

婚喪慶弔、宴會、餽贈等所用的柬帖，它的格式、用語，都有慣例，不可任意寫作。違背了慣例，就會被人譏笑，也容易引起誤會。現在僅就一般交際柬帖的內容加以說明，以供實際寫作的參考。

一、婚嫁柬帖

㈠訂婚柬帖：

1.訂婚日期、地點，禮事；2.訂婚人雙方稱謂及姓名；3.介紹人姓名；4.請候光臨；5.具帖人姓名，表敬辭；6.宴客時間、地點。

【舉例】

㈠由女方家長具名

謹詹於中華民國○○年農曆/國曆○○月○○日（星期○）○午○時假○○○為○女○○與○○○先生
令郎○○君訂婚敬備菲酌　恭候
台光

陳○○
陳吳○○　謹訂

席設：○○市○○路○號○○餐廳

(二)由男女雙方家長具名

謹詹於中華民國○○年農曆/國曆○○月○○日（星期○）○午○時假○○○為○男○○/○女○○舉行訂婚典禮
敬備菲酌　恭候
台光

康○○
康王○○
陳○○
陳吳○○
鞠躬

席設：○○市○○路○號○○餐廳

㈡結婚柬帖：

1.結婚日期、地點，禮事；2.結婚人雙方稱謂及姓名；3.結婚方式或證婚人姓名；4.宴客時間、地點；5.請候光臨；6.具帖人姓名，表敬辭。

【舉例】

㈠由男女雙方家長具名

謹詹於中華民國○○年農曆/國曆○○月○○日（星期○）為○○男/○○女在○○市舉行結婚典禮敬備喜筵

恭請

闔第光臨

康○○

康王○○

陳○○

陳吳○○

鞠躬

恕邀
席設：○○市○○路○號○○飯店
時間：○午○時觀禮．○時○分入席

(二)由男女雙方當事人具名

> 茲承○○○先生介紹並徵得雙方家長同意謹詹於中華民國○○年○月○日（星期○）假○○○
> 舉行結婚典禮敬備喜筵　恭請
> 闔第光臨
>
> 康○○
> 陳○○　謹訂
>
> 恕邀
> 席設：○○市○○路○○號○○飯店
> 時間：○午○時觀禮．○時○分入席

二、喜慶柬帖

(一)壽慶柬帖：

1.祝壽的日期；2.壽者稱謂、姓名、年歲；3.祝壽方式、時間、地點；4.請候光臨；5.具帖人姓名或全銜，表敬辭。

【舉例】

農曆（國曆）○○月○○日（星期○）為家祖父（家父）○公○秩晉○誕辰敬備桃樽
恭候
光臨

○○○謹訂

恕邀（席設：○○市○○路○號
時間：下午○時入席）

㈡彌月柬帖：

1.彌月的日期；2.彌月者稱謂、名字，禮事；3.宴客方式、時間、地點；4.請候光臨；5.父母具名，表敬辭。

【舉例】

本月○日為○兒（○女）彌月之期○午○時敬治湯餅　恭請
台光

○○○謹訂

席設：○○市○○路○號○○餐廳

㈢遷移柬帖：

1.遷移者自稱；2.遷移日期，新地址；3.宴會方式、時間、地點；4.請候光臨；5.具帖人職銜、姓名，表敬辭。

【舉例】

> 本公司業經於中華民國○○年○月○日遷移○○市○○路○號新址營業凡我舊雨新知務祈一本
> 以往愛護之忱多加照顧謹訂於○○年○月○日○午○時舉行慶祝酒會　敬請
> 光臨
>
> ○○公司　董事長○○○
> 總經理○○○　謹訂

㈣開張柬帖：

1.行號自稱，開張日期；2.慶祝方式、時間、地點；3.請候光臨指教；4.行號名稱，具帖人職銜、姓名，表敬辭。

【舉例】

本公司業經籌備就緒茲訂於中華民國○○年○月○日正式營業謹備酒會　恭請
光臨指教

○○公司董事長○○○謹訂
酒會時間：上午○時○分
地址：○○市○○路○號
電話：○○○○○○○

(五)揭幕柬帖：

1.禮事主體；2.揭幕時間、地點、方式、揭幕人；3.請候光臨指教；4.具帖人名稱、職銜、姓名，表敬辭。

【舉例】

本公司新建○○室內溫水游泳池業已完工茲訂於中華民國○○年○月○日（星期○）○午○時
隆重開幕　恭請
○○○先生揭幕
○○○先生按鈕　謹備酒會　敬請
光臨指教

○○○公司
董事長○○○謹訂
地址：○○市○○路○號

三、喪葬柬帖

㈠訃聞：

1.死者的稱謂、姓名；2.死者的死亡日期、原因、地點；3.死者生卒年月日及年歲；4.親屬的善後禮事；5.開弔時間、地點，訃聞；6.訃告的對象；7.主喪者及親屬具名，表敬辭；8.喪居地址，電話號碼。

【舉例】

㈠由家長具名

○男○○不幸於○○年○月○日○午○時病歿得年○○歲即日移靈○○擇於○月○日（星期○）○午○時舉行家祭隨即發引安葬於○○公墓謹此訃 聞 反服父○○○泣告

(二)由兒女具名

顯考○公諱○○字○○府君慟於中華民國○○年○月○日上午○時○分病逝○○總醫院距生於民前(國)○○年○月○日享壽○○有○不孝男○○○○○○不孝女○○○○○等隨侍在側親視含殮遵禮成服即日移靈○○○殯儀館謹擇於○月○日(星期○)○午○時在該館○○廳舉行家祭○時起公祭○時大殮隨即移靈該館後廳並擇於○日(星期○)○午○時半發引安葬○○墓園　叨在

族鄉學世友寅戚

誼哀此訃

聞

孤子○○　○○　○○

媳○○　○○　○○泣

女○○　○○

孫○○

孫女○○　○○　○○啟

未亡人○○○

鼎惠懇辭

恕訃不週

族繁不及備載

㈢由治喪委員會具名

○○○先生於民國○○年○月○日○午病逝○○○○○○○○醫院即日移靈○○殯儀館 茲訂○○年○月○日（星期○）上午○時公祭○○時大殮隨即火葬謹此訃 聞 ○○○先生治喪委員會　謹啟

※今日常見的訃聞，多另紙印有死者遺照於正面，並附死者傳略，以供受帖者撰寫祭悼文詞的參考。「鼎惠懇辭」、「鄉學寅世戚友」、「聞」字皆印紅字；死者八十歲以上，多印紅色底，其他則多為白底黑字。

四、一般應酬柬帖

㈠一般應酬柬帖：

1.宴會時間、方式、地點；2.宴會事由；3.請候光臨；4.具帖人姓名，表敬辭。

【舉例】

㈠普通宴客柬帖

謹訂於中華民國○○年○月○日○午○時敬治菲酌　恭候
台光
李○○謹訂
席設：○○市○○路○○餐廳○室

㈡謝師宴柬帖

謹訂於中華民國○○年○月○日（星期○）下午六時假本市○○路○號○○餐廳舉行應屆畢
業生謝師餐會
恭請
蒞臨賜訓
臺灣大學○○年度
甲班全體畢業生敬上

㈢邀請參觀柬帖

謹訂於中華民國○○年○月○日起至○月○日止假○○○舉行書畫展覽　敬請
惠臨指教
○○○謹訂
時間：上午○時至下午○時

第三節 柬帖的用語

一、婚嫁用語

㈠嘉禮、吉夕、合巹（ㄐㄣˇ）：結婚。
㈡文定：訂婚。
㈢于歸：女子出嫁。
㈣福證：請人證婚的敬語。
㈤闔第光臨：請客人全家出席的敬語。
㈥詹於：即占於，謂占卜選定日期。

二、喜慶用語

㈠桃觴：也稱「桃樽」；祝壽的酒席。
㈡湯餅：小孩出生三日之宴，今亦用以稱滿月的酒席。
㈢弄璋：稱生男孩。

(四)弄瓦：稱生女孩。

(五)嵩祝：祝福壽比嵩山之高。

(六)秩、晉：秩，十年。晉，同進。

三、謝帖用語

(一)領謝：領受禮物並道謝。

(二)璧謝：返還原來的禮物並道謝。

(三)踵謝：親自登門道謝。

(四)敬使：付送禮人的小費。

四、喪葬用語

(一)先祖考（妣）：對他人稱自己去世的祖父母。

(二)顯祖考（妣）：同前。

(三)先考（妣）：對他人稱自己去世的父母，也稱先嚴（慈）或先父（母）。

(四)顯考（妣）：同前。

(五)先夫：對他人稱自己去世的丈夫。

㈥先室／荊室：對他人稱自己去世的妻子。

㈦亡兒／亡女：對他人稱自己去世的兒女，也稱故寵兒／故愛女。

㈧故媳：對別人稱自己去世的媳婦，也稱故寵媳。

㈨壽終正寢／壽終內寢：男喪／女喪用，如死於非常，只能用「終」或「卒」。

㈩享壽：卒年六十歲以上的稱「享壽」，不滿六十歲的稱「享年」，三十歲以下的稱「得年」。

⑪成服：大殮次日，在服之人各依服制，分別成服，也有在殮前成服的。

⑫反服：兒死，無孫，父在堂，父反為兒之喪持服。

⑬斬衰：五服中最重的，子女對父母之喪服三年。以最粗生麻布製成，不縫邊緣者為斬衰。衰，音ㄘㄨㄟ，喪服。

⑭齊（ㄗ）衰：以熟麻布製成而縫邊緣的喪服。

1. 齊衰期（ㄐㄧ）年，對祖父母、伯叔父母、兄弟、在室姑姊妹，夫為妻，已嫁女為父母之喪，服一年。
2. 齊衰五月，為曾祖父母服用。
3. 齊衰三月，為高祖父母服用。

⑮大功：對出嫁姊妹及堂兄弟等之喪，服九月。

(十六)小功：對堂伯叔父母及堂姑等之喪，服五月。大功、小功，合稱功服。

(十七)緦麻：對已出嫁的姑母、出嫁的堂姊妹及族兄弟等之喪，服三月。合斬衰、齊衰、大功、小功、緦麻稱五服。緦（ㄙ）麻，稍細熟布製成的喪服。

(十八)孤子：母親健在，父死，子稱「孤子」。

(十九)哀子：父親健在，母死，子稱「哀子」。

(二十)孤哀子：父母親皆死，子稱「孤哀子」。

(二一)棘人：父或母喪時，子自稱「棘人」。

(二二)杖期夫：妻入門後，曾服翁或姑、或太翁太姑之喪，妻死，夫稱「杖期夫」。

(二三)不杖期夫：妻入門後，丈夫的父母，或丈夫的祖父母已死，妻未及服喪，妻死，夫稱「不杖期夫」（丈夫的父母尚健在，妻死，也可稱不杖期夫）。

(二四)未亡人：夫死，妻自稱「未亡人」。

(二五)承重孫：本身及父，俱係嫡長，父先死，現服祖父母之喪使用。

(二六)抆（ㄨㄣˇ）淚：久哭而掩淚，比拭淚為重。

(二七)稽顙（ㄑㄧˇ ㄙㄤˇ）：遭三年之喪的人，居喪拜賓客時，雙膝跪下，頭額觸地，稍稽留。

(二八)稽首：叩頭的敬禮。

(二九)護喪：治喪之家，以知禮能幹的家長或兄弟一人，主持喪事。

㉚諱：稱已死尊長之名。

㉛封翁：因子孫貴顯而受封典的父祖，亦稱封君。後為泛稱人父的敬辭。

㉜權厝（ㄘㄨㄛˋ）：暫時停放靈柩以待葬。

㉝含殮：含，為含玉於口。殮（ㄌㄧㄢˋ），入殮，納死者於棺。

㉞匍匐奔喪：匍匐（ㄆㄨˊ ㄈㄨˊ），急遽貌。奔喪，從遠方奔赴親喪。

㉟發引：出殯時靈柩出發。引為布引，亦稱紼（ㄈㄨˊ）。

㊱告窆：將下葬時訃告親友。窆，音ㄅㄧㄢˇ，將靈柩葬入墓穴。

㊲合窆：將已死父母同葬一墓穴之中。

㊳治喪子：在喪期內稱「孤子」、「哀子」或「孤哀子」，已除服再行葬禮稱「治喪子」。

應用練習！

一、你的鄰居大哥林志平和他交往多年的女友楊敏惠終於要結婚了。請你代他們寫雙方家長具名的結婚柬帖樣本。男方是長男，父母是林蔭祖、許金蘭；女方是次女，父母是楊光輝、陳瑞華。時間是下個月二十日中午；地點在○○市○○路○號的大觀園酒樓龍鳳廳。

【參考解答】

謹詹於中華民國九十年國曆十月二十日（農曆九月四日）（星期六）為長男志平 次女敏惠在臺北市舉行結婚典禮敬備喜筵

恭請

闔第光臨

林蔭祖
許金蘭
楊光輝
陳瑞華 鞠躬

恕邀

席設：臺北市松江路二號大觀園酒樓龍鳳廳
時間：上午十一時觀禮．十二時入席

二、〇〇大學機械系全體畢業同學，即將在六月二十日（星期三）下午六時舉行謝師宴，地點在〇〇市〇〇路〇號的金鱷魚西餐廳，請代為擬訂這則柬帖。

【參考解答】

謹訂於中華民國九十年六月二十日（星期三）下午六時假本市太原路二八號金鱷魚西餐廳舉行

應屆畢業生謝師餐會 恭請

蒞臨賜訓

〇〇大學機械系全體同學敬上

三、你的祖父準備在下個月十五日過七十歲大壽。地點在本市〇〇路長榮桂冠酒店松鶴廳，請以你的名義，擬訂這則柬帖。

【參考解答】

> 國曆八月十五日
農曆六月廿六日（星期三）為家祖父七秩誕辰敬備桃樽　恭候
>
> 光臨
>
> 林大華謹訂
>
> 席設：臺中市中港路二號長榮桂冠酒店松鶴廳
時間：下午六時入席
>
> 恕邀

四、你是總經理秘書，總經理要你擬一封請帖，將於九十二年二月十五日上午十時於綜合大樓一樓大廳舉辦新春團拜並酒會，請擬之。

【參考解答】

訂於九十二年二月十五日上午十時假綜合大樓一樓大廳舉行春節團拜敬備酒會藉資歡敘屆時務請
惠賜光臨

總經理○○○謹訂

地址：○○市○○路○段○號

第十章 題辭

第一節 題辭的意義

題辭，就是用精粹的文辭，題寫在匾牌、條幅、岩壁、書冊、錦旗、獎杯、鏡屏等載體之上，藉以表達慶賀、頌揚、勉勵、警戒、紀念或哀悼的應用文。

題辭是應用文中最為精簡的一種，不論是吉凶慶弔，或是送往迎來，都可以派得上用場。由於它的內容明確，表達直接且意義深遠。是以採取題辭紀念的方式，也成為時下流行之風，題辭自然便成為使用率頗高的一種應用文。

題辭的文字不必長篇大論，多的不過幾句話，少的甚至只有一、二個字而已，但通常以四字為主。由於題辭相當精簡，所以在寫作的內容上必須特別講究，對於適用的對象與場合也要嚴格注意。如果用辭不當，不但會鬧笑話，也是極為失禮的事，甚或造成不必要的誤會，那就得不償失了。

題辭的分類，如果依其載體的不同，可分為匾牌類、屏幛類、像贊類、題壁類、書冊類等。但更為科學，使用起來也更為方便的，還是依據內容的不同，可以把它分為下列四大類：

一、慶賀類題辭

舉凡親朋好友在生活中遇上喜慶、得意之事，如壽誕、婚嫁、榮升、遷居、獲勝等，都可以選擇或自擬合適的題辭，藉以表示祝賀。

二、哀輓類題辭

親朋好友、同事同學中有人逝世，可以在花圈、輓幛等載體上書寫題辭，以表哀悼，並把這視為一項重要的喪祭禮儀。

三、應酬類題辭

在與親朋好友、同事同學的日常相處中，感到有必要對對方加以讚頌、勉勵、勸誡，或是把自己的字畫、著作贈送給對方，均可選擇或自擬適當的文辭，題寫饋贈。這是題辭中使用十分廣泛的一類。

四、自勉類題辭

為了激勵自己在生活中不斷進步，在學習和工作上爭取更佳的成績，或是警誡自己不斷改正缺點，而寫給自己看，以達到自勉、自警目的的題辭。

第二節 題辭的作法

題辭的字數雖然不多，似乎比其他應酬文字來得簡單、省事；但事實上，越是字少，越不好做，既要辭簡，又要意切。所以在下筆之前，應先謹慎考慮。題辭的寫作必須注意下列三點：

一、選詞適當貼切

撰寫題辭，首先要弄清楚題寫的對象和題寫的原因，即題辭寫給什麼人和為什麼事寫題辭。對象的性別、年齡、職業、身分、業績、德行、政治態度、宗教信仰，以及對象與自己的關係等，都應當事先顧慮到。

二、文字典雅大方

撰寫題辭，要避免庸俗陳腐，鄙俚刻薄；亦須避免過於追求新巧，以免弄巧成拙。總之要恰如其分，如揄揚過度，則反成笑柄，甚至可能被人認為有譏諷之意。

三、音律鏗鏘和諧

題辭和對聯一樣，也要注意平仄的相對與相間，以期音律鏗鏘。以四字的題辭為例：頭兩字若用平聲，則後兩字便應用仄聲；倘上兩字用仄聲，則下兩字就要用平聲。不過如此嚴整的格律並不容易完全遵守，於是「一三五不論」的變通原則，也可以在衡量實際的情形之後，酌情使用。

第三節 題辭的實例

一、婚嫁

㈠訂婚——文定吉祥、緣定三生、喜締鴛盟、締結良緣

(二)**結婚**——天作之合、百年好合、珠聯璧合、鸞鳳和鳴、琴瑟和諧、佳偶天成、花好月圓、關雎誌喜

(三)**嫁女**——之子于歸、宜室宜家、雀屏中選、妙選東床

二、生育

(一)**生子**——弄璋誌喜、熊夢徵祥、天賜麟兒、啼試英聲

(二)**生女**——弄瓦誌喜、明珠入掌、喜得明珠

(三)**雙生**——雙芝競秀、棠棣聯輝、雙雄並秀

三、壽慶

(一)**男壽**——松柏長青、天賜遐齡、齒德俱尊、海屋添籌

(二)女壽——萱草長春、慈竹長青、蟠桃獻壽

(三)**雙壽**——椿萱並茂、偕老同心、鴛鴦福祿

四、哀輓

(一)**男喪**——哲人其萎、音容宛在、泰山其頹、遽返道山、典型宛在

德業長昭、道範長存、行誼可師、羽化成仙、魂兮歸來

(二)女喪——母儀足式、駕返瑤池、流芳千古、北堂春去

懿德堪欽、淑德永昭、懿範長留、空仰慈顏

(三)政界——國失賢良、甘棠遺愛、忠勤足式、勛猷共仰

(四)學界——木壞山頹、天喪斯文、桃李興悲、教澤永懷

(五)軍界——忠勇楷模、國失干城、勳業長昭

(六)工商界——頓失繩墨、貨殖流芳、端木遺風、商界楷模

五、居室

(一)遷居——里仁為美、德必有鄰、喬遷誌喜、鶯遷喬木

(二)新居落成——美輪美奐、堂構維新、昌大門楣

六、慶賀、頌揚

(一)當選

1.機關首長——眾望所歸、造福桑梓、才德堪欽、為政以德

2.民意代表——為民喉舌、造福鄉里、言重九鼎、桑梓之光

㈡**升遷**——其命維新、德業日新、大展鴻猷、才堪濟世

㈢**畢業**——前程似錦、青雲有志、學以致用、壯志凌霄

㈣**校慶**——百年樹人、時雨春風、春風廣被、作育英才、濟濟多士、弦歌盈耳、誨人不倦

㈤**比賽**

1.作文比賽——妙筆生花、文采斐然、文情並茂、筆力萬鈞、字字珠璣、出類拔萃

2.書法比賽——秀麗超群、鐵書銀鉤、國粹之光、龍飛鳳舞

3.演講比賽——口若懸河、立論精宏、一鳴驚人、舌粲蓮花

4.音樂比賽——玉潤珠圓、陽春白雪、繞樑三日、新鶯出谷

5.戲劇比賽——維妙維肖、演技精湛、藝術之光

6.運動會——生龍活虎、允文允武、龍騰虎躍、身手矯健、健身強國

㈥**著作**——一字千金、大筆如椽、洛陽紙貴、斐然成章、名山事業、生花妙筆、風行遐邇

七、開業

㈠**公司行號**——萬商雲集、近悅遠來、大展鴻猷、駿業宏開、大業春秋、博通經濟

㈡**醫院**——仁心仁術、妙手回春、杏林春暖、醫德可風、華陀再世、扁鵲復生

㈢**書店**——斯文茲在、金匱石室、文化前鋒

㈣餐廳——色香味全、調和鼎鼐、水陸珍奇、高朋滿座

㈤旅館業——貴客盈集、群賢畢至、賓至如歸

第四節 題詞的用語

一、宜室宜家：《詩經．周南．桃夭》：「桃之夭夭，灼灼其華。之子于歸，宜其室家。」後用以形容夫妻和睦，家庭和順。之子于歸，言這個女子要出嫁了。

二、雀屏中選：五代後晉劉昫著《舊唐書．高祖竇皇后傳》：「(竇毅)謂長公主曰：『此女才貌如此，不可妄以許人，當為求賢夫。』乃於門屏畫二孔雀，諸公子有求婚者，輒與兩箭射之，潛約中目者許之。前後數十輩莫能中。高祖後至，兩發各中一目，毅大悅，遂歸于我帝。」舊時指被選中為婿。按：高祖指李淵。

三、弄璋之喜：《詩經．小雅．斯干》：「乃生男子，載寢之床，載衣之裳，載弄之璋。」璋，玉器。弄璋，古人把璋給男孩玩耍希望他將來有玉一樣的品德。後多用以祝賀生男孩的賀辭。

四、熊夢徵祥：《詩經．小雅．斯干》：「大人占之，維熊維羆，男子之祥；維虺維蛇，女子之祥。」鄭玄《箋》：「大人占之，謂以聖人占夢之法占之也。熊羆在山，陽之祥也，故為生

男；虺蛇穴處，陰之祥也，故為生女。」因以「熊羆之祥」為生男的吉兆。用「熊夢徵祥」作為賀人生男的賀辭。

五、弄瓦之喜：《詩經．小雅．斯干》：「乃生女子，載寢之地，載衣之裼，載弄之瓦。」瓦，紡錘。弄瓦，古人把瓦給女孩玩，希望她將來能善於女紅。後多用以祝賀生女孩的賀辭。

六、棠棣聯輝：出自《詩經．小雅．常棣》，是一首申述兄弟應該互相友愛的詩。「常棣」也作「棠棣」。後常用以指兄弟。「棠棣聯輝」，則用以賀人生男雙胞胎之賀語。

七、海屋添籌：海屋，寓言中堆存籌碼的房間。籌，籌碼。此指計算滄桑變化的籌碼。宋蘇軾《東坡志林》：「嘗有三老人相遇，或問之年。一人曰：『吾年不可記，但憶少年時與盤古有舊。』一人曰：『海水變桑田時，吾輒下一籌，爾來吾籌已滿十間屋。』」後以「海屋添籌」為祝壽之辭。

八、椿萱並茂：《莊子．逍遙遊》：「上古有大椿者，以八千歲為春，八千歲為秋。」傳說大椿長壽，後用以喻父親。《詩經．衛風．伯兮》：「焉得諼草，言樹之背？」《毛傳》：「諼草令人忘憂。背，北堂也。」諼，同「萱」。後以萱比喻慈母。大椿和萱草都很茂盛，比喻父母都很健康。《幼學瓊林．祖孫父子》：「父母俱存，謂之椿萱並茂。」後也用為賀父母雙壽之辭。

九、駕返瑤池：瑤池，古代傳說中崑崙山的池名，西王母所居。《史記．大宛列傳》：「崑崙其高二千五百餘里，日月所相避隱為光明也。其上有醴泉、瑤池。」《穆天子傳．卷三》：「乙丑，天子觴西王母於瑤池之上。」後用「駕返瑤池」作為女喪的輓辭。

十、天喪斯文：《論語．子罕》：「子畏於匡，曰：文王既沒，文不在茲乎，天之將喪斯文也，後死者不得與於斯文也。」後因以「天喪斯文」為哀悼學者文人逝世之詞。

應用練習！

一、祝賀同學祖父七十大壽，請擬題辭一則。

【參考解答】

○公世伯　七秩大壽

齒德俱尊

○○○
○○○ 同拜賀

二、大學同學結婚，請擬題辭一則以示祝賀之意。

【參考解答】

〇〇先生
〇〇小姐　嘉禮

珠聯璧合

〇〇〇敬賀

第十一章　對聯

第一節　對聯的意義

對聯又稱聯語、對子。對聯是前後字數相等、結構相似、音韻相諧、意義相關的一對句子。這是由漢語單字單音的特點，所發展而成的一種獨特的文學形式。

對聯的使用，則與中國上古民俗中的桃符有關。自周朝起，人們就在兩塊桃木板上畫神荼、鬱壘兩位神將，元旦時掛在門上，以驅鬼鎮邪。繪畫畢竟繁難，後來就變為在木板上寫這兩位神將的名字。隨著古典文學的發展，桃符的內容逐漸被兩句文字對偶、聲律協調的詩句所取代，這就出現了後世所謂的對聯。

據《宋史．西蜀孟氏列傳》記載，五代時候後蜀國君孟昶，每年除夕都命學士在他寢宮的桃符上題詞。西元九六四年，也就是後蜀末年的除夕，孟昶認為學士幸寅遜所撰之詞不夠工整，於是自題一聯：

新春納餘慶

嘉節號長春

這是春聯的濫觴。

對聯到了宋代有了蓬勃的發展和廣泛的運用。對聯已不僅僅用於春聯，在許多建築物的楹柱上也開始書寫對聯，稱為楹聯。此外，人們在相互交往慶弔上也開始使用對聯。宋代著名的文學家蘇軾、王安石、朱熹等人都寫過許多對聯。如蘇東坡題武昌黃鶴樓聯：

爽氣西來，雲霧掃開天地憾

大江東去，波濤洗盡古今愁

抒發了詩人登上拔地而起雄踞大江的黃鶴樓的感慨，寓意無窮。又如朱熹題福州西禪寺聯：

碧澗生潮朝自暮
青山如畫古獨今

生動地描繪了西禪古寺的景色。

不過，春聯本來只流傳於皇宮內苑及官宦人家，到了明朝，才開始盛行於民間。明太祖雅好對聯，有一年除夕，傳下聖旨，命公卿庶民門上皆須張貼春聯一副，且親自出巡，遍加觀賞。太祖並賜學士陶安一副門聯：

國朝謀略無雙士
翰苑文章第一家

又見某戶人家獨無對聯，一問之下，原來是以閹豬為業，還來不及請人撰寫春聯。明太祖乘興御書一聯賜之：

雙手擘開生死路
一刀割斷是非根

由於帝王的倡導，於是對聯普及於各種場合、各種階層，直至清末民初，盛況不衰。

對聯的種類，就篇幅而言，可以分為長聯及短聯，大概是每邊在三句以上的叫長聯，三句以下的叫短聯。

對聯就其用途的不同，大致可分為四大類：

一、**春聯**：新年、春節專用的門聯。

二、**楹聯**：宅第、亭閣、寺廟、商店等所用。

三、**賀聯**：婚嫁、壽慶、新居等所用。

四、**輓聯**：哀悼死者所用。

對聯應用的範圍非常廣泛，它的內容也非常複雜，上面所列出的四類，不過舉其大者，並非僅此而已。

第二節 對聯的作法

每一副對聯都是由兩個完整的句子構成的，前一句叫作上聯，後一句叫作下聯。上聯與下聯字數相等，這是對聯最顯著的外在特徵，除此外，撰寫對聯時，應注意下列幾個要點：

一、平仄協調

對聯的上下聯，必須平仄相對，才算合式。對聯和寫詩一樣，要講究字的四聲，講究音韻。漢字有平、上、去、入四聲，通常以「上」、「去」、「入」三聲為仄聲；陰平、陽平統稱平聲。

對聯撰寫的通例：上聯的末一字，必須是仄聲；下聯的末一字，必須是平聲，這是對聯「仄起平收」的原則，不可移易。

例一：

花開春富貴（平平平仄仄）

竹報歲平安（仄仄仄平平）（註：「竹」是入聲字）

例二：

新得園林栽樹法（平仄平平平仄仄）

喜聞子弟讀書聲（仄平仄仄仄平平）（註：「得」、「讀」是入聲字）

如果一聯之中，分為若干句，那麼上聯的每句末一字，和下聯每句末一字亦須互分平仄。如：

風聲雨聲讀書聲，聲聲入耳
家事國事天下事，事事關心

上聯「聲」平，「耳」仄；下聯「事」仄，「心」平。

二、對仗工整

在創作對聯時，除了必須注意平仄的調配之外，對仗的工整更是不容忽略。對仗不僅僅只是要求字數相等而已，也必須嚴格講究詞性和意義的對稱。對仗所要講究的就是名詞對名詞，動詞對動詞，形容詞對形容詞，副詞對副詞；同時對於雙聲、疊韻、疊字、數字，乃至於人名、地名、動植物、器具等，都必須兩兩相對，這才算合格。如：

大肚能容容天下難容之物
慈顏常笑笑世間可笑之人（西湖彌勒佛院楹聯）

「大肚」對「慈顏」；「能容」對「常笑」；「天下」對「世間」；「難容之物」對「可笑之人」。

三、詞義貼切

對聯的內容不僅會因為不同人、事、地、物等大條件的差異而有所不同，甚至連性別、年齡、職業、時令等細節，也會影響到對聯的寫作。不論是重鑄新詞，抑或是借用典故，都必須確實認清對象，掌握題旨，才能發揮最大的功效，如果文義模糊，不能表現出應有的特色，甚或驢唇不對馬嘴，鬧出了笑話，那就是失敗之作了。

第三節 對聯的實例

一、春聯

一元復始　山河增秀色　爆竹一聲除舊　芝蘭自得山川秀

萬象回春　大地播春暉　桃符萬戶更新　松柏常得天地春

二、行業聯

㈠商業通用聯

交以道接以禮　端木善於商戰　經之營之財恆足矣

近者悅遠者來　陶朱本是人豪　悠也久也利莫大焉

㈡書局、出版業

大塊文章百城富有

名山事業千古永留

㈢水果行

嚐來皆適口　沉李浮瓜添雅興

嚥去自清心　望梅剝棗佐清談

(四)理髮店

雖然毫末生意　磨厲以須，問天下頭顱幾許
卻是頂上功夫　及鋒而試，看老夫手段如何

(五)醫院

常體天地好生德　學貫中西活人無數
獨存聖賢濟世心　道通天地濟世實多

(六)報館

暢談天下事　日試萬言無宿稿
喚醒世間人　風行四海盡新聞

三、楹聯

(一)廳堂

高情薄雲漢　傳家有道惟忠厚
大道貫古今　處事無奇但率真

(二)書齋

斗室乾坤大　萬卷詩書如好友
寸心天地寬　一樽談笑伴古人

(三)孔廟

天下文官祖　祖述堯舜，憲章文武
歷代帝王師　德參天地，道冠古今

㈣關帝廟

精忠昭赤日　英雄三國無雙士
大義貫青天　正氣千秋第一人

㈤城隍廟

舉念有神知，善惡正邪能立判
照人如明鏡，吉凶禍福總無私

四、賀聯

㈠婚嫁

蘭芝千載茂　男尊女，女尊男，男女平等
琴瑟百年合　夫敬婦，婦敬夫，夫婦相親

㈡祝壽

福如東海長流水　福同天地共在

壽比南山不老松　壽與日月同輝

㈢喬遷

擇里和為美　地靈人傑千祥集

安居德為鄰　裕後光前百福臨

㈣新居

陽光照寶地　新屋廳堂，窗明几淨

春風拂新居　闔家老幼，心曠神怡

五、輓聯

㈠通用

情深風木終天慟　緬懷戚戚，長河淚灑去
淚點寒梅觸景思　哀思慘慘，天地悲潮來

㈡輓男喪

雖死猶生，音容宛在　良操美德千秋在
愛人以德，笑貌長存　亮節高風萬古存

㈢輓女喪

身似芳蘭從此逝　彤管芬揚，久欽懿德
心如皓月幾時歸　繡幃香冷，空仰徽音

第四節　對聯趣談

㈠最早的桃符春聯

新年納餘慶
嘉節號長春

此聯是五代時蜀後主孟昶帝所撰。距今已一千餘年。先秦史書中有將桃人、桃板、桃印、桃苑等放於門上用以避邪的記載。桃木被看做神木，用以驅除鬼怪。據淮南子風俗通記載：東海的度朔山下，有一棵大樹，住著神荼、鬱壘兩兄弟，晝夜守護在大門兩旁，捕捉鬼怪，用繩索捆住，扔到山中餵虎，眾百姓深為感動，便用桃木削成木條，上面寫著「神荼」、「鬱壘」的名字，或畫成圖像，掛在大門兩旁，用來滅禍降福，後來才發展成為桃符春聯。再後，春聯不用桃木板製作了，仍稱為「桃符」。王安石詩：「千門萬戶曈曈日，總把新桃換舊符」。陸游詩：「半點屠蘇猶未盡，燈前小草寫桃符」。這裡所說的「桃符」實際上就是春聯。

㈡最早的壽聯

天邊將滿一輪月
世人還鍾百歲人

唐代吳叔經題贈黃庚夫人的壽聯，是迄今發現載之於史冊最早的一副賀壽聯。

㈢最早的扇聯

大暑去酷吏
清風來救人

此聯作者是後唐進士范質。後唐時任知制誥，後周時任知樞密院，宋太祖時加侍中，封魯國公。為人廉潔耿介，所得俸祿多用於扶弱濟貧。此聯作於後唐時，他見當局腐敗無能，遂辭官歸里，在扇子上寫了上述聯語，以洩胸中悶氣。此聯係比喻體。意思是讓暑熱同貪官一起滾蛋，讓清風同清官一樣造福人民吧。原載於宋文瑩《玉臺清話》，成於西元九二六至九四六年之間，距今有一千多年歷史了，是見之於史書最早的扇聯。

(四)最早的集句聯

風靜花猶落
鳥鳴山更幽

王安石撰。該聯是一幅美麗的畫面，屬集句聯，上聯為王籍〈若耶溪〉詩句，下聯為謝貞〈春日閑居〉句。據今人學者熊東敖考證，此聯應是最早的集句聯，距今已有九百餘年了。

(五)最早的燈聯

天下三分明月夜
揚州十里小紅樓

佚名，集句聯。南宋理宗端平年間，即西元一二三四至一二三六年，奸臣賈似道率軍鎮守漢陽地區。元兵進攻，賈以厚幣與元兵議和，假報軍情說是打敗元兵。並號令地方於是年元宵節日，張燈結彩，以粉飾太平。時淮揚有人在燈籠上寫上此聯，據查這是中國最早的燈聯，距今已有七百五十多年了。

㈥最早的御贈聯

破虜平蠻，功貫古今第一人
出將入相，才兼文武世無雙

這是明太祖朱元璋題贈給開國功臣徐達的一副春聯，是中國歷史上皇上贈給臣子最早的聯語，時在一三六九年，距今已有六百多年了。聯中高度評價了徐達的功績。徐達為三軍統帥，一生征戰疆場，百戰不殆。朱元璋的聯語把徐放在功臣之首，並不為過。

㈦最早的戰臺聯

裝神扮鬼，愚蠢的心下驚慌，怕當真也是如此；成佛成祖，聰明人眼底忽略，臨了時還待怎生？

明代張岱撰，聯載《陶庵夢記》。據考「戰劇」源於秦代歌舞，歷代均有發展，元明清臻於鼎盛，但戰臺對聯何時產生，歷史上沒有記載。據說此聯可能同朱元璋提倡普及對聯於民間有關。是已知對聯資料中，戰臺聯最古老的一副，至今已有四百年以上。

㈧對聯皇帝

雙手劈開生死路
一刀割斷是非根

據《簪雲樓雜說》載，明太祖朱元璋建都金陵，有一年除夕，下令官府和民間都要在自家門前掛一幅對聯。正月初一，他化裝外出查看，果然各衙署和民戶都掛起用五顏六色紙寫的對聯。朱元璋非常高興，邊走邊欣賞，可是有一家商戶門外卻沒有掛對聯，問明情況後，才知這家是閹豬的，沒有人能夠寫出適合他家情況的對聯。朱元璋知道原委後，便欣然提筆寫出這樣的一副對聯，這家人得了這幅對聯，並知道是當今皇上寫的，高興極了，便把對聯貼在堂屋裡，像供神仙一樣虔誠地供奉起來。朱元璋知道後自然很高興，賞給這家人三十兩銀子。

㈨對聯狀元

白首窮經，少伏生八歲
青雲得路，多太公二春

相傳宋時梁灝屢次進京應考均名落孫山，但他心不灰，意不冷，直到八十二歲才中了狀元。他十分高興，便寫了一副表達老不服老的心境對聯，上表皇帝謝恩。該聯的意思是說：我梁灝讀書讀到頭髮都讀白了，終於天遂人願，中了狀元，年紀不算太老，比起周初賢臣、輔佐文王伐紂而定天下的姜太公才大二歲，比起西漢名臣伏生受漢文帝招聘任職時還小八歲呢！此老壯志凌雲，令人敬佩。但據《宋史．梁灝傳》及有關資料載，梁灝二十歲中秀才，一帆風順，宋太宗雍熙二年（西元九八五年）中狀元，時年二十四歲。後累官至翰林學士，景德元年（西元一〇〇四年）無病暴卒，時年四十二歲。該聯與史實顯然不符。不過，錄之，供讀者欣賞、懷古，以啟迪後學讀書志趣。

㈩第一副大學入學考題聯

孫行者

祖沖之

民國二十一年，清華大學教授陳寅恪為考生出的國文題中，有一道對聯題要考生答下聯。這個題難度很高，答案必須是人名，不得自編，要合乎孫（名詞）、行（動詞）、者（虛詞）的規範。這可把考生難住了，結果亂答一堆，什麼唐三藏、豬八戒、牛魔王、王八蛋等等都來了，只有一個叫周祖謨的考生以「胡適之」相對被錄取了。陳教授認為這個答案超過他原擬的「祖沖之」，非常貼切工整，古稱猴為胡孫，孫胡暗合，一古一今，一猴子一大學生，一武一文，這個考生即今日鼎鼎大名的北大歷史系教授、博士生導師，著名的音韻、訓詁、版本學家，其著作等身。此事在全國引起很大迴響，人們盛讚陳寅恪慧眼識英才。

㈩一聯千金

麒麟殿上神仙客
龍虎山中宰相家

此聯是江西貴溪縣上溪鎮張天師府大門聯。是明代著名書畫家、曾任南京禮部尚書的董其昌撰書，相傳董其昌曾向索聯者要五千兩白銀。聯史上這類故事很多，此聯是最早最著名的一副。

㈩東林書院聯

風聲雨聲讀書聲聲聲入耳
家事國事天下事事事關心

此聯是明顧憲成題於江蘇無錫東林書院。

東林書院創建於北宋政和元年（西元一一一一年），元代廢為僧舍，明萬曆三十二年（西元一六〇四年），顧憲成等人重修，並與高攀龍等人講學其中。他們時常抨擊朝政、閹黨，被稱為東林黨，後詔毀全國書院，東林居其首，明崇禎年間，又稍修復。

上聯的「風聲、雨聲」為雙關語，兼指自然界的風雨和政治上的風雨而言；下聯殷望學以致用，將齊家治國平天下的責任，一肩挑起。

㈢紅樓夢中的名聯

世事洞明皆學問
人情練達即文章

本聯見於曹雪芹《紅樓夢》第五回，題於寧國府上房內。

有人據本聯改寫成：

不悖人情皆學問
有關世道即文章

人情世故是一門大學問，學習如何應對進退，是必要的功課，在其間，人也獲得成長的可能。

曹雪芹所寫的對聯多達三十餘副，均見於《紅樓夢》第十七、十八回中，賈政、寶玉等遊大觀園一節，還可看作一篇評論扁額對聯的妙文。曹雪芹在此回中，通過一系列的題額和對聯，一方面讓讀者領略了大觀園的勝景，另一方面則借映襯筆法，突顯賈寶玉與眾不同的才情，也側寫賈寶玉的叛逆精神與文學才華，這正是曹雪芹匠心獨運的地方。

㈣左宗棠名聯

身無半畝心憂天下
讀破萬卷神交古人

左宗棠十五歲時自題書齋聯。時左宗棠因鄉試落選，百感交集而作，自此聯出，同學親友均譏其言大而誇，惟有湖南城南書院賀熙齡獨具慧眼，大加賞識，不時訪左晤談。左於古今大勢，談吐自由，因此賀以一聯相贈云：

開口能談天下事

讀書先得古人心

聯中稱許之意，溢於言表。及數年後參加鄉試，果然傳出中第佳話。

㈤菜根譚名聯

交友須帶三分俠氣
作人要存一點素心

見於明洪應明《菜根譚》。與朋友交往，要帶三分俠義心腸；雖然社會風氣敗壞，人心叵測，但我們仍應保存一顆善良真誠的心。

第五節　對聯的張貼

由於目前的書寫習慣與古人的書寫方式，有很大的迥異性，因此如何張貼對聯給人增添了一點負擔或困惑。再加上現代人在創作對聯時沒有遵照平仄的要求，那就更增添使用者在張貼時的困擾。

在這裡要說明的是對聯的張貼，是要符合中國人書寫的習慣，由右至左的習慣，也就千百年來，右邊為上聯，左邊為下聯，左右以人面對門時左右手為準，而不以門自身的左右為標準。如：

願天下有情人都能成眷屬↓右
是前生注定事莫錯過姻緣↓左

應－用－練－習！

一、對聯分上、下聯兩部分，上聯末句須用仄聲，下聯末字須用平聲。

・對聯的運用有許多類別，請就下列的聯語中，選出最適當者填入空格中。（填入代號即可）

①由此登堂入室 ②爆竹一聲除舊 ③調追白雪陽春 ④一刻值千金

⑤相逢盡是彈冠客 ⑥讀破萬卷神交古人 ⑦聲聲勸爾惜光陰 ⑧桃符萬象更新

⑨地無寒舍春常在 ⑩任君步月凌雲 ⑪五世卜其昌 ⑫韻出高山流水

⑬劉伶問道誰家好 ⑭居有芳鄰德不孤 ⑮刻刻催人資警醒 ⑯李白回言此處佳

⑰此去應無搔首人 ⑱百年歌好合 ⑲身無半畝心憂天下 ⑳六書傳四海

題次	對聯類別	上聯	下聯
1.	春聯		
2.	書齋聯		
3.	賀婚聯		
4.	賀喬遷聯		
5.	理髮店聯		
6.	樂器店聯		
7.	鐘錶店聯		
8.	飯店、酒店聯		
9.	鞋店聯		
10.	刻印店聯		

【參考解答】

題次	對聯類別	上聯	下聯
1.	春聯	②爆竹一聲除舊	⑧桃符萬象更新
2.	書齋聯	⑲身無半畝心憂天下	⑥讀破萬卷神交古人
3.	賀婚聯	⑱百年歌好合	⑪五世卜其昌

4. 賀喬遷聯　⑨地無寒舍春常在　⑭居有芳鄰德不孤

5. 理髮店聯　⑤相逢盡是彈冠客　⑰此去應無搔首人

6. 樂器店聯　⑫韻出高山流水　③調追白雪陽春

7. 鐘錶店聯　⑮刻刻催人資警醒　⑦聲聲勸爾惜光陰

8. 飯店、酒店聯　⑬劉伶問道誰家好　⑯李白回言此處佳

9. 鞋店聯　①由此登堂入室　⑩任君步月凌雲

10. 刻印店聯　⑳六書傳四海　④一刻值千金

二、請就以下對聯，指出適用於何種場合或作用？

①根深葉茂無疆業
　源遠流長有道財

②精忠昭赤日
　大義貫青天

③百年歌好合
　五世卜其昌

④大雅云亡梁木壞

老成凋謝泰山頹

⑤憑我雙拳，打盡天下英雄，誰敢還手？
就此一刀，剃過世間豪傑，無不低頭。

【參考解答】

①商家
②關廟（祠廟）
③賀結婚
④輓聯
⑤理髮店

三、以自己名字為左右聯之第一字，試做對聯兩聯。

第十二章 慶賀文

第一節 慶賀文的意義

所謂「慶賀文」就是慶賀別人喜事的應酬文字。所謂「別人喜事」是指親朋好友家的喜事，如婚嫁、壽誕、添丁、遷居、開張、陞遷、上樑、校慶等。所謂「應酬文字」則表示了在日常生活中人際往來的需要，是基於禮節而應用的文字。在性質上，慶賀文用以表達祝賀與稱頌之忱，被視為高雅隆重的禮物。

以傳統文化來看，中華民族重倫理，尚禮節，富人情味，禮尚往來，實為日常所需，因此對於吉慶凶弔、死生喪壽之事，向來特別重視，早在《國語·越語》中即有「弔有憂，賀有喜」的記載。因此，應用於特殊場合的文字，也就自然產生，「慶賀文」即為其中一種。

以實際應用來看，其實就性質、內容而言，對聯、題辭也都可以說是慶賀文的一種，只是在體裁、形式方面，篇幅較小而已；表現形式，則如紅色、喜幛、匾額、花圈、花籃等，甚少以文章表達。唯祝壽所用者，如徵啟、壽序較為常見。

第二節　慶賀文的種類

現行慶賀文大抵可分為徵啟、壽序、頌詞三類，茲分敘於後：

一、徵啓

《文心雕龍．書記》云：「啟者，開也，開其事也。」「啟」即「啟事」；「徵啟」即是對他人有所徵求的啟事。壽啟，乃徵求詩文之啟事，內容陳述壽者之生平經歷、功業、著述、德行及其子女人數事業等，希望能文能詩者，以此作為參考，作頌祝之詩文以增加壽者之光彩；最後並應頌揚其年高德劭，敬請諸親友及名士投贈詩文以資慶賀。年高德劭而為人所知者，輒自動撰詩文為之頌祝。壽啟多由子女自作，或託親友為之。

二、壽序

也稱「壽言」，為祝壽之文章，內容在於推崇壽者生平事功、才識品德以表賀忱。壽序，從「贈序」衍生而出，贈序原是古人為贈別詩歌而作的序，後來發展為無詩而僅有序；壽序原亦為祝壽的詩、歌、詞所作的序，後亦發展為無詩詞的序文。方苞張母吳孺人七十壽序：「以文為壽，明人始有之。」至清代方盛行而至今不衰。今日或見簽名祝嘏前的弁言，也是壽序的一種。

三、頌詞

頌詞為對受賀者稱揚褒美之文辭。《詩．大序》上說：「頌者，美盛德之形容，以其成功，告神明者也。」頌在古代是對神明或建功立德者稱頌之詞，近代則大多用在慶賀方面。頌詞初為歌、詩，以美其功德，後發展至詩詞前冠以序文之頌詞，或無詩之文。頌詞的內容以褒揚讚美為主，在寫作上應以「有褒無貶」為原則。

第三節 慶賀文的作法

慶賀文雖然是應酬文章，但是，其用途較為莊重，也較為引人注目，更代表慶賀者的人文素養，所以，也須真情流露才行，同時還要適合雙方的身分。不虛譽，不過情，這是寫慶賀文的基本原則。至於各種類別的技術問題，分別說明如下：

一、徵啓

徵啟的內容在陳述壽者生平行誼，德業功勳，以供作者撰寫賀文之參考。徵啟的格式與書信大致相同，唯此為公開信，無固定之單一對象而已。徵啟的文體也可駢可散，文字可長可短，但因駢文文辭優美，對仗工穩，音韻和諧，容易引起別人的共鳴，較為世人所樂用。不論駢散，均以簡潔明暢，蘊蓄無窮為上品。

二、壽序

壽序的文體或駢、或散、或駢散兼用，皆可；以白話寫作，亦無不可；文長不拘，以頌揚讚美得宜為要。壽序的表達以敘事、議論或夾敘夾議為主。內容在頌揚壽星的才識、品德與德行事功，雖多褒而無貶，但亦當徵之有實，適切得體，不宜枉己循人，有失身分。

壽序文字以富麗堂皇，典雅端莊是尚，雖語涉阿諛浮泛，然能者為之，亦能發抒讜論，引人入勝，有足稱者。

壽序大多以直條紅紙或紅綢緞書寫，也有用木製屏幅而刻文其上，或金字紅地，或金字黑地，均甚高雅。近人則寫在壽冊上，先是壽序，其後由祝賀者依次簽名。

壽序有以楷書寫成四幅、六幅或八幅、十二幅之屏條，稱曰「壽屏」，通常請名家撰文繕寫，並經精裱，耗工費時，然為壽禮中最隆重者。壽序之上款，應書某先生或某某夫人幾秩壽序，下款除由祝嘏者署名敬祝外，並須將撰作者及書寫者之姓名一併寫上。

三、頌詞

頌詞的體裁一般都不用「序言」，而在頌詞之前加上標題，說明祝頌的對象和事由，同時在文末要寫明獻頌的人並註明時間。

頌詞的形式多用四字一句的韻文，或兩句一韻，或四句一韻，或八句一韻，或一韻到底，並無限制，近人也有用新詩或白話散文寫作。

頌詞的內容則以有褒無貶，有美無惡為原則，然亦須根據事實，略作鋪衍，若揄揚過甚，則有損價值。

第四節 慶賀文的實例

一、徵啓

㈠【劉母馮太夫人八秩壽慶徵文啟】

敬啟者：中華民國四十六年七月十七日欣屆劉母馮太夫人八秩①壽誕之辰，同人等與哲嗣②廣瑛先生，誼屬交親，夙欽令德③，爰徵鴻文，以光帨席。敬蘄邦國碩彥，朝野名流，勿吝金玉④，藉申祝禱之忱，幸惠珠璣⑤，用紀康寧⑥之實。俾聖善之德，見美於《邶風》⑦，壽愷之歡，重歌乎《魯頌》⑧，晉瑤觥⑨以永福，期寶婺⑩之長輝。是為啟。

發起人　莫德惠等敬啟

注釋

①秩　計算年歲的單位，十年為一秩。

②哲嗣　尊稱他人的兒子，亦作「令嗣」。
③令德　美德。令，美善也。
④金玉　形容別人所說珍貴而有助益之話語，如金玉良言。金玉，貴重也。
⑤珠璣　稱美他人之詩文。以珠子美玉喻優美智慧的文章。
⑥康寧　謂平安無疾病也。五福：「一曰壽，二曰富，三曰康寧，四曰攸好德，五曰考終命。」
⑦《邶風》　《詩經》十一國風之一，為邶國的風謠，包括《柏舟》、《綠衣》等十九章。邶，音ㄅㄟˋ，古國名。
⑧《魯頌》　詩經三《頌》之一，凡四篇。
⑨瑤觥　玉杯也。觥，音ㄍㄨㄥ。
⑩寶婺　星名，婺女星。即「女宿」，為二十八宿之一，今用為婦女之代稱。婺，音ㄨˋ，星名。

一般的壽啟都有固定的格式可以套用，以下試列舉男壽、女壽、雙壽等三種基本的範例：

基本範例：【男壽徵文啟】

竊維數積靈椿，衍八千之上紀；福臻錫範，陳九五之洪疇。錫以永年，傳為盛事。不有騷客宣揚之詞，文人歌頌之章，則何能生色錦堂，增輝玉杖乎？

○月○日，為

○○○先生○秩晉○懸弧大慶，國家耆宿，福壽完人，凡屬葭莩姻親，與夫鄉閭故舊，允宜躋公堂而酌酒，製句為聯；祝海屋之添籌，賦詩成什。○○等隨班晉祝，禮所當然，然而貢諛之語不工，側豔之談未習。所願詞壇碩宿，藝苑騷人，頌效岡陵，寫瓊章而祝嘏；歡增斗斝，佐藻語以稱觴。聊作弁言，敢為喤引。謹啟。

基本範例：【女壽徵文啟】

竊維蟠姚獻瑞，早登王母之盤；玉液傾香，宜醉麻姑之酒。祥開綵帨，慶溢慈幃，其足彰淑德而表芳徽者，端賴賦陽春而歌天保也！

○月○日，為

○母○夫人○旬設帨華誕，鍾型郝範，歐荻孟機。寶婺騰輝，煥中天之光曜；璇閨式訓，增女界之榮華。凡屬桑梓後生，絲蘿戚好，允宜晉公堂而上壽，祝海屋以添籌也。○○等素仰坤儀，愧無藻思，所願文壇碩士，與夫藝苑騷人，掃筠管之煙，宣揚令德；裁桃花之紙，頌表芳徽。幸錫瑤章，敢為喤引。謹啟。

基本範例：【雙壽徵文啟】

竊維康寧協吉，五福為好德之徵；極婺齊輝，雙星乃休時之瑞。古者因事致敬，則相與為辭，以誌不忘，故凡彝鼎標題，敦槃款識，亦往往祈以永命萬年也。

○月○日，為

○○先生暨德配

○母○夫人○旬雙壽令誕，弧帨同懸，茂美交柯之樹；極婻合耀，翺翔比翼之禽。凡我葭莩姻親，梓桑交好，均宜捧觴上壽，頌百福而佐雙杯。然而不習謳歌，豈堪祝嘏；未工頌禱，何以祈年？○○等美德共欽，後塵願附，惟祈文壇碩宿，賦新詩而祝岡陵；藝苑詞人，製麗句而輝玉杖。庶幾天保九如之什，不得專美於前也。用弁數言，以彰盛德；拋磚引玉，幸錫佳篇。謹啟。

(二)【鄧校長芝園師八秩榮慶徵啟】

竊聞周道其昌，喜鬻子①之猶壯；宋祚復興，慶龜山②之杖朝③。仁者斯壽，實國之祥。民國五十四年七月二十七日，是為我　鄧校長芝園④師八秩壽辰。　師應運挺生，尊儒崇道。由閩學⑤以承洙泗⑥，擷東西以觀會同。終生從事教育，歷任各級教師。先後長北平師範大學、廈門大學、河南大學。身教言教，垂五十年，裁成多士，影響及於全國。來臺後，猶復高瞻遠矚，孳孳研討，於教育國策，多所擘劃。率先倡議九年義務教育，力主即行免試升學，卓識先知，領導群倫。教五子二女，咸成為國際傑出學者，卓有發明，或獻身文經建設，具有成就。一門龍象⑦，震古爍今。中國文化學院張曉峰⑧董事長以　師為新聞學之代表人物，於陽明山華岡，新闢閩學路，為　鄧師永久紀念，足證樂善推賢，人同此心。同學等或親炙，或私淑，共沐春風，久霑化雨，志同道合，聲應氣求⑨。當貞元剝復⑩之會，懷河汾⑪淑世之責，道遠任重，感興必多。傳大老⑫之風儀，殊途知歸；榜真儒之門巷，教澤彌遠。同舟邪許⑬，喜吾道之不孤；化身千億，欣邦家之攸賴。是則為　師壽者，即所以闡道翼教，為國家民族壽也。琳瑯珠玉⑭，陳美意以延年；鏜鞳鏗鏘⑮，合八音⑯以紀盛。謹疏緣起，佇候

瑤章！

廈　門　大　學
國立北平師範大學　校友會同敬啟
河　南　大　學

注釋

①鬻子　鬻熊。《史記．周本紀》：「太顛、閎夭，散宜生、鬻子、辛甲大夫之徒皆往歸之。」《集解》：「劉向《別錄》曰：鬻子名熊，封於楚。」

②龜山　楊時，宋高宗朝官龍圖閣直學士，晚隱龜山，學者稱龜山先生，著有《二程粹言》、《龜山集。

③杖朝　《禮記．王制》：「八十杖於朝。」八十歲之老臣，許用杖於朝中。

④鄧芝園　名萃英，字芝園，福建閩縣人。現代教育家。

⑤閩學　朱子之學。朱熹晚年講學於福建建陽，故學者稱其學為閩學。

⑥洙泗　山東二水名，在曲阜。《禮記．檀弓》：「吾與女事夫子於洙泗之間。」因稱孔子之學為洙泗。

⑦龍象　佛家語，謂修行勇猛有最大能力者。《智度論》：「是五千阿羅漢，於眾阿羅漢中最大力，以是故言如龍如象。水行中龍力大，陸行中象力大。」此喻傑出人才。

⑧張曉峰　張其昀，字曉峰，浙江鄞縣人。曾任教育部部長、中國文化大學董事長，民國七十四年卒。

⑨聲應氣求　《易乾》：「同聲相應，同氣相求。」同氣質相感應。

⑩貞元剝復　貞元，言「貞」下起「元」，謂唐順宗即位，建號「永貞」，上承德宗「貞元」，下啟憲宗「元和」為唐代由亂而返於小康之時，亦即由「剝」而入「復」之時。剝復，《易》剝卦䷖、復卦䷗名。剝為剝落，復為來復。剝極則復，剝卦後繼以復卦。此言由衰轉盛之時。

⑪河汾　隋王通設教河汾（山西）之間，受業者達千餘人，人才盛出。河，黃河；汾，汾水。此代教

育。

⑫大老　年高德劭受人景仰者。《孟子・離婁》上：「二老，天下之大老也。」大老即最有聲望之老人。

⑬邪許　眾人共力之聲。《淮南子・道應訓》：「今夫舉大木者，前呼邪許，後亦應之。」

⑭琳瑯珠玉，譽美詩文之辭。琳瑯同琳琅。《文心雕龍・時序》：「陳思以公子之豪，下筆琳琅。」《書言故事》：「謝人惠詩，辱貺珠玉。」

⑮鏜鞳鏗鏘　鏜鞳，音ㄊㄤ ㄊㄚˋ，鑼鼓聲。鏗鏘，金玉之音，音樂之聲。

⑯八音　金、石、絲、竹、匏、土、革、木八種樂器。

二、壽序

壽序的寫作相當多樣，除了男女有別之外，也常依職業與年齡的不同而有所區隔，以下試分別列舉範例：

㊂基㊂本㊂範㊂例：【祝政界通用壽序】

維

中華民國〇年〇月〇日，為

○○先生○旬大慶。鵠聳雲端，鴻通耀台光於南極；鳳鳴瑤闕，龍躔開壽域於東來。於天如日偏長，在地如山不老！冠裳衍慶，山海騰歡。恭維

先生天上石麟，身前金粟。心澄四照，泝流洙泗之波；掌握雙峰，並峙嵩衡之岳。徽猷保文，既大造於百年；偉烈拊循，更茂揚於四履。鳥御花至，槐蔭同桃實爭輝；麟繫紱來，綬色並海籌競算。紅綃幾簇，玉樹千尋；客泛蓮池，筵開閬苑，賓僚畢集，耆舊同臨。看海上之三仙，人間鼎列；喜香山之九老，席上稱觥。所謂得一為貞，壽身壽民壽國；持三不朽，立德立言立功。百福永綏，萬載弗替。○○等心存酧罍，慶遇懸弧，蓄悃應輸，葵忱齊向。仰德星之燦爛，契洽椒蘭；荷甘露之霏微，義垂金石。故園有夢，每存猿鶴之思；仙鼎得逢，冀幸犬雞之附。五百年名世，此時為然；八千歲春秋，方今伊始矣！謹序。

基本範例：【祝軍界通用壽序】

維

中華民國○年○月○日，為

○○將軍○秩大慶。弧懸明月，南山星動軍麾；樽泛流霞，東海籌添武庫。玉塞鷹揚，任方叔以專城；金城雁起，效封人而致祝。恭維

將軍主閫仗旄，登壇秉節。書傳黃石，貌類燕頷；劍拂青霜，胸藏豹略。騁紅桃之馬，騰千

里於境中；彎明月之弓，落雙鵰於腕下。幕府英華，軍猷著望；志氣飛揚，輪常似風。行營勿擾，程將軍刁斗森嚴；號令如山，岳節使旌旗丕變。至於寬衣博帶，羽扇綸巾，蔡悌孫之雅歌投壺，適相似矣；曹武惠之愛民潔己，今始見之。鐵庫金城，著聲名於遠邇；蒼松翠柏，瞻氣概於精神。身親雲日之光，宅接蓬萊之勝，壯猷貞吉，丈人之錫命惟三；好德康寧，洪範之斂福有五。恭逢令誕，海嶠星華；適屆良辰，江關霞煥。

〇〇等情殷祝嘏，心喜稱觴；誼忝通家，分應執戟。頌南仲于襄之績，詞莫罄於揄揚；欽伏波矍鑠之年，情尤深於慶賀。比南峰而獻祝，莫悉私衷；酌醴酒以歌辭，聊酬明德。謹序。

㊀基本範例：【祝學界通用壽序】

維

中華民國〇年〇月〇日，為

〇〇先生〇秩榮慶。壽介期頤，洪範陳康寧之福；容昭雲日，周詩歌天保之章。舞鶴羽於庭階，展松姿於巖岫。揭箕斗以挹漿，玉門羞棗；步滄瀛而陳寶，瑤島貽珍。敬維

先生幼重彝倫，孝友篤於天性；長敦道範，言行根自古人。交四海之群英，重千金於一諾。登儒壇而推祭酒，鴻聲沸於兩京；望龍門而步天衢，鵬翮搏夫萬里。花前投轄，時集嘉賓；松下攜琴，常招野鶴。並肩笑傲洛社，比跡徜徉商山。若其養志庭除，著斑衣而進舞；連床

花萼，擁長枕以吹塤。闔德比美於孟桓，鹿車共挽；友誼追隆夫管鮑，故舊同袍。秉經傳道，絳帳常開；培桃李以成行，頌萊台而介福。所以趨庭詩禮，效鯉對以承歡；傳世箕裘，稱象賢而悅志。惟茲佳日，適屆懸弧。洵陸地之神仙，為斯邦之人瑞。○○等慚愧末學，技近雕蟲。忝屬通家，情殷獻兕。歌杜甫之句，識老人之有星；獻魯昭之章，知眉壽之偕耦。聽仙音於緱嶺，乞期棗於華筵。聊供蕪詞，助茲觴斝。謹序。

基本範例：【祝商界通用壽序】

維

中華民國○年○月○日，為

○○先生○秩懸弧令誕。蓋聞美德延年，荀子傳其名詞；修道養壽，史遷著其良箴。惟人定可勝天，乃齒高而尊達。是以書稱五福，慶啟洪疇；詩詠九如，釐延天保。敬維先生雄心貫斗，豪氣凌雲。韜晦市廛，郊陶朱經商之術；不求聞達，詠太沖招隱之詩。恬淡者其胸襟，深沈者其德器。總出機絲之緒，經緯萬端；全歸掌握之中，利市百倍。交友則重信義，用人則主寬仁；此鴻圖之所以日擴，而駿業之所以日新。矧夫卹下撫孤，不讓鍾縣令書期嫁女；扶危濟困，直同范公子麥舟助貧。欣逢攬揆，期重引年。○○等世存情深，典型共仰。歌杜甫之句；獻魯昭之章。期頤百歲，祝此生辰；君子萬年，宜其遐福。謹序。

(一)【龔裕州壽序】 歸有光

孔子曰：「仁者壽」。夫仁者豈必壽哉？以其能靜而得壽之理也。人生百年，以區區①之形，日與外物為角，夫苟役役然②，馳騁眩騖於富貴之途，以其所輕，累其所重，若是者雖黃耇③，其道促矣。夫苟不役役然，馳騁眩騖於富貴之途，以其所輕，累其所重，若是者雖不至黃耇，其道長矣。

龔先生受命守裕州，是大夫之秩④；家富田宅，有封侯之奉⑤，銀朱黻繢⑥之華，未始異於世，而得園綺⑦之高焉。溫淳甘膬⑧，腥醲肥厚之養，未始異於世，而得松喬⑨之適焉。環湖而居，魚鳥上下，村夫野老，歌呼而笑傲，當郡邑喧囂之間，而得武陵桃源之趣焉，先生其不役役者歟！君子之論人取其跡，先生得其仁者靜而壽之理歟！

予之內弟溫甫，與先生世通姻好，來請予文為祝。予嘗論今世所謂壽文者，非古之制，不過謂生於世幾何年耳，奚以文為？至論先生，乃可以著之於文而為壽者也，書以歸⑩之。

注釋

①區區　微小。

②役役然　忙碌的樣子。

③黃耇　老人，或長壽之人。黃，老人髮白後黃也；耇，音ㄍㄡˇ老人面呈凍梨色如浮垢也。

④秩　官級。

⑤奉　俸祿，通「俸」。

⑥黻繢　黻，音ㄈㄨˊ，古代禮服上繡的青黑相間的花紋；繢，音ㄏㄨㄟˋ，同「繪」，綵畫。

⑦園綺　東園公與綺里季，商山四皓中之二人也。

⑧甘膬　美味也。膬，音ㄘㄨㄟˋ，同「脆」。

⑨松喬　指古代傳說中長生不老的仙人，赤松子、王子喬。

⑩歸　贈送，通「饋」。

(二)【劉海峰①先生八十壽序】　姚鼐

曩者鼐在京師，歙程吏部、歷城周編修語曰：「為文章者，有所法後能，有所變而後大。維盛清治邁逾前古千百，獨士能為古文者未廣。昔有方侍郎②，今有劉先生，天下文章，其出於桐城乎。」鼐曰：「夫黃舒③之間，天下奇山水也，鬱④千餘年，一方無數十人名於史傳者。獨浮屠之儁雄⑤，自梁陳以來，不出二三百里，肩背交而聲相應和也。其徒遍天下，奉之為宗。豈山川奇傑之氣，有蘊而屬之耶。夫釋氏衰歇，則儒士興，今殆其時矣。」既應二君，其後嘗為鄉人道焉。

鼐又聞諸長者曰：「康熙間，方侍郎名聞海外，劉先生一日以布衣走京師，上其文侍郎。侍郎告人曰：『如方某，何足算耶。邑士劉生，乃國士⑥爾。』聞者始駭不信，久乃漸知先生。」今侍郎沒，而先生之文果益貴。然先生窮居江上，無侍郎之名位、交遊，不足掖起世之英少，獨閉戶，伏首几案。年八十矣，聰明猶強，著述不輟，有衛武懿詩⑦之志，斯世之異人也已。

鼐之幼也，嘗侍先生，奇其狀貌言笑，退輒仿效以為戲。及長，受經學於伯父編修君，學文於先生。遊宦三十年而歸，伯父前卒，不得復見。往日父執往來者皆盡，而猶得數見先生於樅陽。先生亦喜其來，足疾未平，扶曳⑧出與論文，每窮半夜。今五月望，邑人以先生生日為之壽。鼐適在揚州，思念先生，書是以寄先生，又使鄉之後進者聞而勸⑨也。

作者

姚鼐，字姬傳，號惜抱，清安徽桐城人。乾隆進士，官至刑部郎中。歸里後，講學四十年，文名重一時。著有《惜抱軒全集》。

注釋

①劉海峰　清劉大櫆，字耕南，號海峰，安徽桐城人。善古文。與方苞、姚鼐合稱桐城派三祖。著有

《海峰詩文集》。

②方侍郎　指方苞，桐城人。康熙進士，累官侍郎，為桐城派古文之初祖。

③黃舒　黃指黃山，在安徽歙縣西北。舒指舒城，縣名，在安徽中部。

④鬱　蘊蓄凝聚。

⑤浮屠之傷雄　浮屠，即佛陀的另一音譯。此謂佛教和尚之傑出者。

⑥國士　一國中才能最優秀的人。宋黃庭堅《書幽芳亭》：「士之才德蓋一國則曰國士。」

⑦衛武懿詩　周衛武公耄年好學，作《懿詩》以自警。今《詩經．大雅》有《抑》篇，序云：「衛武公刺厲王，亦以自警也。」按《抑》篇詩句皆警勉進修之意。

⑧扶曳　攙扶著走。

⑨勸　努力、勸勉。

㈢【吳伯知八十壽序】　姚鼐

余往主江寧鍾山書院，高淳①吳君伯知，使其次子維彥來江寧，就余為學。自是余得備聞君之為人，溫良君子人也，而未得相見。獨維彥時往來於江寧，如是者數年。及余今年畏涉江濤，辭去鍾山，而居皖。而維彥又適當補官次安徽，亦來皖，於是又相從幾一歲。維彥與余之得屢聚，豈非天乎。維彥以歲十月為君之八十壽辰告余，將請歸為父壽。余又因詢知君之康強如少壯，面渥丹②而筋骨堅凝，又有以異於常人也。君性甚孝，自其先人之亡，葬於郭外，每日晨起，必先步詣墓下，然後歸治家事。今八十矣，猶日往如其昔也。君於鄉黨，有急無不應，於高淳公事，修學宮，治道路，拯災患，恤孤寡，無不盡其力，鄉人皆戴而德之。又恭敬謙遜，未嘗少以言加人。獨居必肅然；聞雷霆必正衣竦立。夫存心慈仁，而持躬戒敬者，壽之道也。君之得壽，於理固為當然。而以天下人子之心思之，維彥與其兄維英弟維綱，以逾壯之年，而見其老親之壽健若此，得不謂天之厚之乎。余是以樂為之辭，使維彥以歸為君獻。若夫仁孝如君，以其道教其子，則維彥成慈祥之德，異日必為吾安徽良吏者，吾又將因君之為人決之。而君且於子成政之日，就養於官，或與余相遇於此邦也，則尤余之所深願也。

注釋

①高淳　地名，明所置縣邑，在江蘇省江寧縣南，屬江寧府。清仍之。

②渥丹　漬以赤色。《詩．秦風．終南》：「顏如渥丹。」《箋》：「渥，厚漬也，顏色如厚漬之丹，言赤而澤也。」

四【孫哲生先生八十壽言】　馬超俊

近年來在集會場所常見得到的孫哲生（科）博士，雖然兩鬢稍斑，而體格健碩，意志旺盛，絲毫無遜於少壯；但到今秋九月，他已登八秩上壽了。

我參加革命六十餘年，早歲追隨　國父，與他的哲嗣哲生先生，相交至深，相知至切。國父的盛德，可引孔子贊美唐堯之言：「蕩蕩①乎，民無能名焉！」我嘗以「不私天下，不蓄私財，不用私人，不報私仇，不念私怨，不徇私情，不講私話」諸美德，說明　國父是在身體力行的實踐「天下為公」，這也是大家所公認的。哲生先生秉承　國父之耳提面命，訓迪②薰陶，自繼繩③了許多美德，則恐為世人所未盡知。民國十年，　國父以大元帥開府穗垣④，哲生先生任廣州市長。大家都以為廣州市稅收豐裕，易致多金，而當時奉大元帥命令，市府每日需籌繳軍餉銀三萬元，我在籌組廣東機器總工會，　國父捐助十萬元，就由廣州市分次撥出。哲生先生為應付各方所需經費，悉索敝賦⑤，至變賣市區的廟產來應急。當時就有人說哲生先生貪汙斂財，　國父舉以詢胡漢民氏，胡氏答曰：「除非不做官，做官就免不了要招致謗怨。若非哲生盡力，大本營每天的三萬元軍需，是如何張羅的呢？」民國十一年，因陳逆炯明叛亂，哲生先生到上海，兩袖清風，賃居寶昌路一間亭子間內；凌鴻勛、衛一新、李祥諸先生與我同在滬上，到杭州、蘇、錫等地去旅行，身邊旅費都不名一文，還是由我去設法籌措。民國三十八年大陸淪陷，他質賣了房產，以充旅費，始由歐轉美；僑居歐美十多年，自己種菜，自己烹炊、灑掃，生活異常清苦，完全做到了　國父「不蓄私財」

的地步。

哲生先生生平，祇見大事，為黨為國，無不殫精竭慮，傾心以赴，而從不計較他人加諸的謗譽；平素寡言，從不講一句私話，儼然如　國父的汪洋度量。但相與論及一項問題，觸起他的談鋒，則又徵引古今中外的理論與事例，滔滔不絕，諄諄不倦。他非常好學，手不釋卷，幼年勤讀，涉獵中外典籍，廣大賅博。他自十六歲起，一面就學，一面在檀島、舊金山等地的革命報刊中，兼事編譯，學雜各費，都賴華僑親友支助，是苦讀學生。茹涵⑥數十年來，學術精湛，識見高遠，所以在言談之中，珠璣時吐，機鋒⑦時見。

哲生先生尤具冒險犯難的負責精神；民國十年，廣東軍閥江防司令部陳天太之變，時值江防會議，哲生先生與胡漢民、廖仲愷、陳策等多人均出席，變起時為亂軍所包圍；胡氏正執軍法，亂軍必欲得之而甘心，陳策從後樓跳樓逃走；而哲生先生處此危境，面不改色，鎮靜如恒。民國十一年陳逆炯明變起，哲生先生避至嶺南大學，我至嶺大時，見其與伍廷芳先生及國父顧問努文、鍾榮光、鍾芬廷夫婦等敘談，不遑計及己身之安危，首先共同研商如何護送孫夫人之離此險地。最後由我護送孫夫人由沙面到嶺南大學轉黃埔登永豐艦會見　國父。民國十二年冬，　國父決定北上，會商國是，謀以和平統一救中國，乃先派哲生先生往東北說張作霖，任務艱鉅，而哲生先生毅然銜命，義無反顧，達成任務後，轉回天津報命。

哲生先生畢生獻身黨國，勳華懋績⑧，自無待我來頌揚；我祇是以所見到的美德，或恐為人所不盡知之瑣事，始舉以為言。孔子在《論語》中說：「剛毅木訥，近仁。」哲生先生允當斯語；孔子又說：「仁者壽！」宜其壽登耄耋，康強逢吉。我也虛度八十五年，貞心不渝，皆是後凋的松柏，當共摩挲⑨老眼，瞻望我青天白日旗幟，重輝耀在金陵鍾阜⑩，定滿引犀觴⑪，壽我哲生先生岡陵日永⑫的了。

注釋

①蕩蕩　博大貌。

②訓迪　教誨開導。

③繼繩　繼承也。繩亦繼也，《詩・大雅・下武》：「繩其祖武。」

④穗垣　指廣州城。穗，是廣州的別稱。垣，原為矮牆，亦指城池。

⑤悉索敝賦　原謂傾全國兵力。後泛稱盡其所有以相供給為悉索敝賦。

⑥茹涵　猶茹古涵今，謂博學廣聞。

⑦機鋒　比喻含意深刻的語句。

⑧勳華懋績　謂巨大的功勳、勞績。勳華，指堯舜，堯稱放勳，舜稱重華，合稱勳華。懋，通「茂」，盛大。

⑨摩挲　揉搓、撫摸。

⑩鍾阜　指鍾山，即南京紫金山。
⑪犀觴　犀角酒杯。
⑫岡陵日永　猶言壽比岡陵，祝壽語也。《詩．小雅．天保》：「如山如阜，如岡如陵。」

㈤【尹母石太夫人八旬晉九壽序】

自抗戰以還。民人播遷。往往離鄉背井。跋涉數千里。南朔易處。其年老癃弱者。每不習其水土。而多疾苦。洎赤禍洊興。禹城蒙垢。忠貞之士。不辭艱苦。繾綣以從樞府。有子身而渡海者。有經海外輾轉而來歸者。類不能一家團聚。何況奉高堂。盡孝養。萱幃有色笑之親。子舍潔白華之敬。康彊大耋。其福德之厚。有非恆人所能及者。吾邵陽尹母石太夫人者蓋其人也。　太夫人發祥華族。毓秀雪枝。幼嫻女教。長博詩書。迨歸壽珊先生。善事高堂。菽水惟敬。洎　壽珊先生筮仕西江。循聲卓著。諗知政本以教為先。　太夫人內董家彝。外翊醇化。手刱正蒙女校于南昌。先為師範。嗣改小學。為校長者凡二十三載。典釵補匱。衡尺程功。其出門者咸稱不櫛。而化雨所被。大裨政允。蓋女子為家庭之本。苟悅禮知書。幽嫻貞靜。必能相其夫而教其子。其造福於西江。蓋無量也。令子仲容先生。卒業國立交通大學。習電氣工程。先後任職交通部、經濟部、及行政院。政府遷臺後。任生產管理委員會及工業委員會主任委員。中央信託局局長。經濟部長。現任美援運用委員會副主任委員、行政院外匯貿易審議委員會主任委員。並兼任臺灣銀行董事長。王曾黑頭。已為內相。而博聞彊識。無書不窺。自科學以至財政、經濟、金融諸端。旁及吾國古學。莫不泝流窮源。有精闢之論斷。故處事施政。無不灼然燭照。若有夙定。蓋幼受　太夫人之教育以致之也。季子叔明先生。國立清華大學土木工程系畢業。任石門水庫副總工程師。現任經濟部水資會總工程師。孫宓與宙。皆留學北美。學有專精。　太夫人自遷臺以來。有仲容叔明兩先生之孝養。康彊有加。神觀朗澈。老福無窮。百齡可必。非獨一門之慶。實亦國家之瑞也。今年二月二十日。欣逢　太夫人八旬晉九壽慶之辰。兩先生將設筵稱觴。以為慶祝。柏園等久仰　慈儀。更深孺祝。爰共獻言。用揚懿德。他年者。禹甸重光。國家安樂。

太夫人期頤稱慶。昔日洪都受教之士。將率其孫子共效嵩祝也。

常熟李　猷敬撰並書

徐柏園　俞飛鵬　李　幹　刁培然　王　鍾　金克和
成雲璈　俞國華　張公武　哈駿文　趙志垚　趙葆全
侯銘恩　黃　通　陳漢平　吳幼林　王慎名　何縱炎　同敬祝
陳勉修　黃朝琴　周菩提　劉啟光　高湯盤　羅萬俥
張聘三　李連春　林世南　陳光甫　貝祖詒　沈維經
林柏壽　霍亞民　張水治　潘誌甲

民國五十一年二月中浣

三、頌詞

頌詞的形式以四言為主，隔句用韻，句數則以偶數為佳，之前可加序，亦可省略。其範例大致如下：

○○○○○頌并序

（序文）

頌曰：

○○○○，○○○○（韻），○○○○，○○○○（韻）。
○○○○，○○○○（韻），○○○○，○○○○（韻）。
○○○○，○○○○（韻），○○○○，○○○○（韻）。
○○○○，○○○○（韻），○○○○，○○○○（韻）。

㈠【聘士徐君墓頌並序】　孫綽

晉南昌相太原縣君，白漢故聘士徐君之靈：

惟君風軌英邃，音徽遠播，餐仰芳流，宗揖在昔。古人有言：聞伯夷之風者，懦夫有立志。

仰先生之道，豈無青雲之懷哉。余以不才，忝宰茲邑，遐宗有道，思揖遠風，乃與友人殷浩等東帶靈墳，奉瞻祠宇，雖玉質幽潛，而目想令儀，雅音永寂，而心存高範。徘徊墟壠，仰眄松林，哀有形之短化，悼令德之長泯，憮然有感，悽然增傷。夫諷謠生於情託，雅頌興乎所欽，匪於詠遊，孰寄斯懷。頌曰。

巖巖先生。邁此英風。含真獨暢。心夷體沖。高蹈域表。淑問顯融。昂昂五賢。赫赫八俊。雖曰休明。或嬰險釁。豈若先生。保茲玉潤。超世作範。流光遐振。墳塋磊落。松林蕭森。薈叢蔚蔚。虛宇愔愔。遊獸戲阿。嚶鳥鳴林。嗟乎徐君。不聞其音。徘徊邱側。悽焉流襟。何以舒蘊。援翰託心。

注釋

①自漢以來，有學行之士，得朝廷之徵聘者，世稱聘士，亦稱聘君、徵君。

②徐君謂東漢高士徐穉。穉字孺子，南昌人，恭儉義讓，累舉皆不就，築室隱居，時稱南州高士。陳蕃為豫章太守，例不接賓客，惟為穉特設一榻，去則懸之。見《後漢書．本傳》。

③晉孫綽為章安（在今江西省）令，慕徐穉之為人，過其墓，因撰此頌以致意。

(二)【大唐中興頌并序】　元結

天寶十四載，安祿山陷洛陽，明年，陷長安。天子幸蜀，太子即位於靈武。明年，皇帝移軍鳳翔。其年復兩京，上皇還京師。於戲①，前代帝王有盛德大業者，必見于歌頌。若今歌頌大業，刻之金石，非老於文學，其誰宜為。頌曰：

噫嘻前朝②，孽臣姦驕③，為惛為妖。邊將騁兵④，毒亂國經⑤，群生失寧。大駕南巡⑥，百寮竄身⑦，奉賊稱臣⑧。

天將昌唐，繄睨我皇⑨，匹馬北方⑩。獨立一呼，千麾萬旗⑪，戎卒前驅。我師其東，儲皇撫戎，蕩嘻群兇。

復服指期⑫，曾不踰時⑬，有國無之⑭。事有至難，宗廟再安，二聖重歡⑮。地闢天開，蠲除祆災⑯，瑞慶大來。

兇徒逆儔，涵濡天休⑰，死生堪羞⑱。功勞位尊，忠烈名存。澤流子孫。盛德之興，山高日昇，萬福是膺。

能令大君⑲，聲容沄沄⑳，不在斯文。湘江東西，中直浯溪㉑，石崖天齊。可磨可鐫，刊此頌焉，何千萬年。

題解

唐玄宗天寶十四年，身兼平盧、范陽、河東三節度使之胡將安祿山，反於范陽。時天下承平已久，百姓不識兵革，於是河北州縣，望風瓦解，祿山攻陷洛陽，進逼潼關。玄宗遂自長安奔蜀，太子亨從行至馬嵬，百姓遮留討賊，遂還即位靈武，是為肅宗，尊玄宗為太上皇，時祿山已在長安僭稱大燕皇帝矣。肅宗以長子廣平王俶為天下兵馬元帥，郭子儀為天下兵馬副元帥，至德二年次第收復長安、洛陽。此元結作頌之所由也。

作者

元結字次山，河南人。少不羈，年十七，乃折節向學，舉天寶進士。代宗立，授著作郎。後拜道州刺史，為民營舍給田，免徭役，流亡歸者萬餘，民皆樂其教焉。進容管經略使，卒贈禮部侍郎。有《次山集》。

注釋

①於戲　與「嗚呼」同，贊歎詞。

②前朝　指玄宗在位時也。

③孽臣姦驕　孽臣，指楊國忠。《資治通鑑．唐紀》肅宗至德元年五月載：「是時天下以楊國忠驕縱召亂，莫不切齒。」又：「祿山起兵，以誅國忠為名。」姦驕，謂奸偽驕縱也。

④邊將　指安祿山。

⑤毒亂國經　謂其毒害，致亂國之綱常也。經，常也。

⑥大駕南巡　大駕，天子車駕。天子巡行在外曰巡守。蜀在陝南，故自長安幸蜀曰南巡。

⑦百寮竄身　謂百官逃匿其身家也。

⑧奉賊稱臣　長安既陷，朝臣降賊者有陳希烈等三百餘人，及兩京收復，按其輕重，分六等定罪。事見《通鑑》至德二年。

⑨繄睠我皇　繄，歎美辭，見《類篇》。睠，斜視也，引伸為眷顧之意。我皇，指肅宗。

⑩匹馬北方　謂肅宗自馬嵬坡北至靈武也。

⑪千麾萬旟　言各地勤王義軍兵馬之眾多也。麾，旌旗之屬。旟，旗名。

⑫復服指期　言恢復失地，指日成功也。服，謂天子威德所服之地，如言五服或九服是。

⑬曾不踰時　時，三個月之謂。廣平王俶於至德二年九月自鳳翔率兵東下，不久收復長安，十月又收復洛陽，前後不過二月左右，故云曾不踰時。

⑭有國無之　言恢復之速，為有國者從來所未有也。

⑮二聖重歡　謂玄宗與肅宗以河山再造，日月重光而歡慰也。

⑯蠲除祅災　謂蠲免反時之天災，除去反物之地祅也。《左傳》宣公十五年：「天反時為災，地反物為祅，民反德為亂，亂則祅災生。」蠲，免除之意。

⑰涵濡天休　謂沐受上天美德也。涵濡，浸漬、濡染也。有「沐受」之意。休，美德。

⑱死生堪羞　言彼等禍國殃民之兇徒逆賊，沐受上天之美德，無論伏罪而死，或降服而生，皆堪羞辱也。

⑲大君　天子也。

⑳聲容沄沄　謂聲威隆盛，若江水之源遠而流長也。聲容，聲名威儀。沄沄，水流轉貌。

㉑浯溪　在湖南祁陽縣西南五里，北匯於湘水。元結有《浯溪銘》，序云：「溪在湘水之南，北匯於湘，愛其勝異，遂家溪畔，名曰浯溪。」以上三句，言刻頌所在之地。

㈢【古敬華先生六秩壽辰頌詞】　方君揚

高山蒼蒼　碧水泱泱　靈氣集茲　乃誕賢良
幼承庭訓　大海歸航　學通古今　鐸聲弘揚
風骨嶙嶙①　事功煌煌　齒德俱尊②　魯殿靈光③
欣逢壽誕　歡慶鄉邦　虔誠祝嘏④　期頤⑤安康

注釋

①風骨嶙嶙　品格高潔出眾。

②齒德俱尊　意同「年高德劭」。

③魯殿靈光　喻碩果僅存的人物。靈光，魯恭王所建的殿名。

④嘏　音ㄍㄨˇ，福也。

⑤期頤　百歲上壽。

㈣【沈兼士致銘傳商專十九周年校慶頌詞】

銘專創校，十有九年。經傳絳帳①，媲美前賢。擴展經濟，商業精研；學以致用，提高女權。敦品勵行，四德②俱全。菁莪棫樸③，桃李萬千。英才樂育，爭著先鞭。篳路藍縷，福不唐捐④。校譽鵲起，遐邇爭傳。茲逢校慶，敬獻寸箋。

注釋

①經傳絳帳　為「絳帳傳經」之倒裝。東漢馬融才高博洽，為世通儒，教養諸生，常有千數。講學時常坐高堂上，施絳紗帳，前授生徒。後以絳帳指師長教學之所。

②四德　指古代婦女應有的四種德行；謂婦德、婦言、婦容、婦功也。

③棫樸　原為二木名。棫，音ㄩˋ。《詩·大雅》有《棫樸篇》，《毛傳》：「山木茂盛，萬民得而薪之；賢人眾多，國家得用蕃興。」故以棫樸喻賢材眾多。

④福不唐捐　謂福不落空也。唐捐，謂落空、虛擲。

㈤【慶祝　蔣公當選連任第五任總統頌文】　成惕軒

零雨居東①，卜凱歸之非遠。眾星拱北②，喜茂選③之重膺。虔維總統　蔣公，緒纘炎黃，道弘洙泗。己飢己溺，每切於先憂。吾土吾民，期登於郅治④。頒毋忘在莒之訓⑤，白日同懸⑥；矢不共載天之仇，赤氛必掃。綜正德利用厚生⑦於一貫，精闡聖言；揭倫理民主科學之三端，篤行遺教。唯至誠之無息⑧，斯積健以為雄。茲者，第一屆國民大會第五次會議舉

公連任第五任總統。嘉訊乍傳，歡聲遐溢。域內慰昭蘇⑨之望，萬象俱新；瀛湄申愛戴之忱，六鰲爭抃⑩。著鞭前路，益當互勵其丹心；載筆⑪明時，所願效忠於

元首。

作者

成惕軒，湖北陽新人，曾任考試院考試委員、國立臺灣師範大學、國立政治大學教授。

注釋

①零雨居東　《詩．豳風．東山》：「我來自東，零雨其濛。」《疏》：「我來自東方之時，道上乃

遇零落之雨，其濛濛然。」

②眾星拱北　《論語．為政》：「為政以德，譬如北辰，居其所而眾星共之。」

③茂選　《白虎通聖人》引《禮．別名記》：「五人曰茂，十人曰選。」言才德倍人。此指總統職位。

④郅治　盛世，至隆之治。《文選》司馬相如《封禪文》：「爰周郅隆。」郅音ㄓˋ，盛也。

⑤毋忘在莒之訓　民國四十一年先總統　蔣公題字刻於金門太武山以勗將士。意取戰國齊為燕將樂毅所破，退保莒，賴田單復之。

⑥白日同懸　與日光同照吾人。

⑦正德利用厚生　《尚書．大禹謨》：「正德，利用，厚生，惟和。」《疏》：「正身之德，利民之用，厚民之生，此三者惟當和諧之。」

⑧至誠句　《中庸》：「故至誠無息。」朱《注》：「既無虛假，自無間斷。」

⑨昭蘇　明曉蘇醒。《禮記．樂記》：「蟄蟲昭蘇。」《注》：「昭，曉也，更息曰蘇。」《疏》：「昭，曉也；蘇，息也。言蟄伏之蟲皆得昭曉蘇息也。」《孟子．梁惠王下》：「后來其蘇。」朱《注》：「后，君也；蘇，復生也。」

⑩六鰲句　《列子．湯問》：「一釣而連六鼇，合負而歸其國。」鰲，鼇之俗字，海中大龜。抃，歡樂拍手。

⑪載筆　《禮記．曲禮上》：「史載筆。」攜筆，喻為文事。

㈥【書室頌】

蕞爾①斗室，亘廈靡匹。君子所止，芸編②所實。寒以當衣；飢以當食；孤寂以當友朋；幽憂以當金石琴瑟③。因名之曰四當，願主人其無逸④。己未炎洲盛夏，長發其祥⑤自識。

注釋

①蕞爾　形容小。

②芸編　指書籍。芸為香草，置書頁內可以防蠹，故稱。

③寒以當衣四句　宋藏書家尤袤語，稍改動句次。幽憂，憂傷。金石，指古代鐫刻有文字的鐘鼎碑碣之類以及其墨拓本；文人雅士以之作為書室雅玩之物。琴瑟，指樂器。

④無逸　勿逸豫，不貪圖安樂。

⑤長發其祥　作者名其祥，字長發。

㈦【王雲五①先生九十華誕頌詞並序】　張仁青

中華民國六十六年夏正丁巳六月初一日為總統府資政、中山學術文化基金董事會主任委

員　王公岫廬九旬嵩慶，南國風薰，東溟浪靜，積慶溢於華堂，餘榮洽乎黎獻②，同人等久親謦欬③，夙仰儀型，爰稱介壽之觴，以迓興邦之瑞。頌曰：

珠江浩浩，粵秀④峨峨。河嶽炳靈，篤生大家。名賢作哲，翼扶中華。滄海橫流⑤，乃制頹波。其一

公以偉質，崛起香山。少蘊奇志，鶚翥鵬颺⑥。學術淹貫⑦，蔚為國光。長民輔世，每飯不忘。其二

仕以學優，霞光飛粲。挺曜含章，樞機參贊⑧。訏謨⑨丕顯，勛猷炳煥⑩。元弼⑪推心，邦國楨幹⑫。其三

竭來海嶠⑬，繼以忠貞。如山如磐，主義是行。綢繆生聚，鼓吹中興。勷歷臺閣⑭，華蓋蓬瀛。其四

坐擁皋比⑮，倏逾半紀。咳唾皆朱，散霞成綺。三臺群英，多入籠底。博士之父，信非溢美。其五

中山遺教，學術為先。乃設基金，薪火相傳。夙夜宣勤，一十二年。弘揚文化，力挽狂瀾。其六

中原板蕩，樂崩禮壞。貞下起元⑯，耆英是賴。唯公逸德，搢紳蓍蔡⑰。商山四老⑱，磻溪⑲一瑞。其七

欣逢大慶，海屋添籌⑳。南極騰輝，歡動九流。周詩曼頌，韻繞層樓。受天純嘏㉑，與國同庥。其八

注釋

①王雲五　廣東中山人。歷任教員、財政部長、政大教授、行政院副院長、商務印書館董事長等。王氏學貫中西，栽培學子甚眾；於文化事業貢獻尤鉅。

②黎獻　庶民中的醫者。

③謦欬　音ㄑㄧㄥˇ ㄎㄞˋ，咳嗽。比喻談笑。

④粵秀　指粵秀山，今名越秀山，在廣州市北。

⑤橫流　比喻動盪的局勢。

⑥鶚翥鵬颺　謂如鶚鳥之飛舉，如大鵬之飛揚。形容人志氣高遠。鶚，音ㄜˋ，鵰屬，捕魚為食，俗稱魚鷹。翥，音ㄓㄨˋ，飛舉。颺，音ㄧㄤˊ，高飛。

⑦淹貫　淵博而貫通。

⑧樞機參贊　謂參謀協助政府的機要工作。樞機，朝廷的機要部門，此指中央政府。

⑨訏謨　遠大的謀畫。訏，音ㄒㄩ，大也。謨，同「謀」。

⑩勛猷炳煥　功績顯耀。勛，古「勳」字。猷，功績。炳煥，光明顯耀。

⑪元弼　原謂輔佐國君的大臣；此當指行政院長。

⑫楨幹　猶言棟樑。楨幹，為古代築牆時所用的木柱。立於兩端者為楨；豎於兩邊者為幹。

⑬朅來海嶠　謂自來到臺灣。朅，音ㄑㄧㄝˋ，來也。海嶠，近海多山之地，此指臺灣。嶠，音ㄐㄧㄠˋ，尖峭的山。

⑭敭歷臺閣　謂歷任內閣長官。敭，古「揚」字；敭歷，仕官的經歷。臺閣，漢時指尚書臺，後泛指中央政府機構。

⑮臯比　虎皮的坐席。古人坐虎皮講學，後因以指講席。

⑯貞下起元　表示時代、人事的重新開始。

⑰搢紳蓍蔡　搢紳，儒者的代稱。蓍蔡，原指蓍、龜，謂卜筮。比喻德高望重的人。蓍，音ㄕ。蔡，大龜。

⑱商山四老　即商山四皓，漢初四隱士。高祖召，不應。後呂后用張良計迎之以輔太子。

⑲磻溪　溪名，在陝西寶雞市東南，傳為太公望未遇文王時垂釣處。因以借指太公。磻，音ㄆㄢˊ。

⑳海屋添籌　祝壽之詞。宋蘇軾《東坡志林》：「嘗有三老人相遇，或問之年。一人曰：『海水變桑田時，吾輒下一籌，爾來吾籌已滿十間屋。』」原意指長壽，用為祝壽之詞。

㉑純嘏　大福也。嘏，音ㄍㄨˇ。

應用練習！

一、何謂「徵啟」？內容及性質如何？

二、試為○○學院百年校慶，寫一篇「頌詞」。

【參考解答】

【○○學院百年校慶頌詞】 王昌煥

○○學院，百年校慶。菁莪作育，邦國稱幸。黌舍巍巍，絃歌常興。絳樹絳帳，青衿樂境。孜孜學風，夙負盛名。百年大樹，桃李盈庭。蒸蒸校運，國勢藉興。薪傳有方，濟濟群英。

三、試擬為母親祝壽徵文啟。

第十三章　祭弔文

第一節　祭弔文的意義

「祭弔文」為祭告鬼神之文字。

《文心雕龍》祝盟：「若乃禮之祭祀，事止告饗，而中代祭文，兼讚言行。」可知祭弔文初用於告饗神祇，後乃擴及祭告人鬼。因此，祭弔文多用於喪禮，或奠祭哀悼死者，或慰死者之靈魂，或列敘死者生平昭告世人。時至今日，祭神怪、弔古人之文已不多見，所以祭弔文大多用於喪禮，以示對被祭者表崇敬歌頌、哀悼或評贊，故亦稱哀祭文。

自古皆有死，死，人生之大事，亦為人之大事，故上自帝王將相，聖賢才智，下至走卒販夫、平庸愚劣，皆莫能獨外，而亦莫能輕忽。祭弔之事，古來重之；慎終追遠，尤其講究；因此，對於祭弔文，切不可輕忽。而歷時愈久，文體愈雜；今日迥異於昔日，社會變動劇烈，生活方式不同，語言使用有別，故祭弔文雖仍沿襲，而常用者已較為減少。

第二節 祭弔文的種類

祭弔文之種類頗多，茲以近時常見者說明如下：

㈠**祭文**：祭文為祭祀時宣讀之文，古時用於祭告鬼神、天地、山川，用以祈福驅邪；今多用於奠祭死者，表達哀悼或敬仰、追思之情，因此成為祭弔文的大宗。

㈡**行狀**：亦名「狀」、「逑」、「行逑」、「行誼」、「事略」。「狀」為情況、形態之意。大都由親舊故人或門人撰寫，內容為陳逑死者生平行誼、世系爵里及生卒年月等，以為定諡議號，或供史館為死者立傳之採擇，或供撰墓誌、碑表及其他哀輓文字之參據，內容大致與傳相同。

㈢**墓誌銘**：此為「墓誌」、「墓銘」的合稱。「墓誌」記死者生平事實之文，散、駢、賦、騷，皆無所限，「墓銘」為讚揚死者行誼功德的韻文，二者皆刻於石上，納之壙中，以備陵谷變遷辨識之用。後世多合二者為一文一石，故稱墓誌銘。

㈣**哀辭**：亦稱「悲文」。以辭遣哀，故謂之哀辭。《文心雕龍．哀弔》：「短折曰哀。哀者，依也，悲實依心，故曰哀也。」為年幼者夭折，尊親表哀悼之文字。

㈤**誄辭**：為誌哀文字。《文心雕龍．誄碑》：「誄者，累也。誄其德行，旌之不朽也。」初用為表揚死者德行，以定謚議號，後發展為無謚號之誌哀文字，義與祭文無別。

㈥**哀啟**：為遭喪者敘述死者生平事略，病歿情況，以附於訃聞中，告知親友之文字。以供識者撰作哀輓文字之參考。今已少用，而由他人具名撰事略或行狀代之；惟親屬則或仍舊習。

第三節　祭弔文的作法

㈠**祭文**：祭文以表達哀、敬為主。文體則散文、韻語、騷體皆宜。《文心雕龍．祝盟》：「祭奠之楷，宜恭且哀」，故宜戒華麗。現行之祭文多用於喪禮，約分三段。首段以「維」發端，接敘祭期、祭者、祭品、受祭者。次段敘死者生平事實，彼此交誼，或讚其德業。末段敘祭者哀敬之情，結以祈受祭者來饗之辭。

因寫作者的立場不同，可分為家祭文、公祭文，以及朋友間私誼個人祭文等。寫作時之態度、語氣、措詞均應恰如其分，對自己親屬要真情流露，質樸不虛飾；對親戚故舊要真情實意，內容當質文並重，措辭典雅、莊嚴大方。

㈡**行狀**：行狀的內容與傳記相似；至於文體，則多用散文，大多夾敘夾議，有褒無貶。行狀之格式及順序，其題目寫死者之姓、職稱、官階、名，並加稱謂及「行狀」二字；本文依死者之姓名、字號、家世年里、學歷經歷、德業事功、學術著作、嘉言善行、卒歿時地、家庭情況等，有條不紊。最後必須表明本文係供國史館之參採，並寫「謹狀」二字予以結束。至於「行述」與「事略」，其體裁大致與行狀相同。惟「事略」兼可用於生者。現代為其尊親徵求壽詞壽文，亦有自撰「事略」寄送親友，俾供撰文之依據者。

㈢**墓誌銘**：墓誌似傳，墓銘似詩。誌文多用散體，以樸實謹嚴為佳；誌文之末附以銘文，多用四言，以簡潔凝鍊為尚。

㈣**哀辭**：哀辭多為韻語，或前有序文。贊死者活潑聰慧，悲其不壽；或惜其才不見用，德不永年，深致哀痛。

㈤**誄辭**：《典論．論文》曰：「銘誄尚實。」《文心雕龍．誄碑》：「賤不誄貴，幼不誄長。」此為作法之大要。惟後世則不論貴賤長幼之節，皆可為誄。先述死者之世系、年里、學行、德業、事功，末寓致哀傷之意。

㈥**哀啟**　以「哀啟者」發端。次敘死者生平事實，病情經過，卒歿時地，或及子孫成就。末以「伏乞矜鑒」子孫具名作結。文辭可鋪敘而戒誇飾。

第四節 祭弔文的實例

一、祭文

祭文的撰述最為多樣，用途也最為廣泛，親疏遠近，各行各業，都可以用祭文的形式來表達誠摯的哀悼之意。以下分別撮其大要而列舉之：

【男喪通用祭文】

維

中華民國○年。歲次○○。○月○日。○○等謹以剛鬣牲醴之儀。致祭於

○公○○先生之靈曰：嗟乎！天之生人兮，厥賦維同；民之秉彝兮，獨厚我公。雍容足式兮，德望何崇；遣心萬物兮，達道是通。優游自適兮，倏爾潛蹤；悵望不見兮，杳杳音容。隻雞斗酒兮，儀愧不豐；冀

公陟降兮，鑒我微衷。伏維

尚饗。

【女喪通用祭文】

維

中華民國○年。歲次○○。○月○日。○○等謹以清酌庶羞。致祭於

○母○太夫人之靈曰：嗟乎！夫人之德，鍾郝流芳；夫人之譽，彤管休揚。早為人婦，相夫有光；及為人母，教子有方。待人以慈，內外皆康；持家以儉，巨細咸藏。豈期大數，遽夢黃粱；幽明永隔，實為可傷。忝叨眷屬，聞訃徬徨；爰具牲醴，奠祭於堂。仰祈靈貺，是格是嘗。伏維

尚饗。

【祭師通用祭文】

維

中華民國○年○月○日，受業○○等謹以剛鬣牲醴之儀，致祭於

夫子大人之靈曰：嗚呼！人生斯世，如葉飄風，彭修顏短，同歸一空！緬維夫子，德備厥躬；文成錦繡，壇坫稱雄。及門瞻仰，泰岱華嵩。歲在龍蛇，哲人之凶。嗟予小子，悲切慘慟！惑莫予解，蔽莫予通，頑莫予破，錯莫予攻。而今已矣，何適何從？虔具薄奠，聊表微衷！

哀哉！
尚饗。

【政界通用祭文】

維

中華民國〇年〇月〇日，〇〇等謹以清酒時羞，致祭於
〇公〇〇先生之靈曰：嗚呼！太傅云亡，西州抱慟；中郎既逝，北海興思。呼天莫應，歎茂績之徒存；搶地難追，思保釐而無望者耶？

先生祥開天鳳，瑞啟人龍。懷冰玉以盟心，千秋風峻；煥發綸於指掌，四海波平。盛德在人，高風絕俗；昔濡惠澤，登樂業於春臺；遐邇休聲，聽謳歌於野巷。方感二天有戴，詎意一曜歸垣。土氣淒其，莫慰瞻雲之望；山光慘淡，同悲馭日之辰。膏雨猶滋，仁風安仰？從此素琴常寂，玉帳空懸。嗚呼！典型凋謝，模楷淪亡，天不憖遺，我將安適？如江淮之絕涸，豈云客夢何憑；實棟樑之傾崩，常歎人生如寄！所幸前徽不遠，後起能賢。玉樹瓊林，不啻梁公有後；蘭芽桂茁，惟憑于氏高門。此蓋澤深焉而嗣必昌，全者而名不朽也！〇〇等叨承覆庇，辱在帡幪，椽竹啣恩，此日哭高風於地下；爨桐感遇，何時報知己於生前？敬具椒漿，聊潔溪毛之薦；還資楮墨，敢陳蒿里之詞。用捧一卮，謹申三獻。

【軍界通用祭文】

維

中華民國〇年〇月〇日，〇〇等謹以剛鬣牲醴之儀，致祭於

〇〇將軍之靈曰：嗚呼！星暗上空，慘墨雲於廣漠；風頹梁木，振劫火於高山。轅門慘其秋霜，牙纛淒茲朝露。岳嵩傾覆，草野驚魂；斗宿斂光，寰域失色。

先生胸藏兵甲，腹裕鈐韜；邊陲寄北鑰之功，邦憲重中華之望。乘機權而獨運，閫外專膺；肅號令以前驅，百蠻向化。豈意大星墜壘，軍民盡諸葛之哀；赤彗穿營，朝野失令公之戚。城笳夜起，淒淒含千里之悲；虎帳霜懸，寂寂冷九秋之月。身騎箕尾，列宿同鈼；氣作山河，悲風益壯。嗟何及也，慟孰甚焉。〇〇等心佩魚鈐，文慚蚓曲；向被包容之下，更深甄拔之恩。方期感戴靡涯，騶慨瞻依失恃；鶴遊遼海，歸華表其何年？鳳去長林，度層雲而無日；歎上天不留宿將，嗟下士忽萎哲人。敢獻蕪詞，用佐清酌。

尚饗。

【學界通用祭文】

維

中華民國〇年〇月〇日，〇〇等謹以清酌庶羞，致祭於

○○○先生之靈曰：嗚呼！芒寒珠斗，悲風捲巖壑之煙；光掩少微，宿霧暗雲霞之彩。箕星夜墜，曼卿忽主蓉城；鵬鳥宵臨，子晉竟歸緱嶺。

先生清姿麗質，世冑名門。言行根自古人，借詩畫以自遣；聰明由乎天授，事理不教自知。霽月光風，胸無畦徑；恬波靜浪，度若汪洋。寵辱無驚，怨尤何自？儒修自勵，師範同欽。方謂德以徵年，享大耄期頤之萃；何意事難償願，動楚些斷絕之哀。嗚呼！陳篋徒存，遺書誰檢？稽叔夜山陽之笛，向秀聞而興悲；謝太傅西州之門，羊曇過而下淚。○○等號赤欽德行於高山，更附絲蘿於梓里。遽見典型之墜，能無梁木之悲？芻束聊呈，蘋蘩粗具。惟祈昭格，鑒此微忱！

尚饗。

【商界通用祭文】

維

中華民國○年○月○日，○○等謹以清酌庶羞，致祭於

○公○○先生之靈曰：嗚呼！鍾期之逝，歎流水之何如？大雅云亡，痛典型之不作。管鮑一時，陶朱千古。問天無辭，招魂不返！騎鯨竟還環闕，悲同子敬之琴；化鶴重返江城，哀感山陽之曲。

先生生而穎異，少挺偉姿，白雪才華，青雲意氣，效計然之術，追少伯之蹤。淡泊持躬，懋遷涉世，每遨遊於南北，尤結納夫英賢。接物惟誠，經商以義，識量並包宇宙，斡旋貫徹古今。惠沾疏戚，沐德澤者千家；德被死生，資安全者萬族；此真不愧偉人之譽，長者之稱也。○○等誼忝通家，素崇有道；人琴空感，梁木興歌。雖丈夫論定之時，蓋棺今日；而吉士淪亡之痛，永訣終生。碩德猶存，芳聲弗墜；敬升堂而奠酒，敢拊几以陳詞。

尚饗。

【一般團體祭文】

維

中華民國○○○年○月○○日上午○時（一般團體全銜），○○○率同仁等謹以香花青果之奠，致祭於

○媽○太孺人之靈曰：嗚呼悲哉！淑人之德，萱幃之莊；純德之美，如玉之璋。早為人婦，相夫有光；金童玉女，教子有方。持家以德，勤儉而芳；尊親以量，巨細咸臧。豈期大數，蒙夢黃粱；幽明脩阻，實為可傷。敬陳芻束，奠祭於堂；靈其有知，來格來嘗。哀哉

尚饗。

【治喪委員會祭文】

維

中華民國〇〇年〇月〇日，治喪委員會全體同仁，謹以清酌庶羞之奠，致祭於

〇故專門委員〇〇先生之靈曰：嗚呼先生，計政之英；敦品勵德，清慎且勤。平居簡樸，修身自行；雖遇顛躓，驅馳頻仍。積學務實，弊剔利興；訓練後進，培育菁英。勇於公辯，怯於私爭；上和下翕，績效斐呈。曩參政事，早顯才名；歷年往來，卓著忠貞。終以勞瘁，痼疾並攖；天年不假，噩耗群驚。公喪賢哲，私器良朋；云乎不悼，言念涕零。差幸蘭桂，足繼家聲；勵予同志，步武前塵。嗚呼哀哉！伏維

尚饗。

【祭祖父通用祭文】

維

中華民國某年歲次某某某月某日，孫某某謹以清酒庶羞，致祭於

先祖考某某太府君之靈曰：嗚呼！我祖之德，貽謀①無疆；我祖之功，未報毫芒。方期撫我，百歲稱觴②；胡天不弔③，遽爾云亡！哀哀孫子，號泣彷徨；爰陳牲禮，奠獻於堂。惟冀祖靈，鑒此不忘；是歆是享，來格④來嘗。嗚呼哀哉！尚饗。

注釋

①貽謀　留傳給子孫的謀畫。使子孫安吉。
②稱觴　謂稱觴上壽，舉杯祝壽也。
③不弔　不善也。弔，音ㄉㄧㄠˋ，淑也、善也。
④來格　謂降臨。格，至也。

【祭祖母通用祭文】

維

中華民國某年歲次某某某月某日，孫某某等謹以清酒庶羞，致祭於
先祖妣某太夫人之靈曰：嗚呼！祖母深恩，撫我孫支，時而逹睞，欶喜盈眉；時而曳杖，先後追隨。朝夕相依，瞬息難離；胡為一旦，舍我如遺！望之不見，無復含飴；聽之不聞，徒抱淒悲！莫表孝虔，牲禮為儀；奠祭於堂；鑒格是祈。嗚呼哀哉！伏維尚饗。

【祭父母通用祭文】

維

中華民國某年歲次某某月某日，子某某等謹以清酒庶羞，致祭於

先考某某府君（先妣某太夫人）之靈曰：嗚呼！父賦性（母懿德）兮，孝友德全（謹慎慈賢）；生我育我兮，訓誨淵源。我期父（母）壽兮，億萬斯年；胡為一疾兮，館（寢）舍遽捐？使我兒輩，腸斷流連！呼天躃踴兮，風木淒然！音容何適兮，杳隔黃泉；四顧徬徨兮，如狂如顛！撫膺呼號兮，欲見無緣；幽明永訣兮，窀穸寒煙。猿驚鶴唳兮，衰草芊芊；天長地久兮，抱恨綿綿！父（母）其有靈兮，鑒此清筵。嗚呼哀哉！尚饗

【祭朋友通用祭文】

維

中華民國某年某月某日，世愚弟某某等謹以芻束椒漿，致祭於

某君某某仁兄之靈曰：嗚呼！聲氣之誼，如蘭如馨，同事筆硯，敬業樂群；無間晨夕，相期鵬程，何期一旦，文星忍傾！雉壇寂寞，誰作同心，怨帝召促，作賦玉京，滴淚和墨，難悉友情，泣撰數言，淚落沾巾！魂歸乎來，鑒我愚誠。尚饗。

【男喪通用祭文】

維

中華民國某年某月某日，某等謹以清酒庶羞，致祭於
某某先生之靈曰：嗚呼！松在岡而擢秀兮，蘭在幽而葆真；忽焉其摧折兮，共悼失乎典型。
矧忝知交之末兮，能不心惻而涕零！維我
先生之碩德兮，實盛世之鳳麟；樹聲望於遐爾兮，為社會所式矜。羨象賢之踵武兮，何振振而繩繩！洵無德之不備兮，亦何福之不承。詎遐慶之方來兮，忽賦鵩而騎鯨；歎哲人之亡兮，胡昊天之不仁！感百年之有盡兮，不禁一往其情深；聊絜酒以陳詞兮，難罄述乎哀忱！

【祭父通用祭文】

維
中華民國○○年○月○日，兒○○等，謹以清酒時饈之奠，哀祭於　父親大人之靈前，曰：
嗚呼！我父竟捨兒等而長逝矣。生養之恩深，愧未報於萬一，心痛首疾，追悔莫及。伏聞我父早年，　祖父棄養，賴　父孝侍　祖母分擔家計，一家乃得溫飽無虞，猶可推及親族。中歲家業稍隆，適逢經濟危機，遂轉赴他國經商。百廢待舉之際，復丁內艱。我父慎終盡哀，弔者咸為之動容。後雖轉赴各地經商，但仍不忘時時課育兒輩。兒等謹秉　庭訓①，奮勉讀書，幸今各能自立，服務人群。方奉菽水②，以娛晚景。詎料較凶③遽降，　慈父見背，兒等泣血風木，銜恤曷極。今以寄居異地，姑厝我父於○○山之麓，他日必移葬於祖墳也。嗚

呼！風不止而淚欲乾，言有盡而思無盡。跪進清酌，　父靈不遠，來格來享。嗚呼！哀哉！

尚饗。

注釋

①庭訓　父親的教訓。用《論語・季氏》所記：孔子在庭，教子伯魚學《詩》、學《禮》的典故。

②菽水　原指豆與水，此謂晚輩對長輩的供養。菽，音ㄕㄨˊ。

③閔凶　憂患凶喪之事。

【祭母通用祭文】

維

中華民國○○年○月○日，兒○○等，謹具清酌素饈，哀祭於　母親大人之靈，曰：嗚呼我母！幼承家訓，孝慈溫恭。遠禮知書，婦德婦容。二十來歸，齊眉鴻案。生我劬瘁，多歷艱痛。樂善助人，老幼稱頌。撫兒成立，春暉恩重。方進菽水，忽辭一夢。幽明永隔，悲痛難終。出則銜恤，入則靡至。烏啼子夜，彌增哀慟。　母靈降兮，嚐此清供。嗚呼！哀哉！

尚饗。

【祭師通用祭文】

維

中華民國〇〇年〇月〇日，學生〇〇等謹以香花清醴之儀，上祭於　〇公〇〇老師之靈前，曰：嗚呼！杏壇不幸，文星隱光，學失典型，國喪賢良。緬維吾師，溫恭儉讓。德備厥躬，風著令望。有教無類，啟迪多方。我輩何幸，忝列　門牆。循循善誘，教澤深長。何期一旦，大雅云亡。梁木摧折，泰山失仰。嗟予後生，淚灑絳帳。謦欬存耳，不盡悲傷。敬奠酒醴，靈兮來享。嗚呼！哀哉！尚饗。

【祭同學通用祭文】

維

中華民國〇〇年〇月〇日，同學弟〇〇等，謹以時饈素花，致祭於　〇君〇〇學長之靈，曰：嗚呼！聲氣之誼，如蘭之薰。同窗共硯，敬業樂群。切磋琢磨，知識日新。晨昏相處，進德輔仁。方期致用，文星隱淪。師哭至慟，我淚溼巾。魂歸來兮，鑒此蕪文。哀哉！尚饗。

【祭妻通用祭文】

維

中華民國○○年○月○日，夫○○，雖以庶饈素花，致祭於

○○賢妻之靈，曰：嗚呼○○。百年修持，乃得結褵；一朝幃冷，邈隔雲泥。如夢往事，那堪重提！爾未出閣，即遠粉脂。及入女校，薰習令儀。上庠深造，雅好詩詞。校園相識，四載昏晨。服務社會，口碑同仁。月老絲繫，遂結晉秦。相夫教子，互敬如賓，方期白首，天奪我嬪。形單影隻，心事誰陳。淚濺素花，其解展顰？嗚呼！哀哉！尚饗。

【祭夫通用祭文】

維

中華民國○○年○月○日，妻○○謹以香花清酌，致祭於

○○夫君之靈，曰：嗚呼○○，秋氣多厲，君體欠安。延遲就醫，病榻多天。既咳且喘，乍醒乍眠。一夕閉目，館舍遽捐。兒女號哭，腸斷目眩。自為新婦，垂四十年。相敬相讓，言行無愆。忠勤公事，露宿風餐。樂善好施，重義輕錢。左右具宜，長上稱賢。鄉黨稱孝，彩衣承歡。閒愛丹青，亦事硯田。畫稿盈桌，雜文待編。何期遽逝，我泣漣漣。幽明永隔，心其懸牽。夫靈格兮，歆此花鮮。嗚呼！哀哉！尚饗。

【祭蔣母王太夫人文】 孫文

維

中華民國十年十一月二十三日，孫文謹以清酌之儀，致祭於

蔣母王太夫人之靈前曰：嗚呼，文與郎君介石，遊十餘年，共歷險艱，出入死生，如身之臂，如驂之靳，朝夕未嘗離失，因得略識

太夫人之懿行。太夫人早遭凶故，恩勤辛苦，以撫遺孤，養之長，教之成。今皆巖巖嶽嶽，為人倫之表率，多士之規模。其之於介石也，慈愛異常母，督責如嚴師，裁其跅弛以全其昂千里之資，雖夷險不測，成敗無定，而守經達變，如江河之自適，山嶽之不移。古有丸熊畫荻，文聞其語，未見其人。及遇介石，識其根器之深，毓育之靈，乃知古之或不如今。幸而見於今，復不令其上躋耄耋，長為閫壼之儀型，是非特郎郡輩所悼痛，亦足今天下聞之而失聲。嗚呼！哀哉！尚饗！

【胡適治喪委員會公祭胡適博士文①】 佚名

繼中華民國五十一年三月二日，中央研究院故院長胡適之先生治喪委員會全體同仁，謹以鮮花清酌之儀，致祭於先生之靈曰：

嗚呼，何國運之屯蹇②，乃遽殞我哲人。憶昔日之色笑，疑噩夢而非真。溯先生之壯

年，早蜚聲于寰宇。學既窮夫文史，識復通于今古。既閎中而肆外③，爰掌教于上庠④。導士林以先路，振文風之頹唐⑤。著讜論以牖民⑥，倡自由與民主。闡科學之真詮，作中流之砥柱。繫先生之治學，維實證之是求。理雖賾⑦而必探，事無微而不搜。當國步之艱難，歷聘問乎歐美。宣正義于殊方，揚國威于遐邇。迨日德之煽亂⑧，烽火遍乎寰瀛⑨。乃銜命而出使，國是賴以權衡⑩。迨勝利之來臨，爰歸國而長大學。遇匪亂而赴美，作反共之先覺。及既返乎臺員，為群彥之祭酒⑪。多士荷其裁成，國人仰為泰斗。維先生之議政，言無隱而必誠。作政府之諍友，息反側之紛爭。維先生之持躬⑫，允克忠而克恕。若霽月與光風⑬，故不憂亦不懼。維先生之接物，咸藹然而情親。人無分乎中外，位無別乎卑尊。方幸國有老成，為萬方之矜式⑭。何期天不憖遺⑮，竟怛化⑯于瞬息。嗚呼，天慘慘而色黯，風瀟瀟而聲悲。歎招魂之無處，對遺容而淚澌。嗚呼哀哉！尚饗。

注釋

①本篇正文部分為賦體，兩句一韻，四句換一韻。作者名暫佚，當為治喪委員之一。

②屯蹇　音ㄓㄨㄣ ㄐㄧㄢˇ，喻艱難不順。〈屯〉與〈蹇〉皆《易卦》名。

③閎中而肆外　謂文章內容宏富而文筆發揮盡致。

④上庠　古代為貴族設置的大學。見《禮記．王制》：「有虞氏養國老於上庠。」

⑤頹唐　衰微貌。
⑥牖民　開導民智。
⑦賾　音ㄗㄜˊ，深奧。
⑧煽亂　煽動作亂，指日德發動二次大戰。
⑨寰瀛　猶寰宇，指天下、全世界。
⑩權衡　評量輕重，考慮得失。
⑪祭酒　泛稱文化界、學術界之領袖人物。
⑫持躬　猶持身，謂立身處世。
⑬霽月光風　雨過天青時的明淨景象，以喻人品高潔，胸襟開闊。
⑭矜式　敬重和取法。
⑮憖遺　願意留下。憖，音ㄧㄣˋ，願意。
⑯怛化　指死亡。怛，音ㄉㄚˊ。

【臺灣省雜誌事業協會祭胡適先生文】

今天，中華民國五十一年三月二日，這裡有一群文化界的後輩——臺灣省雜誌事業協會全體理監事，在籠罩著悲傷氣氛的極樂殯儀館極樂廳，大家痛哭失聲，敬向永別了的胡適之先生說幾句話：

唉！一個偉大的思想家、名學人、雜誌界先進，真的就這樣去世了嗎？

適之先生，您是先知，您是導師，您的思想表現在文化運動；您的學術，標榜著科學與求證；您所創辦的雜誌，更充滿言論自由和民主的呼聲！

傷心哪！再也不能見到您了！

可憐我們還在大膽地假設：「胡先生沒有死，胡先生沒有死！」是的，「您死在靈堂，活在人心」，這是我們小心求證的結論。

胡先生：您安息吧！

【祭夫徐敬業文】 劉令嫺

維梁大同五年①新婦②謹薦少牢③於徐府君④之靈曰。惟君德爰禮智⑤。才兼文雅⑥。學比山成⑦。辯同河瀉⑧。明經擢秀⑨。光朝振野⑩。調逸許中⑪。聲高洛下⑫。含潘度陸⑬。超終邁賈⑭。

二儀既肇。判合始分⑮。簡賢依德。乃隸夫君⑯。外治徒舉。內佐無聞⑰。幸移蓬性。頗習蘭薰⑱。式傳琴瑟⑲。相酬典墳⑳。

輔仁難驗㉑。神情易促㉒。雹碎春紅。霜彫夏綠㉓。躬奉正衾㉔。親觀啟足㉕。一見無期

㉖。百身何贖㉗。嗚乎哀哉。

生死雖殊。情親猶一。敢遵先好。手調薑橘㉘。素俎空乾㉙。奠觴徒溢㉚。昔奉齊眉。異於今日㉛。從軍暫別。且思樓中㉜。薄遊未反。尚比飛蓬㉝。如當此訣。永痛無窮㉞。百年何幾。泉穴方同㉟。

作者

劉令嫻，梁琅邪彭城人，南齊大司馬劉繪女，寧朔將軍王融甥，梁祕書監孝綽第三妹也。孝綽一門風雅，兄弟子姪七十餘人均能文，妹三人並有才學，令嫻最幼，世稱劉三孃。詩文尤清拔秀麗，《隋書．經籍志》稱其有集三卷。夫徐悱以名公子受知宮廷，卒後令嫻為文祭之。悱父勉雅善文辭，著述甚豐，本欲造哀詞，睹令嫻此作，遂擱筆。令嫻事附見《梁書．劉孝綽傳》。

題解

徐敬業，名悱，東海郯人，梁賢相徐勉之次子。幼聰敏，能屬文，過庭承訓，早勵清操，歷官太子洗馬、中舍人，出入太子之青宮及春坊有年，甚見知賞。以足疾，出為湘東王蕭繹友，俄遷晉安內史。尋卒，年僅三十一。喪還建業，其妻劉令嫻為文以祭之。悱事附見《梁書．南史徐勉傳》。本文聲調清越，詞句簡淨，為六朝駢體祭文中之最富感情者。古代女子鮮有受教育機會，世人每謂女流中絕少明經義諳雅故者，讀令嫺此作，詎可復作如是觀耶。蔣心餘評曰：「無限才情，出以簡淡，當是幽閒貞靜之婦。是編案即王志堅編四六法海所上下千餘年，婦人與此者，一人而已。」譚復堂曰：「惻愴中無意琢削而語語工，亦當文事最盛之日也。」

注釋

①維梁大同五年　維，發語詞，祭文中常用之。大同，梁武帝年號。

②新婦　令嫺自稱。

③薦少牢　言奠以羊豕也。

④府君　漢世太守所居稱府，因號太守曰府君。此借以尊其亡夫，蓋徐悱嘗為晉安內史也。

⑤德爰禮智　言其德行，則禮儀與智慧俱全。爰，猶乃也。

⑥才兼文雅　言其才華，則文學與儒雅兼備。文，謂文辭道藝。雅，謂儒雅。

⑦學比山成　言其學問高積如山。《論語・子罕篇》：「子曰：譬如為山，未成一簣，止，吾止也。譬如平地，雖覆一簣，進，吾往也。」

⑧辯同河瀉　謂辯才若懸河瀉水，滔滔不絕。

⑨明經擢秀　言其通明經術，文藻秀出。

⑩光朝振野　言其光彩煥發於朝廷，聲譽振揚於鄉野。

⑪調逸許中　言其才調橫逸於京師之中。許，即許昌，在今河南許昌縣，東漢建安初，曹操迎獻帝都此，此借為京師之代稱。

⑫聲高洛下　言其聲名高揚於京洛。洛，即洛陽，在今河南洛陽縣，東漢三國魏及西晉皆都於此，此亦借為京師之代稱。

⑬含潘度陸　言其辭采之美麗，則含容潘岳，度越陸機。案潘陸皆晉代文學家，有潘江陸海之美譽。

⑭超終邁賈　言其幹才之早達，則超軼終軍，邁過賈誼。案終賈皆西漢之年輕學者。（以上述其夫之品行學識）

⑮二儀既肇判合始分　言天地既已開闢，夫婦始有分別。二儀，謂天地也。肇，始也，即開闢之意。判合，謂合男女各半以成夫婦。分，別也。

⑯簡賢依德乃隸夫君　簡，選也。隸，歸屬也。言選擇賢能，歸依有德，遂以身屬之。

⑰外治徒舉內佐無聞　舉，稱揚也。佐，助也。言惟夫治理外事，能著聲譽，己則佐助家務，愧無令聞。

⑱幸移蓬性頗習蘭薰　蓬，賤草也，性亂而放佚。作者以蓬草自此。蘭，香草也，此喻其夫君之美德。薰，香氣也。言己之懶散性格，幸受夫君美德之薰染，頗能有所移化也。

⑲式傳琴瑟　式，語首助詞，無義。琴瑟，言夫婦和諧也。此言夫妻相愛，如琴瑟之聲相應和也。

⑳相酬典墳　典墳，古書之泛稱。此言夫婦唱和，往往以古籍相酬答也。（以上敘述二人婚後相愛之

深）

㉑輔仁難驗　《論語・顏淵篇》：「曾子曰：君子以文會友，以友輔仁。」何晏集解：「友以文德合，相切磋之道，所以輔成己之仁。」驗，印證也。言欲夫君輔成己之文德，而今難以證信矣。

㉒神情易促　言至善至美之愛情，往往短促易於消逝也。

㉓雹碎春紅霜彫夏綠　空中水蒸氣遇冷結成冰雪，旋裹成塊而下降謂之雹，春夏雷雨時可見之，小者如豆，大者如蘋果，能傷禾黍人畜。言恩愛夫妻不克白首偕老，猶冰雹之擊碎春日紅花，嚴霜之凋傷夏季綠葉也。

㉔躬奉正衾　衾，用以斂屍之被。言大斂時親自獻上端正之棉被，即「親視含斂」之意。春秋時，齊國高士黔婁，修身清節，不求仕進，家貧甚，卒時衾不能蔽體。曾西曰：「斜其被則斂矣。」其妻曰：「斜之有餘，不若正之不足，先夫生而不斜，死而斜之，非其志也。」見皇甫謐〈高士傳〉。

㉕親觀啟足　啟足，開視其手足。言彌留時親眼觀其安然去世。《論語・泰伯篇》：「曾子有疾，召門弟子曰，啟予足，啟予手。」蓋曾子平居事親至孝，以為身體髮膚，受之父母，不敢毀傷，故有疾恐死，特召門弟子開衾視之，以明無毀傷也。

㉖一見無期　言此後欲求一見，永無機會。

㉗百身何贖　言雖欲以百死之身抵代之，又何能贖回其生命耶。《詩經・秦風・黃鳥》：「彼蒼者天，殲我良人，如可贖兮，人百其身。」孔穎達疏：「如使此人可以他人贖代之兮，我國人皆百死

其身以贖之。」良人，指子車氏三子，殉秦穆公之喪者，世稱三良。（以上哀其夫遽然長逝）

㉘敢遵先好手調薑橘　先好，謂以前之愛好也。木耳煮好細切之，和以薑橘，可以為菹，味甚美。（見賈思勰《齊民要術》）言依平昔之所喜好，親為調理飯菜也。

㉙素俎空乾　素，質樸而無文飾也。俎，祭器也。空，事無成效之意，猶云枉然。言蔬食祭品空使乾燥，無人食用。

㉚奠觴徒溢　奠，祭也。觴，酒杯也。言祭奠之酒器徒然滿溢，無人飲之。

㉛昔奉齊眉異於今日　言昔日侍奉飲食，情形與今日完全不同。東漢梁鴻，字伯鸞，扶風平陵人，少孤貧，有氣節，博極群書，娶妻孟光，亦落落不俗，偕隱霸陵山中。後適吳，依大家皋伯通，居廡下，為人賃舂，每歸，妻為具食，不敢於鴻前仰視，舉案齊眉。伯通大驚，卒禮遇之。（見《後漢書・逸民梁鴻傳》）後世謂夫婦感情融洽而相敬如賓曰舉案齊眉，或云齊眉之樂，本此。

㉜從軍暫別且思樓中　言昔日之人從軍而去，不過暫時分別而已，其妻尚且倚樓哀思，春閨夢斷，何況今日我乃與君永訣乎。

㉝薄遊未反尚比飛蓬　薄，語首助詞，無義。飛蓬，謂雲鬢不理，如蓬草乘風而飛之狀也。《詩經・衛風・伯兮》：「自伯之東，首如飛蓬，豈無膏沐，誰適為容。」作者借用《詩經》句意，言昔日之人，其夫暫遊未歸，尚且朝思暮怨，無心整肅儀容，何況我今與君永訣乎。

㉞如當此訣永痛無窮　言古人生離已屬難堪，我今與君死別，則其心靈之創痛，寧有休止之一日乎。

㉟泉穴方同　言生時已無緣再見，但百年易逝，不難相見於黃泉也。《詩經・王風・大車》：「穀則異室，死則同穴。」（以上申祭奠之意，並述哀思。）

【祭田橫墓文】　韓愈

貞元十一年九月，愈如東京，道出田橫墓下，感橫義高能得士，因取酒以祭，為文而弔之。其辭曰：事有曠百世而相感者，余不自知其何心，非今世之所稀，孰為使余歔欷而不可禁。余既博觀乎天下，曷有庶幾乎夫子之所為，死者不復生，嗟余去此其從誰。當秦氏之敗亂，得一士而可王，何五百人之擾擾，而不能脫夫子於劍鋩，抑所寶之非賢，亦天命之有常。昔闕里之多士，孔聖亦云其遑遑，苟余行之不迷，雖顛沛其何傷。自古死者皆一，夫子至今有耿光，跪陳辭而薦酒，魂髣髴而來享。

【祭李漁叔教授文】　張仁青

維

中華民國六十一年八月二十六日國立臺灣師範大學文學院國文系主任李曰剛偕全體同仁謹以清酌香花鮮果之儀致祭於

李故教授漁叔先生之靈曰：

李故教授漁叔先生之靈曰：

巍巍衡嶽。吐符降神。於皇先生。握瑜懷珍。鸞儔鳳立。性方德純。喬松直上。麗質璘彬。孤風絕侶。逸翮獨翔。騰芬上國。飛藻扶桑。學該儒墨。詩備宋唐。士林企軌。文苑挹芳。坐擁皋比。澤被後生。三舍俊彥。多荷裁成。笛吹鐸振。華蓋蓬瀛。虞庠大老。文化干城。天造昧昧。賢愚莫別。芝殘蕙焚。蘭摧桂折。玉樹長埋。雅音永絕。湘水無聲。楚魂凝咽。哀哉。尚饗。

【祭戴銘辰教授文】

張仁青

維

中華民國六十四年九月十五日治喪委員會全體同人謹以香花之儀致祭於

戴故教授銘辰女士之靈前曰：

湯湯甌水。巍巍括蒼。篤生邦媛。挺秀含章。明慧早達。高視珂鄉。雅慕西學。負笈重洋。鳳翮高舉。飛粲霞光。學成歸國。都講鱣堂。珊瑚樹茂。桃李花香。女界精粹。巾幗豪強。實佐君子。為國儁良。躋秩公輔。廊廟迴翔。新民淑世。志切弼匡。名動寰宇。功在中邦。義方啟後。蘭桂騰芳。丸荻風徽。今復振揚。既聖且善。懿德永彰。母儀雍穆。好景榆桑。謂天蓋高。胡奪其常。瑤華匿采。寶婺沈芒。風盲雨泣。學苑悼傷。音容宛在。彤管流芳。

尚饗。

【國民代表大會祭告　國父文】　謝鴻軒

中華民國五十五年三月二十五日總統　蔣中正謹偕領第一屆國民大會第四次會議主席團暨全體代表等，敬具香花清酌之儀，祭告於我　國父中山先生在天之靈曰：

唐虞垂統，聖道彌九野之光，湯武弔民，王業紀千秋之盛。周公制禮，樹仁政之宏規，尼父刪書，擁素王之尊號。惟我　國父中山先生明齊日月，量合乾坤，學究天人，功參造化。良醫何限於良相，濟世首重於濟民。審近世之潮流，繼往聖之道流。盡人物之性，為天地立心。觀夫書致合肥，旨符《禮運》。昌言地盡其利，物盡其用，貨殖盡其暢流，進中國於富強之域也。必使老有所終，幼有所長，壯者有所致力，躋斯民於安樂之天也。無奈清政不綱，列強壓境，兵連禍結，豆剖瓜分。感國步之艱虞，念匹夫之任重。馬關締約，宰臣擅割地之權，檀島會盟，志士謀回天之術。光天化日，陸敬輿遺澤長存，援絕功虧，鄭延平出師未捷。我　國父力抨敗政，志切匡時。英倫羅羑里之囚，瀛海有塗山之會。豪雄翹首，俊乂傾誠。用能鼓動風潮，造成時勢。黃化青塚，寄先烈之忠魂，碧血丹心，昭中華之正氣。一舉鄂州之幟，重開洪武之京。兌澤降自堯天，生靈胥悅，巽風被於禹甸，草木皆春。天與人歸，創征誅之大業，君輕民貴，仰揖讓之高懷。何圖藩鎮專橫，權奸竊據，或迷籌安之夢，或逞復辟之謀，或毀法於前，或構兵於後。我　國父上承天意，下順人心。既興討逆護法之雄師，復訂建國經邦之鴻略。推心置腹，期銅馬之俯首輸誠，瀝膽披肝，譬武侯而鞠躬盡瘁。漢皇原廟，祀百世之神功，明祖孝陵，伴萬年之靈寢。託上天之福祉，賴　國父之威靈。傳捷報於東征，未遺一矢，告武成於北伐，無踰三年。闖賊易除，靖南疆之鼠患，哀兵必勝，平東海之鯨波。固已亭毒八荒，盧牟六合。混車書於天下，同風教於域中。伸展民權，實施憲政。詎料王彌賊子，招劉曜而南侵，石晉兒皇，事契丹以北面。毒流區宇，屠戮黎元，陵寢蒙塵，山河易色。田單在莒，藉二邑而復齊，少康羈虞，有一成而興夏。值此歲年重五，月令逢三，我第一屆國民大會第四次會議於臺北隆重舉行，輝煌成就。正八方風雨，宣五族之輿情，會一代衣冠，奉三民之國憲。纘承法統，適應時機。縱五院之能，臻四權之治。維新之命已開，匡復之功何遠。南連北越，北結三韓，楛矢東來，樓船西渡。揚鐵鷹之神技，何敵不摧，動金馬之義師，有征無戰。是知嬴秦暴政，不免軹道之災，新莽竊權，終有漸臺之禍。登兆民於衽席，致四海於清平。寰宇重光，冀收京之在即，陵園待整，願告廟於來時。謹掬肫誠，伏維

靈鑒。尚饗。

【祭孫總理文】

維

中華民國十四年三月十二日，弟子蔣中正，致祭於總理孫先生之靈前曰：

嗚呼！山陵其崩乎！梁木其壞乎！三千學子，全軍將士，將何以依歸託命耶？廿載相從，一朝永訣，誰為為之，而竟使如此！英士既死，吾師期我以繼英士之事業；執信踵亡，吾師並以執信之責任歸諸中正。素懷淡泊，與俗鮮諧，不及早興，辜負厚望，而今已矣，夫復何言！憶自侍從以來，患難多而安樂少；每於出入生死之間，悲歌慷慨，唏噓悽愴，相對終日，以心傳心之情景，誰復知之！黃埔一役，吾師以民國之文天祥自待，而以陸秀夫視中正；去年臨別北上，以軍校既成，繼起有人，主義能行，雖死無憾之語語中正；而於昔年蒙難之地，留此明教，以為紀念，豈兩楹之奠①，早夢見於吾師耶？

抑中正常思之：數命果可信乎，胡使哲人不常存？國運固有待乎，胡使主義不早行？而卒致吾師悲憫憤激，以病以死者何哉？要亦黨徒之不力，人事之不臧，而今吾師悲憫成疾，以致於今日之不起；付之數命，歸之於國運何為乎！嗚呼！撫今思昔，瞻前顧後，舉凡可歌可泣，可悲可傷，心摧腸斷之終身隱痛，其誰與訴，其誰與知？而今而後，豈復有生人之樂趣乎？朝聞道，夕死何憾；主義不行，責任未盡，鞠躬盡瘁，死而後已，成敗利鈍，非所逆覩。今惟有教養學子，訓練黨軍，繼續革命，復興中華，以慰在天之靈而已。

嗚呼！精神不滅，吾師千古；主義不亡，民國長春。神靈顯赫，率英士與執信，以助黨軍革命之成功！北望燕雲，涕零不止；魂兮歸來，鑒此愚誠。嗚呼！尚饗！

注釋

①兩楹之奠：兩楹，堂上東西兩大柱也，《禮，檀弓上》予（指孔子）疇昔之夜，夢坐奠於兩楹之間，唐玄宗祭孔子詩：今看兩楹奠，當與夢時同。

【祭吳稚暉先生文①】　于右任

維中華民國四十二年十一月二日，監察院院長于右任，副院長劉哲，暨全體監察委員，謹以清酌時花之獻，致祭於　吳稚暉先生之靈前曰：

先生思想，維新革命。誘啟新知，科學是競。天演②本始，精神物性。鼓吹民治，以拯萬姓。

先生學問，淹貫古今。儒修哲理，磅礴宏深。語文統一，審定國音。詼諧幽默，咸喻規箴。

先生人格，秉彼三讓③。匹夫自為，克集令望。灑落④襟懷，恢弘度量。神清氣和，老而益壯。

先生功業，位躋元勳⑤。決策機先，燭照妖氛。不辭艱險，一貫忠勤。中邦保傅⑥，永式完人。

先生之逝，為天下慟。先生之風，留垂歌頌。哲人長往，乘鶴跨鳳⑦。神其有知，鑒茲清供。

嗚呼尚饗。

作者

于右任　陝西三原人，清舉人。早年在上海創辦復旦公學，後赴日加入同盟會。曾任國府委員、監察院院長。工書法，著有《右任詩存》。

注釋

①本篇正文部分為四言韻文；兩句一韻，八句換一韻，共用五韻，分為五段。吳敬恒，字稚暉，江蘇無錫人。清舉人，曾留學日、英，於英倫晤　國父，加入同盟會。民國初主持國語統一工作，後歷任大學校長、監察委員、總統府資政。吳氏學貫中西，為人詼諧，逸事流傳頗多。著有《吳稚暉全集》等書。

②天演　謂自然進化之理。

③三讓　謂謙讓的德行。用《論語．泰伯》孔子稱許泰伯「三以天下讓」的典故。

④灑落　灑脫飄逸，不受拘束。

⑤元勳　有極大功績之人。
⑥保傅　輔佐的大臣。保、傅皆古代輔導教育國子的官員。
⑦乘鶴跨鳳　謂成仙而去，指逝世。

【祭　蔣故總統　經國先生文】

維

中華民國七十七年一月三十一日，總統李登輝敬率治喪大員，謹以至誠，恭祭於

蔣故總統經國先生之靈前曰：

嗚呼！自古名世之挺生也，以大任之將降其身，天必厄之以橫逆，曾益其所不能。然後歷百艱而不懼，處極困而終享。維公之少也，夙受教於　嚴父；旋遠學于俄京。羈棲北國越十有二載，呑旃齧雪，曾不異乎子卿。壯歲遄歸，牧民南贛，猶復布衣芒屩，糲食而藜羹。清慎勤能，郡以大治，而民仰之若神明。洎夫大盜移國，樞府播越臺澎。隨侍　領袖，再造成平。建立中興基地，以振復國先聲。於時生民困瘁，實慘淡以經營。初裕農以足食；並飭旅以精兵。戰則躬冒矢石，鼓舞先登；暇則教之樹藝，嫺實工程。俾進可以戰，而守可以生。旋復號召青年，樹之以信仰，結之以精誠。揭救國之大纛，招才俊以弓旌。集思殫力，道與魔爭。且復以其暇豫，窮峻嶺、濟滄溟、宿僻壤、履危阬、訪漁牧、勸農耕、恤孤寒、

友編氓。其求民之隱，急民之急，每旦發而宵征。及其總庶政，秉國鈞，乃力克萬難，赴事十項建設，畢大功於一舉，使百堵而皆興。於是家饒戶給，府充庫盈。崇樓蔽野，肩車接衡。稽之前史，我國家之富彊康樂如今日者，實千古所未曾，此非可以倖致，蓋出於畢生之淬礪，及所得於過庭。其任勞任怨，能忍人之所不能忍；其赴事功也，敢行人之所不敢行。嘔心瀝血者垂四十載，其所樹立，實來哲之典型。今國基丕固，民智日升。遂乃去閑弛禁，順應輿情。朝野日隆其謳誦；國際亦譽其開明。其公忠體國之苦心，終已大信於天下，皦然有若日星。方將奮其智慮，滌瑕蕩穢，攬轡澄清。詎復國之在望，竟棄眾而遐昇。嗚呼！公之一生，憂患備更。澤流斯土，明德惟馨；崇功偉烈，永垂丹青；而前瞻遠略，則後死者所宜服膺。敢竭股肱之力，繼之忠貞。精誠團結，推進民主憲政，以促統一大業之完成。用副全民之望，報慰在天之靈。哀哉！尚饗！

二、行狀

行狀雖然也有由子孫自撰的，但是一般多由他人代筆，它的寫作方向多和生平經驗有關，茲舉例如下：

【學界男喪行狀】

先生諱○○，○○○○人。先世○○著姓，家學淵源，由來已久。大父○○，卓著政聲，令尊韜晦家園，淡於仕途。先生卓犖超群，岐嶷早異，體上德之沖粹，殫下學之深研。○○專攻，濟世是尚，征車甫卸，學府爭延。歷任○○學院、○○大學教授，垂○○餘載，循循善誘，啟迪良多，樹學問之宏規，立師道之準則。大鈞鼓化，靈皞司和，乃生春風之德，宏化雨之滋，得育英才之樂焉。

先生淡泊自守，恭謙為懷，素位力行，邁進無已。飯疏飲水，名利不縈於心；處約居仁，塵雜罕經其慮。是誠如和嶠千丈之松，不足以喻其高；黃憲千頃之波，不足以方其度。至其著述等身，片言珍世，所著○○○○、○○○○等著，闡抉精微，曷同凡響；獨窺堂奧，專指津梁，其嘉惠士林者，誠非淺尠。

重以芝蘭植砌，詩禮趨庭；菽水承歡，箕裘克紹。長公子○○現在○○繼續深造，次公子○○任職財經界，長女公子○○適○，不僅向平願了，抑且孫枝挺秀。方期先生道被人倫，德崇天爵；婆娑歲月，樂育菁莪。何意佚老有期，龍蛇夢兆，竟於○月○日○午○時溘然長逝於○○醫院，春秋○○有○。天不憖遺，山頹木壞。愚等與　先生交誼深切，聞山陽之笛，碎子期之琴，亦奚足以喻其哀痛乎！謹敘其生平事略，用以佈聞。

【○母○太夫人行狀】

太夫人○氏，諱○娘，籍隸○○，系出望族，世代書香。少明四德，長恪三從；溫惠為心，仁孝成性。靜女其姝，善心為窈，修成雪魄，澄明月之前身；映照冰姿，儼清梅之極品。遂於及笄之歲，于歸○家，鳳卜云諧，詩題紅葉；綦巾斯結，盟矢白頭，內為砧之助，上盡滫瀡之誠，詩禮素嫻，孝慈夙秉，桓車對輓，萊畚同操。結褵一載，夢蘭先徵；繾綣六年，孤星始孕，詎良人天妒，遽召條文；遂嫠弱棺憑，極哀搶地。兩颯戶庭，冷清靈床；青燈照影，鸞終獨泊。六珈虛偕老之期，兩髦重未亡之痛。玉櫬遽理，淚枯杞婦。太夫人驟遭斯變，遽喪所天，所以猶忍淚偷生者，一則身懷六甲，念切單宗，冀索一男，綿茲胤祀；一則威姑垂老，勉留伺侍，藉奉三餐，期享永年。幸而君魄有靈，神眷不爽，太夫人所冀以承祀之遺腹孤子，遂爾墜地而英啼。

大夫人秉內則之儀，奉姑惟順；謹中壺之德，撫孤以慈。上白頭以溫恭，下黃口而嚴誨，婦代子職，循蘭陔以承歡；經授兒讀，篤畫荻而施教。親率操作，無間昏晨；辛苦牽蘿，支離恤緯。為淨蓮心，遂依我佛，摒腥葷以終年，守磬魚而送老。其貞若此，良足矜哉。

迨子弱冠，淑女論婚，百輛迎來，宜家有室。翟塘萬里，破浪乘風；帆檣連雲，舟舟貨滿。鄭譽弦高，史稱范蠡；宏圖攸展，家道彌豐。太夫人忻然為安，色然以喜，於是廣施宏濟，仁風播於鄉里。

洎來台匆匆已過○○載，疑疑如隔三生。太夫人以春秋○○高齡，逝於○○醫院，紡車如故，謦欬杳然。窀穸已安，仰溯母儀，彌深涕隕，其貞其節，足式足矜。謹狀。

【魏誠甫行狀】 歸有光

嗚呼！予娶於誠甫之女弟①，而知誠甫為深，孰謂誠甫之賢，而止於此。蓋誠甫之病久矣，自吾妻來歸②，或時道其兄，輒憂其不久③，至於零涕，既而吾妻死八年，誠甫諸從昆弟三人，皆壯健無疾，皆死，而後誠甫乃死，於誠甫為幸。然以誠甫之賢，天不宜病之，又竟死，可悲也。

誠甫諱希明，姓魏氏，世為蘇州人。始居長洲，後稍徙崑山之真義里。曾大父④諱鍾，大父⑤諱璧，以力穡致富，甲於縣中，是生吾舅光初祿典簿。而誠甫之世父⑥太常公，以進士起家，為當代名儒，誠甫為人少而精悍，有所為，發於其心不可撓，其少時頗恣睢⑦莫能制也，已而聞太常之訓，忽焉有感，遂砥礪於學，以禮自匡飭⑧。是時誠甫為縣學弟子員，與其輩四五人，晨趨學舍，四五人者，常自為群，皆裒衣大帶⑨，規行矩步，端拱而立，博士諸生咸目異之，或前戲侮，誠甫不為動，每行市中，童兒夾道譁然，而誠甫端拱自若也。

誠甫生平無子弟之好，獨購書數千卷，及古法書名畫，苟欲得之，輒費不貲⑩。其樂善慕義，常忻忻⑪焉，以故郡中名士，多喜與誠甫交，每之⑫郡，從之游者，率文學儒雅之流也。去其家數里，地名高墟，誠甫樂其幽勝，築別業⑬焉，枝山祝允明作《高墟賦》；以著其志。誠甫補太學生，三試京闈⑭不第，以病自廢，居家猶日裒⑮聚圖史。予時就誠甫宿，誠甫蚤起⑯，移置紛然，予臥視之，笑其不自閑，誠甫亦顧予而笑，然莫能已也。雖病對人飲食言語如平時，客至，出所藏緡閱⑰，比⑱罷去，未嘗有倦容，終已不改其所好，至於生產聚畜，絕不膺於心，固承藉祖父，亦其性有以然也。

誠甫卒於嘉靖十九年十二月乙酉，年三十九。娶龔氏，裕州守天然之女，子男二人，長大順，太學生，次大化，女一人，孫男一人。

注釋

①女弟　妹妹。
②歸　女子出嫁。
③不久　指不久於人世。
④曾大父　曾祖父。
⑤大父　祖父。
⑥世父　父之兄。
⑦恣睢　任意。睢，音ㄙㄨㄟ。

⑧匡飭　矯正言行。

⑨裒衣大帶　亦作「裒衣博帶」，寬衣大帶，為古代儒者裝扮。裒，音ㄅㄠ，通「褒」，寬大的。《舊五代史．唐王鎔傳》：「人士皆裒衣博帶，高車大蓋。」

⑩貲　音ㄗ，計算。

⑪忻忻　喜悅貌。忻，音ㄒㄧㄣ。

⑫之　至也。

⑬別業　別墅。

⑭京闈　設於京城的科考試院。

⑮裒　聚也。

⑯蚤起　早起。

⑰繙閱　翻閱。

⑱比　音ㄅㄧˋ，及至。

【梅教授仲協先生事略】　沈兼士

先生諱仲協，浙江永嘉人也。先世吳越著姓，家學淵源。大父宦游鄂省，卓著政聲；令尊韜晦家園，淡於仕進。先生卓犖超群，岐嶷早異。體上德之沖粹，殫下學之深研。陳萬游俠，惟云濟人；申韓刑名，祇除害馬。既而以節衣縮食之素積，供負笈花都之束脩。法學專攻，濟世是尚。吸大陸法之菁萃，咀英美法之英華。征車甫返，學府爭延。歷在國立中央大學、中央政治學校、東吳法學院、暨建國法商學院等校執教有年；避地來臺後，復在國立臺灣大學法學院講學，亦垂二十餘載，並曾兼任法律學系暨研究所主任等職。循循善誘，啟迪良多。樹法學之宏規，立師道之準則。大鈞鼓化，在埏埴而無言；靈皡司和，乃生成而徧德。用能頻施化雨之滋，得育英才之樂焉。

先生生平淡泊自守，勞謙為懷，素位力行，邁進無已。飯疏飲水，名利不入於懷；處約居仁，塵雜罕經其慮。而言有壇宇，未嘗臧否於人；行有坊表，未嘗踶跂為義。是誠如和嶠千丈之松，不足以喻其高；黃憲千頃之波，不足以方其度也。至其著述等身，片言珍世。所著有法律論、民法要義、公司法概論、中國票據法釋義、國際私法新論、狄驥原著憲法精義、六法解釋判例彙編等書，闡抉精微，曷同凡響；獨窺堂奧，指示津梁。其嘉惠士林者誠非淺尠。

重以芝蘭植砌，詩禮趨庭；菽水承歡，箕裘克紹。其子女除次女公子孝烈陷身大陸外，長公子孝楨，現在美繼續深造；次公子孝桐，亦在美執教；長女公子孝熹適張，不僅向平願了，抑且孫枝挺秀矣。方期　先生道被人倫；德崇天爵；婆娑歲月；樂育菁莪。同人等亦得以敘忘年之歡，獲論學之益。何意佚老有期，龍蛇夢兆，竟於四月十八日下午九時溘然長逝臺大醫院，春秋七十有一。天不憖道，山頹木壞。同仁等與 先生交深縞紵，誼切苔芩。聞山陽之笛，碎子敬之琴，亦奚無以喻其哀痛乎；謹敘平生事略如此。

【潘故教授光晟先生事略】

潘故教授光晟先生，字照涵，四川省犍為縣人，生於民國前二年十二月三日。犍為潘氏，累葉書香，蔚為望族。祖德升公，精通醫術，積善好施。父英多公，壯年遊幕，以功擢江安縣知事，有政聲。先生隨侍任所，早承趨庭之訓①。民國十七年八月，中學畢業，考入成都師範大學文預科，後升入本科中國文學系，一年後，成都師範大學與成都大學合併為國立四川大學。時蜀中學風，言樸學②必曰太炎③，言辭章④必曰湘綺⑤，宿儒李培甫先生，以章太炎先生及門高第，主持系務，一見其文，歎賞不置，亟為薦譽。先生以此益自刻苦，畢業成績遂冠儕輩。間嘗從林山腴、龐石帚二先生為辭章之學，二氏於文取徑曾湘鄉⑥，詩則自八代以歷三唐⑦，下不廢宋賢，先生因亦獲益非淺。甫畢業，各方爭相延聘，先後任教於犍為縣立中學、嘉定聯合省立中學，二校悉為先生母校也。

抗戰前夕，時局阽危⑧，先生凜於匹夫之有責，毅然報考四川省政府縣政人員訓練所，講習三月，旋出任漢源縣政府教育科長，後轉眉山縣，又歷任四川省政府財政廳助理秘書、財政部四川田賦管理處祕書。其間曾為軍事需要，親率縣民四千人，於天全縣荒山中，修築川康公路。先生以一年少書生，悉心擘畫，艱苦經營，乃能指揮若定⑨，於限期前竣工，為他縣之參與築路工程者所望塵莫及。復先後督率民工修築溫江皇天壩機場、邛崍桑園機場，均能先期達成使命。於抗戰救國，卓著勞績，先生亦引為生平得意事。然志趣所在，厥為教育也。

神州變色，先生經香港輾轉來臺，初任臺灣師範大學附屬中學教席，後應師範大學聘，講授文史。四十九年改任國立政治大學中國文學系講師，積資至教授。七十年八月始及齡退休，但仍兼教授，孜孜⑩以牖啟⑪後學為務。二十餘年來，坐擁皋比⑫，振鐸⑬上庠⑭，化雨⑮覃敷⑯，裁成⑰甚眾。蓋先生於課業之傳授，每不厭其詳，反覆闡說，務使融會貫通而後已。晚年雖時感手臂痲木，執筆維艱，然猶口陳指畫，為諸生講論不輟。先生治學謹嚴，於辭章之外，尤邃於子史，所著有筆耕餘瀋、《呂氏春秋》高注補正、《史記》釋例、《史記》三表考異等，深造自得，左右采獲⑱，為士林所推許。平居喜為詩文聯語，與時賢唱和，篇什甚富，惟待編次付梓耳。

民國五十七年八月，實施九年制國民教育，各種教科書均須重新編撰，先生應國立編譯館之聘，分編國民中學國文教科書，凡篇目之選定，題解、注釋之撰寫，無不殫精竭慮，敬謹將事，歷時三月完稿，體重驟減五公斤，然嘉惠學子，功莫大焉。自此高級中學、五年制師專國文之編撰，咸禮聘為編審委員，而各級學校教本之審查，亦常致力焉。先生體貌溫雅，治事勤慎，先後參與大學聯考試務，入闈十二次，襄助印製試題之繁重工作，備極辛勞，不眠不休，皆能圓滿達成任務，屢獲贊揚。

高等考試為國家掄才⑲大典，先生以碩學宿望，歷年均膺聘為典試委員，時值溽暑，揮汗閱卷，人以為苦，而先生正襟危坐，逐句圈點，未嘗須臾怠忽，其任事之忠有如此者。山陰沈仲濤先生藏有宋元舊籍，即世所稱「沈氏研易樓藏書」者也，沈氏以年事已高，恐身後藏書散佚，爰於民國六十九年浼⑳先生為之介，全數捐贈國立故宮博物院，計宋本三十二部，元明善本及珍貴鈔本、稿本五十八部，凡一千一百六十九冊之多。故宮博物院以庋藏文物圖書名天下，而所藏宋本不過六十八部，鄴架籤軸㉑，一時驟富，胥㉒出先生居間奔走之功，而先生亦以「書媒」自況，居恆㉓津津樂道焉。

先生原配早世㉔，育有二子二女，皆卓然自立，克承家聲，內外孫男女都十一人，並有外曾孫、外曾孫女，均在大陸。民國六十六年，先生與魏美月女士結婚，魏女士畢業國立臺灣大學歷史系，又留學日本，現任職故宮博物院，與先生鴻案相莊㉕，伉儷情篤。而先生以內助得人，益能專精於講學著述。方期耄耋㉖同登，竟偶嬰感冒，併發糖尿症，經急送三軍總醫院療治，不幸於民國七十五年四月十三日下午十時十分，與世長辭，享年七十有七。彌留之際，猶殷殷以學生課業為念。親友門生，乍聞噩耗，無不驚詫傷痛，然先生以謙謙君子，雖捐館舍㉗，而功在國家，教澤永被，斯亦足以慰生者而勵來茲矣。

注釋

①趨庭之訓　指父親的教誨。有一次，孔子站在庭中，其子孔鯉從旁經過，孔子將他叫住，教導他讀《詩經》和《禮經》的道理。見《論語．李氏》。

②樸學　指清代學者繼承漢儒學風而治經的考據訓詁之學。

③太炎　章炳麟（西元一八六九—一九三六年），浙江餘姚人，字太炎。早年立志排滿救國。精研國學，尤其專精文字、聲韻、訓詁之學。著有《章氏叢書》。

④辭章　詩、文等文學作品。

⑤湘綺　王闓運（西元一八三二—一九一六年），湖南湘潭人，字壬秋，號湘綺。早年曾入曾國藩幕，後講學四川、湖南、江西等地。辛亥革命後任清史館館長。詩文在形式上主要模擬漢魏六朝，為晚清擬古派所推崇。著有《湘綺樓全書》。

⑥曾湘鄉　曾國藩（西元一八一一—一八七二年），清湖南湘鄉人，字伯涵，號滌生。道光年間進士。因率領湘軍平定太平天國，封毅勇侯。歷任武英殿大學士、直隸及兩江總督。為學主張義理、詞章、經濟、考據四方面不可或缺。卒諡文正。著有《曾文正公全集》。

⑦三唐　詩家論唐人詩作，多以初、盛、中、晚分期，或以中唐分屬盛、晚，謂之「三唐」

⑧阽危　面臨危險。阽，音ㄉㄧㄢˋ。

⑨指揮若定　發令調度，從容鎮定。
⑩孜孜　勤奮不懈的樣子。
⑪牖啟　誘導啟發。牖，通「誘」。
⑫皋比　虎皮製的坐席。指教師的講席。比，音ㄆㄧˊ，通「皮」。
⑬振鐸　古代宣布政教法令時，搖鈴以警眾。此指從事教職。鐸，有舌的大鈴。
⑭上庠　古代的大學。此借指現在的大學。
⑮化雨　比喻老師的教化。
⑯覃敷　廣布。
⑰栽成　栽培。謂教育而成就之。
⑱左右采獲　各方面搜集。
⑲掄才　選拔人才。
⑳浼　音ㄇㄟˇ，請託。
㉑鄴架籤軸　形容藏書豐富。唐李泌封為鄴侯，藏書三萬餘卷，置架陳列，故稱。籤軸，加有標籤便於檢取的卷軸，常用以泛稱書籍。
㉒胥　都；皆。
㉓居恆　平常。

㉔早世　過早去世。
㉕鴻案相莊　指夫妻和好相敬。據《後漢書・梁鴻傳》載：梁鴻家貧而有節操，妻孟光有賢德，每食，光必對鴻舉案齊眉，以示敬重。
㉖耄耋　音ㄇㄠˋ ㄉㄧㄝˊ，指高齡。
㉗捐館舍　捨棄館舍，指死亡。

三、墓誌銘

【秋士先生墓誌銘】　彭紹升

秋士①先生之卒也，客外甥張氏，未逾月，遷殯於墓。越明年八月，始克安厥兆②，其族子紹升為之志號③。

志曰：嗚呼！先生之遇窮矣！人之弔先生者，未有不悲其窮者也。吾獨謂先生竹柏之性，有節有文，落其實④，蓋季次、原憲⑤之流；采其英⑥，亦元結、孟郊⑦之匹，吾未見先生之窮也。然先生終竟以窮死。其窮考蓋在旦暮閒，其不窮者無厓矣，而又何悲焉。

先生彭姓，績名，其凝字，更字曰秋士，世為蘇州長洲縣人。高祖諱行先，明季貢生⑧，有高行。曾祖諱球，祖諱志求，父諱景騤。母吳氏，生母錢氏。妻龔氏，先卒。無子，嗣子曰以成。其卒以乾隆五十年正月丙子，年四十四；墓在吳縣九龍塢之原。銘曰：

謂先生窮；春草其手⑨。幽幽⑩長松，歸乎其宮。

作者

彭紹升，字允初，清江蘇長洲人。乾隆進士，工古文，有《二林居集》。

注釋

①秋士　彭績，字秋士，布衣，工詩文，有《秋士遺集》。
②兆　壇域塋界皆曰兆。《孝經》：「卜其宅兆而安厝之。」
③志　同誌，記也。
④落其實　落作動詞，收取之意，實喻其德行學問。
⑤季次、原憲　《史記．仲尼弟子列傳》：「公皙哀，字季次（《集解》云齊人），……唯季次未嘗仕。」「原憲，字子思（《集解》云魯人。）」皆以德行著。
⑥采其英　採取其花。英，喻其文章之美。
⑦元結、孟郊　元結，字次山，唐武昌人，天寶進士，官水部員外郎，道州刺史。有《次山集》。孟郊，字東野，唐武康人，年五十登進士第，官溧陽尉。有《孟東野集》。二人以詩文名。
⑧貢生　科舉時代，選府、州、縣學之生員學行俱優者，貢諸京師，升入太學，名為貢生。

⑨手　草茂盛貌。
⑩幽幽　深遠也。

【河南少尹裴君墓誌銘】

公諱復，字茂紹，河東①人。曾大父②元簡，大理正。大父曠御史中丞、京畿採訪使。父虬，以有氣略③，敢諫諍④，為諫議大夫，引正大疑⑤，有寵代宗朝。屢辭官不肯拜⑥，卒贈工部尚書。公舉賢良⑦，拜同官⑧尉。僕射南陽公開府徐州⑨，召公主書記，二遷至侍御史。入朝，歷殿中侍御史，累遷至刑部郎中。疾病，故河南少尹，輿至官⑩，若干日卒，實元和三年四月二十三日，享年五十。夫人博陵崔氏，少府監頲之女。男三人：璟、質皆既冠⑪；其季⑫始六歲，曰充郎。卜葬，得公卒之四月壬寅，遂以其日葬東都芒山⑬之陰社翟村。

公幼有文，年十四，上時雨詩，代宗以為能，將召入為翰林學士。尚書公⑭請免，曰：「願使卒學。」丁後母喪，上使臨弔，又詔尚書公曰：「父忠而子果孝，吾加賜以厲⑮天下，終喪必且以為翰林。」其在徐州府，能勤而有勞；在朝，以恭儉守其職。居喪必有聞，待諸弟友以善，教館⑯嫠妹⑰，畜孤甥，能別而有恩。歷十一官而無宅於都，無田於野，無遺資以為葬，斯其可銘也已。銘曰：

裴為顯姓，入唐尤盛，支分族離，各為大家。惟公之系，德隆位細，曰子曰孫，厥聲世繼。晉陽⑱之邑，愉愉⑲翼翼⑳，無外無私，幼壯若一。何壽之不遐㉑，而祿之不多，謂必有後，其又信然耶？

注釋

①河東　今山西省太原市。

②曾大父　去世的曾祖父。大父，祖父

③氣略　氣度謀略。

④諫靜　正言規勸。

⑤引正大疑　糾正政事上的重大疑難。

⑥不肯拜　不肯接受授職。

⑦賢良　指賢良方正，能直言極諫科。此為唐代制舉科目之一。被舉者對政治得失應直言極諫。登第就授予官職。

⑧同官　今陜西省銅川市。

⑨僕射南陽公開府徐州　右僕射、南陽公到徐州建府選僚屬。開府，指高級官員成立府署，選置僚屬。射，音ㄧㄝˋ。

⑩輿至官　用車載到任所。

⑪冠　古代男子到成年時舉行加冠禮，叫做冠。通常在二十歲。

⑫季　此指最小的兒子。

⑬芒山　即北邙山。在今河南省洛陽市東北。

⑭尚書公　指裴虬。

⑮厲　激勵。

⑯館　安置。此指使安居。

⑰嫠妹　守寡的妹妹。嫠，音ㄌㄧˊ。

⑱晉陽　唐屬河東道。裴氏祖先居河東，在今山西省太原市。

⑲愉愉　和善和悅。

⑳翼翼　恭敬謹慎。

㉑不遐　不久遠。

【袁隨園君墓誌銘】　姚鼐

君錢塘袁氏，諱枚，字子才。其仕在官，有名績矣。解官後作園江寧西城居之，曰「隨園」，世稱「隨園先生」，乃尤著云。

祖諱錡、考諱濱、叔父鴻，皆以貧遊幕四方。君之少也，為學自成。年二十一，自錢塘至廣西，省叔父於巡撫幕中。巡撫金公鉷一見異之，試以《銅鼓賦》；立就，甚瑰麗；會①開博學鴻詞科，即舉君。時舉二百餘人，惟君最少，及試，報罷。中乾隆戊午科順天鄉試②。次年成進士，改庶吉士。散館③，又改發江南為知縣。最後調江寧知縣。江寧故巨邑，難治；故尹文端公為總督，最知君才；君亦遇事盡其能，無所回避，事無所不舉矣。既而去職家居。再起，發陝西。甫及陝，遭父喪歸，終居江寧。

君本以文章入翰林有聲，而忽擯④外。及為知縣著才矣，而仕卒不進。自陝歸，年甫四十，遂絕意仕宦，盡其才以為文辭歌詩。足跡造東南山水佳處皆遍。其瑰奇幽邈，一發於文章，以自喜其意。四方士至江南，必造隨園投詩文，幾無虛日。君園館花竹水石，幽深靜麗，至欞檻⑤器具，皆精好，所以待賓客者甚盛。與人留連不倦，見人善，稱之不容口。後進少年詩文一言之美，君必能舉其詞，為人誦焉。君古文、四六體⑥，皆能自發其思，通乎古法。於為詩尤縱才力所至，世人心所欲出不能達者，悉為達之。士多倣其體。故《隨園詩文集》，上自朝廷公卿，下至市井負販，皆知貴重之。海外琉球有來求其書者。君仕雖不顯，而世謂百餘年來極山林之樂，獲文章之名，蓋未有及君也。

君始出，試為溧水令，其考自浙來縣治，疑子年少，無吏能，試匿名訪諸野，皆曰：「吾邑有年少袁知縣，乃大好官也。」考乃喜入官舍。在江寧，嘗朝治事，夜召士飲酒賦詩，而尤多名蹟。江寧市中以所判事，作歌曲，刻行四方；君以為不足道，後絕不欲人述其吏治云。

君卒於嘉慶二年十一月十七日，年八十二。夫人王氏無子，撫從父弟樹子通為子。既而側室⑦鍾氏又生子遲。孫二：曰初，曰禧。始君葬父母於所居小倉山北，遺命以忌祔⑧。嘉慶三年十二月乙卯，祔葬小倉山墓左。

桐城姚鼐以君與先世有交，而鼐居江寧，從君遊最久，君歿，遂為之銘⑨曰：

粵⑩有耆龐⑪，才博以豐，出不可窮。匪⑫雕而工，文士是宗。名越海邦，藹如其沖⑬。其產越中，載官倚江，以老以終。兩世阡⑭同，銘是幽宮！

注釋

①會　適逢。

②鄉試　明、清二代，每三年舉行一次的科考，考中的即為舉人。

③散館　清代對翰林院庶吉士進行考試後，按成績優劣委派不同職務。

④擯　排斥。擯，音ㄅㄧㄣˋ。

⑤欞檻　欞，音ㄌㄧㄥˊ，窗戶欄格。檻，欄杆。

⑥四六體　指以四字、六字為對偶的駢文。

⑦側室　指妾。
⑧忌祔　將後死的子孫，附祭於先祖曰祔。此指袁枚遺言死後葬於父母墓旁。
⑨銘　墓誌銘文。
⑩粵　發語詞。
⑪耆龐　指年高有德者。
⑫匪　非也。
⑬沖　謙和。
⑭阡　指墓道。

四、哀辭

【金瓠哀辭】　曹植

金瓠，予之首女，雖未能言，固已授色知心①矣。年十九旬而夭折，乃作此辭。辭曰：在襁褓而撫育，尚孩笑②而未言。不終年而夭絕，何見罰於皇天。信吾罰之所招，悲弱子之無愆③，去父母之懷抱，滅微骸於糞土。天長地久，人生幾時。先後無覺④，從爾有期。

注釋

①授色知心　示以表情，彼即會意。
②孩笑　孩為咳之古文。《說文》：「咳，小兒笑也。」
③諐　愆之古文。過也。
④先後無覺　先後死亡。

【陶福來①哀辭】　萬冰如

四月七日，我往大溪②，只知病重，接爾就醫。那知進屋，惟見瘦骨。我撫兒頭，氣絕不續。我撫兒身，有皮無肉。我心陣痛，我身已僵。我若死去，一夜兩喪。汝父悲苦，命亦不長。我只有忍，忍死支撐。為汝老父，為汝弟兄。今爾下喪，我病在床。未能撫棺，痛哭一場。念汝生前，獨住一邊。我未親手，照料三餐。今汝去矣，不能送別。愧對吾兒，五內寸裂。千言萬語，喉哽難說。兒如有知，知母之苦。兒如無知，母心更苦。七絕二首，略表衷腸。上帝佑爾，早升天堂。詞曰：

疾病纏綿醫束手，人間地獄怎能當？嚴寒酷熱無照應，戚戚悲悲送汝喪。
困處大溪二十載，未能親手理茶湯。慊愧之餘心陣痛，兒今離我去天堂。

注釋

①陶福來　陶希聖之子。陶希聖，曾任立法委員，政論家。其子福來死，其妻萬冰如女士以此文誄之。

②大溪　臺灣省桃園縣地名，為一鄉鎮。

【張道藩先生輓辭】　何志浩

惟我道公兮！為國民革命之鬥士。議壇讜論兮！伸張正義而彰國是。領導文藝兮！使頑廉懦立而共奮起。

復興文化兮！冀挽回國本而維綱紀。

老成凋謝兮！蕙摧蘭折。文星倏殞兮！山川失色。

神州待復兮！國失忠良。匪賊未滅兮！將遺恨而永難忘。父老呼救兮！胡一去而不還鄉。

嗚呼道公！一世之雄，全德始終！群情戚戚而無限悼痛，相與悲涕而歌高風！

【居覺生①先生輓辭】　周至柔

維公嶷嶷②，逸態雄姿，登壇拔幟③，豪俊瑰奇④，褐裘儒服，從政董師⑤。歷五十載，無間⑥馳驅，革命精誠，一以貫之。臺陽隨化⑦，風日淒淒，為黨國慟，為世運悲，心香⑧一瓣，鞠薦靈旗。

作者

周至柔　浙江臨海人。曾任空軍總司令、參謀總長及臺灣省政府主席等職。

注釋

①居正　字覺生，湖北人。早歲加入同盟會。曾任司法院院長。

②嶷嶷　道德高尚。《史記·五帝紀》：「其德嶷嶷。」嶷，音ㄋㄧˋ。

③拔幟　拔取旗幟，謂取得勝利。

④豪俊瑰奇　指才智傑出美好。

⑤董師　統率軍旅。董，督察、統率也。

⑥無間　不斷。

⑦臺陽隨化　謂在臺灣逝世。臺陽，代稱臺灣。化，化去，指逝世。

⑧心香　佛家語，謂中心虔誠，與焚香供佛無異，故謂之心香。意謂心意真誠。

五、誄辭

誄辭和哀啟、行狀及祭文之間最大的差異，即是誄辭習慣先敘述死者的世系和功業德行，末了再寓以哀悼的意思。此即「傳體以頌文，榮始而哀終」的原則。以下即簡單地就男女用的誄辭，分別加以敘述：

【男喪通用誄詞】

維

中華民國○年○月○日，○○特致誄於

○君○○之靈曰：維君幼讀兮學識昌，天資聰穎兮露鋒芒；鵬程萬里兮前途廣，男兒志願兮正待償。何為一疾兮入膏肓？幽明永隔兮路茫茫！毋乃作賦兮上翱翔；毋乃修文兮下徜徉？椿萱並茂兮誰侍高堂？妻兒悲泣兮衣食誰當？長辭塵世兮魂淒涼，黃土一抔兮映夕陽；扶棺憑弔兮痛心腸，援筆作誄兮興感傷！

【女喪通用誄詞】

維

中華民國○年○月○日，○○特致誄於

○女士○○之靈曰：嗚呼女士，系出名門，幼嫻內則，淑質天生。于歸君子，匹配同心，方期偕老，琴瑟和鳴。胡為一疾，棄爾良人！高堂誰侍？孤兒誰溫？芳魂渺渺，永隔幽明！惟靈賢淑，彤管芬芳。爰作誄詞，以表貞行。

【光祿大夫荀侯①誄】

如冰之清，如玉之潔。法而不威，和而不褻。百寮②欷歔，天子霑纓。機女投杼，農夫輟耕。輪結軓③而不轉，馬悲鳴而倚衡。

注釋

①荀侯　荀彧，後漢潁陰人。獻帝時官侍中光祿大夫，以功封萬歲亭侯，卒諡敬。

②百寮　百官。

③結軓　同結轍。來往車多也。《漢書．文帝紀》：「結轍于道。」注：「韋昭曰：使車往還，故轍如結也。」

【梅伯言①先生誄辭】　吳敏樹

為古文詞之學於今日，或曰當有所授受。蓋近代數明崑山歸太僕②，我朝桐城方侍郎③，於諸家為得文體之正。侍郎之後，有劉教諭④、姚郎中⑤各傳侍郎之學，皆桐城人，故世言古文，有桐城宗派之目。而上元梅郎中伯言，又稱得法於姚氏。余曩在京師見時學治古文者，必趨梅先生，以求歸方之所傳；而余頗亦好事，顧心竊隘薄時賢，以為文必古於詞，則自我求之古人而已，奚近時宗派之云果若是，是文之大阨也。而余聞從梅先生語，獨有以發余意；又讀其文數十篇，知先生於文自得於古人；而尋聲相逐者，或未之識也。余自是益求之古書。自道光甲辰，又九年咸豐壬子，余復入都，則梅先生已去官歸金陵，而粵寇之亂大作。明年金陵陷，聞先生得出。丁巳，余寓長沙，孫侍讀子餘⑥告余言，梅先生以前二歲卒矣。余於先生纔數面，而與先生遊京師者，稱先生語，未嘗不及余。余窮老於世，今且避徙無所，而先生亦可謂不得志以死者。其才俊偉明達，固非但文人，而趣寄尤高。以進士不欲為縣令，更求為貲郎⑦；及補官，老矣；而歸又逢世之亂，可傷也。乃為之誄曰：才何以兮不施，名何為兮大馳⑧！獨為文章之人兮，世安賴而有斯！嗚呼哀哉伯言父，其文之好耶！其志之皦⑨耶！其又以逢天之忌，而卒於顛倒者耶！

作者

吳敏樹　字本深，號南屏，清巴陵人，官瀏陽縣訓導。

注釋

①梅伯言　名曾亮，清上元人，道光進士，官戶部郎中。

②歸太僕　歸有光，明崑山人，官太僕寺丞。
③方侍郎　方苞，清桐城人，康熙進士，官禮部右侍郎。
④劉教諭　劉大櫆，字才甫，號海峰，官黟縣教諭。
⑤姚郎中　姚鼐，字姬傳，乾隆進士，官刑部郎中。
⑥孫子餘　名鼎臣，清善化人，官翰林院侍讀。
⑦貲郎　納貲為官。《史記·司馬相如傳》：「以貲為郎。」
⑧大馳　馳猶播也，大為揚名。
⑨皦　白也，明也。

六、哀啓

哀啟類的文字多由子孫或夫妻等關係較密切的親屬具行，以下試舉父喪、母喪之例，以茲參考：

【父喪哀啟】

哀啟者：

先君○公，諱○○（以下歷述亡者自幼至老之家庭狀況、品行、學問、事功……等事項，內容可適度鋪張，但切忌造假）。不幸於○月間暴發○疾，醫治罔效，延至○日○時，竟棄不孝等而逝矣！

嗚呼哀哉！不孝侍奉無狀，罹此鞠凶，呼天搶地，百身莫贖。祇以窀穸未安，不得不苟延殘喘勉襄大事，苫塊昏迷，語無倫次，伏乞

矜鑒。

棘人○○○泣啟

【母喪哀啟】

哀啟者：

先慈性情溫淑，少習閨門之訓，四德七誡，罔不通曉。稍長，工刺繡，時有高譽。歲○○，來歸

先君○○公，內治中饋，克盡厥職，時　先大父母在堂，　先慈藉十指所入，以佐甘旨；處己則儉約，衣裳澣濯，無曳綺之華，雖尺縑寸帛之貽，必拾諸笥，無漫視者。御下極嚴，從不假以辭色；然遇事接物，一秉至公，故人亦樂為之用，而絕無怨色。歲○○，生不孝○○，而先慈每於家事之餘，效畫荻故事，親自教誨。歲○○，　先大父母逝世。病時，先慈佐　先君躬侍湯藥，衣不解帶者數月。歲○○，　先君又棄養，　先慈哀毀過度，因是成

疾，延醫服藥，旋發旋止。猶期參苓奏效，克享永年，詎意昊天不弔，延至○月○日○時，竟棄不孝而長逝矣，嗚呼痛哉！不孝侍奉無狀，罹此鞠凶，泣血椎心，百身莫贖！本當隨先人於地下，稍蓋前愆，奈以窀穸未安，故不得不苟延殘喘，勉襄大事。苫塊昏迷，語無倫次，伏維矜鑑！

棘人○○○泣血稽顙

【父喪哀啟】

哀啟者：

先嚴○公○○，字○○，○○省○○縣人，民國○○年○月○日生。自幼失怙，勤奮好學，嫻讀詩書。半工半讀自○○高中卒業，旋即以優異成績入○○大學○○學系就讀。畢業後入○○公司任○○職，堅守崗位。○○歲，家慈來歸，夫妻相敬，事親至孝，以孝悌聞於鄉里。○○年不孝○○生。次年，復獲不孝女○○，旋即高考及格，轉入○○部○○科科長，親友咸以雙喜賀。越明年，先大母罹疾，纏綿床榻數年。先嚴朝夕侍奉，不敢以思廢公，兩處奔勞，日益憔損。至○○年，先大母去世，先嚴節哀治喪，日益形銷骨毀。次年，榮升為○○局局長，奉派赴美洽談公事，不辱命而返。平日家居，性喜蒔花、弈棋，時常參與社區活動，擔任義務顧問，於鄉里間奉獻心力。曾獲○○年○○市好人好事代表，族人皆與有榮焉。嘗言：「一生無所憾，所憾者惟未能親侍 先母至天年矣。」嗚呼！孰料竟遺相同遺憾與不孝等。○○年， 先嚴因腹痛就醫，診所以一般腹疾醫治，數週仍未痊癒，始轉診○○醫院，豈知檢驗結果竟已是肝癌末期。不孝正當克盡人子之孝，何意天奪人願，○○年○月○日， 先嚴棄不孝等與世長辭矣。嗚呼哀哉！謹述生平，伏乞

矜鑑

不孝子○○○
不孝女○○○ 泣啟

【母喪哀啟】

哀啟者：

先慈系出名門，性情溫淑。少承庭訓，勤習女紅，工刺繡，亦曾入○○高中家政科就讀。因此，於家事技藝方面，無不熟稔。○歲來歸 先君○○公，勤儉持家，克盡厥職，時先大父母在堂， 先慈以十指所入，佐助甘旨。處己則儉以約，衣裳無曳綺之華，偶有寸帛之貽，必納於箱笥。於鄉里之間，擔任義工，多所貢獻，故人亦樂與之為友。○歲，不孝甫五齡， 先慈每於夜織之時，令不孝坐其旁，親自教誨。○歲， 先大母病， 先慈躬侍湯

藥，衣不解帶者累月。〇歲，先君又棄養，　先慈終以哀毀過度，竟嬰肺疾，延醫服藥，旋發旋止，延至〇月〇日〇時，竟棄不孝而長逝矣，享年〇十有〇。嗚呼痛哉！不孝侍奉無狀，致永抱鮮民之痛，今後不知將何以視息於天地之間矣。惟有含哀飲泣，恭述　懿行，伏維

矜鑑

孤哀子〇〇〇　泣啟

應－用－練－習！

一、何謂「墓誌銘」？

二、試擬一則因病去世之朋友之祭文（請參閱實例，並要求學生在材料取捨、篇章布局方面多所注意。）

第十四章 便條

第一節 便條的意義

便條就是簡易方便的字條，也可說是簡化的書信，前人稱為「短箋」，又稱「短書」、「小簡」、「小箋」、「小柬」、「小扎」等。平常與朋友交往，若有一些簡單事情必須告知對方，因彼此極為熟稔，可以不拘禮數，就用一張小紙條把自己的意思簡明地表達出來，留在對方容易看到的地方，或派人送交對方，這就是便條。

第二節 便條的作法

一、範圍

凡留言、商借、請託、餽贈、答謝、探詢、邀約、訪問、邀宴等均可使用。

二、對象

便條不拘禮節，不夠莊重，故只宜用於家人和較稔熟的親友，對於尊長和新交的朋友一般不宜使用。但若有必要，也不必過於拘泥。例如，拜訪新交的朋友或尊長不遇，留張便條致意，也不算失禮，當然這種便條的措辭不能太隨便。

三、內容

㈠便條是簡化的書信，其遣詞用字應力求簡明扼要、條暢通達，所有應酬語、客套話均可省略。

㈡便條不宜書寫太複雜的事情，更不可談機密問題，因它不用封套之故。

㈢託人遞交的便條，只須填上日期；留交的則宜註明時刻，讓對方知道你何時留言或到訪。

第三節 便條的實例

一、留言、邀約

嘉明：

來訪不遇，悵甚！德華已自加拿大返臺，我約他於週六晚上六時在「都美餐廳」聚餐，希望你也能來。

正賢

三月七日

下午三時

二、餽贈

曉君：

送上張惠妹、王菲新出片的兩張專輯，作為生日禮物，請 笑納。

玉雯

八月三日

三、商借

永祥：

我下週要交音樂課的讀書報告，須要印表機列印，如方便借用，請交舍弟帶回。不勝感激！

康康

九月六日

應－用－練－習！

一、王立同學下課時到辦公室找陳老師，要把上星期借的《文化苦旅》一書還給老師，可是老師不在，他只好把書連同一則便條留在陳老師桌上。假如你是王立，你會如何寫這一則便條呢？

【參考解答】

陳老師：

上星期向您借閱的《文化苦旅》，已經看完了。因您不在，所以把書放在您的桌上。謝謝！

學生王立

四月十日

下午二時

二、週末下午，你一個人在家，你的好友張佳慧到訪，約你到白雪冰宮溜冰。臨走前，請你留一張便條給母親，告訴她，你不在家吃晚飯及回家的時間。

【參考解答】

媽：

我和佳慧到白雪冰宮溜冰，今天不在家吃飯。我大約九時半回家，不用掛念。

明輝

十月九日

下午四時

三、你恰好出差到高雄，想去拜訪一位久未謀面的朋友，可是他卻不在，你只好留下便條，說明明天上午九時再來拜訪，請試寫此一便條。

【參考解答】

來訪未晤，悵甚！因出差至高雄，欲與兄一敘，明（十九）日上午九時再趨拜，務請　曲留為幸。此上

○○兄

弟○○拜留三月十八日

四、時值春天，你想邀請心儀已久的隔壁班女同學到陽明山上賞花，可惜她不在，因此，你只好留下便條，請寫出此一邀約的便條。

【參考解答】

〇〇同學

際此春光明媚，正郊遊踏青之佳期，報載陽明山櫻花盛開，景色迷人，謹邀您明日於女宿門口，驅車同遊，藉暢胸懷。此上

同學〇〇〇上 二月五日

第十五章　名片

第一節　名片的意義

名片是印有個人資料的小硬紙片。普通規格是長九公分，寬五．五公分，亦有因個人喜好而裁成稍寬稍長的，但以能放入上衣口袋為原則。名片上所印個人資料，以姓名、服務機關名稱、職銜、住址、電話號碼為主，亦有加上字號、籍貫、學位、照片的，有些在商業機構或公司行號服務的人，在名片上印上經營項目、網站網址及E-mail，還可以多一層宣傳的功用。

第二節　名片的作法

一、名片上，要把姓名放在明顯的位置，字體宜大些，其他各項資料字體應略小，排列位置要考慮版面整體效果。不宜用過多的文字填滿全張名片，應列出最具實用價值的資料。

二、直式、橫式皆可。橫式名片的文字，以由左至右為宜。

三、名片色調以淡雅為宜。可以印上使用者的公司標誌，也可以利用線條、色塊作裝飾，但標誌不宜過大，裝飾不宜過多，以免喧賓奪主。

第三節 名片的實例

周 大 裕

山東濟南

國立臺灣師範大學教授

劉 一 平

住址：台北市○○路○○號
電話：○○○○○○○
傳真：○○○○○○○

翰林出版事業股份有限公司
HAN LIN PUBLISHING CO., LTD.

出版處　副總經理　王小明

總公司：台南市新忠路 8-1 號（安平工業區）
TEL: (06) 2619621 · FAX: (06) 2636138
E-Mail: hanlinco@ms9.hinet.net
統一編號：69382361

萬卷樓圖書公司
國　文　天　地

總經理　梁錦興

地址：台北市和平東路一段 67 號 14 樓之 1
電話：(02)23944109 · 23952992 · 23216565
傳真：(02)23944113
網站網址：http://www.books.com.tw/
E-mail: wanjuan@tpts5.seed.net.tw

第四節 名片的應用

名片除了在社交場合用來自我介紹外，還可以用來留言、問候、餽贈、邀約和事務委託等，其作用大致上與便條相同，應用起來比便條更方便、更正式。

一、寫作要點

㈠收片人姓名寫在正面左上角或右上角空白處。

㈡「自稱」寫在本人姓之上或姓與名之間，字需稍小而偏右。

㈢署名下敬語及日期寫在名下，日期偏右。

㈣啟事少的，寫在正面；啟事多的，寫在背面，行文如便條。

㈤啟事寫在正面的，不必署姓名；寫在背面的，「署名」項改用「名正肅」或「名正具」字樣。前者對尊長及平輩使用，後者對平輩或晚輩使用，意思是「姓名已具備在正面」。

二、應用舉例

明德兄：

來訪未遇，有事商酌，請來電聯絡。

李學庸 拜留

三月九日

電話：○○○○○○○○

（正面）

正學書局

梁正中經理

張欣華

四月二日 留致

電話：○○○○○○○○

地址：○○○○○○○○

國立臺灣大學教授

同光兄：

昨日從金門帶回高粱酒兩瓶，請 笑納。

張天祥 謹贈

九月八日

電話：○○○○○○○○

（背面）

在港期間，承蒙盛意款待，不勝感激。

臨行匆匆，不及面辭。在臺盼 大駕光臨。

名正肅

應－用－練－習！

一、本學期，你當選上文藝社社長，請為自己設計一張名片。

【參考解答】

國立臺灣大學 文藝社社長 **林　金　鍊** 電話：（〇二）二七一一〇〇〇一 地址：臺北市〇〇路〇號

二、你是一位保險業務員，某日，你去拜訪一位老同學，可惜他不在，於是你留下名片，並在名片後面說明來訪不遇，請對方與你聯絡。請為自己設計名片，並且在背面留言。

【參考解答】

（正面）

○○人壽

三月九日

弟 **楊天賜** 敬上

專送

李明德先生

地址：台北市○○路二段○號

電話：（○二）二三二一四五七九

（背面）

來訪不遇，久未與○○兄謀面，不知近況如何？盼 與我聯絡，因有要事相商。此

致明德兄

名正肅

三、請依照下列場景來寫名片。

㈠探訪朋友㈡借物㈢答謝贈禮。

第十六章 書信

第一節 私人書信

一、書信的意義

書信是日常生活中使用相當廣泛的一種應用文，可以用來溝通情感、表達意見和傳遞訊息等。一封書信有兩大部分，即信箋與信封。寫在信箋上的文字稱為箋文，信封上的文字稱為封文。

書信可分私人書信、事務書信與存證信函等三類。私人書信是私人間來往的書信，如家書、情信等；事務書信是指公務往來的書信，包括求職信、申請信、投訴信、表揚信、感謝信等。一般人所稱的「存證信函」，其實乃郵局存證信函的簡稱。這種信函要經過郵局來證明發信日及發信內容為何的一種證明函件。

二、信箋的結構與作法

傳統書信的結構，通常分成前文、正文、後文三部分，現作一簡表如下：

- 信箋結構
  - 前文
    - 一　稱謂
    - 二　提稱語
    - 三　啟事敬辭
    - 四　開頭問候語
  - 正文
    - 五　信箋主體
  - 後文
    - 六　結尾祝頌語
    - 七　自稱、署名、結尾敬辭、時間
    - 八　補述

(一)稱謂：稱謂是寄信人對收信人的稱呼，寫在信的第一行頂格。

1.對於直系或關係近的長輩，只寫稱謂，如「爸爸」、「外婆」、「三叔」、「舅舅」等；而

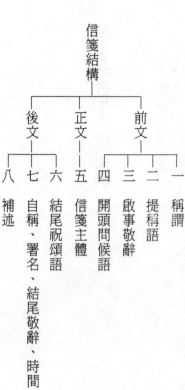

對於關係比較遠的長輩親友，也可以在稱謂則加上名字，如「永達表叔」、「貞如姨」等。

2.對於平輩，可以只寫稱謂，如「大哥」、「二嫂」；可以直呼名字，如「正國」、「玉英」；或名字與稱謂連用，如「正國哥」、「玉英妹」。

3.對於晚輩，可直呼名字，也可在名字下寫出稱謂，如「至剛侄」、「淑萍甥女」。

4.對於師長，一般在姓後面加上「老師」，如「王老師」；如果關係比較親密，更可以在名字後面加尊稱，如「惠芬老師」、「志偉恩師」，或者只用「老師」稱呼對方。此外，亦可以職務相稱，如「李教授」、「張校長」。

5.對於朋友和同事，在稱謂上一般單寫其名，也可在名字後面加上「友」、「君」、「兄」、「妹」等。如果是同學，或曾經是同學，還可以用「同學」相稱。關係親密的男性，可稱「學長」，女性則可稱「學姊」。

6.對於不太熟悉的，或初相交的朋友，可稱「先生」、「女士」、「小姐」；亦可冠以姓，如「張先生」、「葉女士」、「許小姐」；或冠以名，如「偉弘先生」、「慧慈女士」、「玉琴小姐」。

7.在稱謂前，可以寫一些富感情色彩的附加語，如「尊敬的」、「敬愛的」、「親愛的」等，表達一份特別的感情。

㈡**提稱語：**提稱語是緊接在稱謂語之後，這是請求取信人察閱箋文的意思。使用時應與稱謂配合。如對父母、祖父方用「膝下」、「膝前」。對長輩、上司用「鈞鑒」、「尊鑒」等；對平輩用「台鑒」、「大鑒」、「足下」、「閣下」等；對晚輩用「悉閱」、「如晤」等。

㈢**啟事敬辭**：為陳述事情的發語詞，對尊親用「敬稟者」、「叩稟者」。對親友長輩及師長用「敬啟者」、「敬陳者」，覆信用「敬覆者」、「謹覆者」。對平輩用「茲啟者」、「啟者」，回信用「敬覆者」、「茲覆者」。對晚輩用「茲覆者」、「茲覆如左」等。提稱語及啟事敬辭，白話書信多略而不用。

㈣**開頭問候語**：這是述說正事之前的客套話，有如朋友見面時的寒暄。此一項最好配合正文或雙方交往狀況，簡單貼切地說，避免套用陳腔濫句。如對長輩用「您好」；如對分別已久的朋友說：「闊別多日，念甚！」有時開門見山，直接說出正事，不用開頭應酬語也可以。

㈤**正文**：正文是一封信的主體。寫書信的正文，就好像平日作文一樣。只要把該說的話，很自然地寫出來便成了。如果要說的內容比較繁複，就要分段來書寫。

㈥**結尾祝頌語**：於信末向收信人表示祝福的說話，而請安語應與收信人的身分相合。祝福語就好像兩人分手時說再見一樣，不必過於繁複，例如說「祝你健康」、「祝你生活愉快」等都可以。但有時可視實際情況，斟酌用些特別的詞句，例如寫給老師，可以用「敬祝　教安」；寫信慰問病者，可以說「祝你早日康復」；寫信給同學，可以說「祝你學業進步」；寫給即將遠行的人，可以說「祝旅途愉快」等。

㈦**自稱、署名、署名下的敬辭、時間**：信末的署名，對於關係密切的親友，只寫名，不必寫姓；對於公事上往來的人士或很少來往的朋友，則應寫上姓名。署名之上要有自稱，自稱應該與書信前面的稱呼相呼應。例如給老師的信，則自稱「學生」。署名之下有敬辭，給長輩可用「敬啟」、「敬上」等；給平輩和晚輩，只寫「啟」或「上」便可以了。敬辭之下，還頁寫上發信日期。

(八)**補述：**書信寫完後，又思及某事或請求代為問候某人，補述數語於信末，應另起一行。時下年輕人喜用「P.S.」（Postscript），此語用於平輩、好友倒無妨，對於長輩儘量不用為宜。

❖ 現代格式

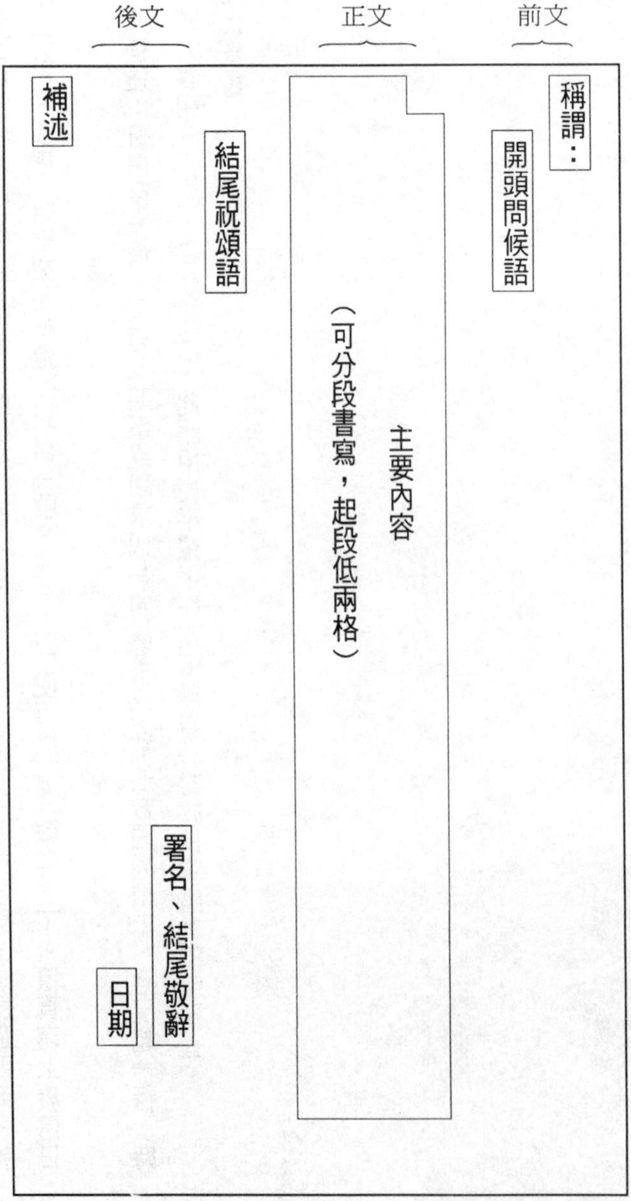
前文
稱謂：
開頭問候語
正文
主要內容
（可分段書寫，起段低兩格）
後文
結尾祝頌語
署名、結尾敬辭
日期
補述

三、信箋舉例

㈠黃君璧先生致劉真先生函

白如廳長吾兄勛鑒：內子擬於日間赴港一行，今附上師大致
貴廳公文一件。請吾
兄批示後，希用快郵寄下，如必須由　廳直接寄檢查處，則請將該文號　示知，以便託人催取為
幸。
專此即頌
鈞祺

弟黃君璧　頓首

五十、七、十一

【註】黃君璧為當代著名國畫家。劉真，字白如，曾任省教育廳長。

㈡梁實秋先生致林海音女士函

海音：內人不幸於四月三十日晨外出散步，被路邊油漆鐵梯倒下擊傷。急救行手術後未能從麻醉中醒轉，遂告不治。享年七十四歲。於五月四日葬於公墓。友人浦家麟從紐約，陳之藩從休斯頓，聞訊趕來，至為可感。現正處理法律手續。我突遭打擊，哀哉痛乎，何復可言！心慌意亂，恕不多寫。即祝

大安

承楹先生均此不另

梁實秋頓首　六三、五、五

【註】林海音為著名作家，曾任聯合報副刊主編。夏承楹為林海音之夫婿。

(三)傅雷家書（傅雷寫給兒子傅聰的信函）

親愛的孩子：

既然批評界敵意持續至一年之久，還是多分析分析自己，再多問問客觀、中立、有高度音樂水平的人的意見。我知道你自我批評很強，但外界的敵意仍應當使我們對自己提高警惕；也許有些不自覺的毛病，自己和相熟的朋友不曾看出。多探討一下沒有害處。若真正是批評界存心作對，當然不必介意。歷史上受莫名其妙的指摘的人不知有多少，連迦利略、服爾德、巴爾扎克輩都不免，何況區區我輩！主要還是以君子之心度人，作為借鑒之助，對自己只有好處。老話說得好：是非自有公論，日子久了自然會黑白分明！

一九六三年六月二日晚

【註】傅雷為近代中國譯壇名家，譯作不下三十種。其子傅聰乃名聞遐邇的鋼琴家。

四、書信用語簡表

類別	對象	稱謂	提稱語	啟事敬詞	問候語	自稱	結尾敬辭
家族	祖父 祖母	祖父大人 祖母大人	膝下 膝前	敬稟者 謹稟者	敬請福安 敬請金安	孫 孫女	謹稟 叩上
	父親 母親	父親大人 母親大人	膝下 膝前	敬稟者 謹稟者	敬請福安 敬請金安	男 女（兒）	謹稟 叩上
	伯（叔）父 伯（叔）母	伯（叔）父大人 伯（叔）母大人	尊鑒 賜鑒	敬肅者 謹肅者	敬請崇安 敬頌崇祺	姪 姪女	謹上 拜上
	兄 嫂	○哥 ○嫂	尊鑒 賜鑒	敬啟者 謹啟者	敬請崇安 敬頌崇祺	弟 妹	謹上 敬上
	弟 弟婦	○弟 ○○妹	惠鑒 雅鑒	茲啟者 啟者	順頌時祺 即頌近佳	兄 姊	手書 手啟
	姊	○姊	尊鑒 賜鑒	敬啟者 謹啟者	敬請崇安 順頌時綏	弟 妹	謹上 敬上
	妹	○妹	惠鑒 雅鑒	茲啟者 啟者	順頌時祺 即頌近好	兄 姊	手書 手啟

			親戚				
兒 女	姪 姪女	孫 孫女	姑丈母	外祖父 外祖母	舅父 舅母	姨父 姨母	岳父 岳母
○○吾兒女 ○○兒女	○○賢姪 姪女	○○吾孫 孫女	姑丈母大人	外祖父 母大人	舅父 母大人	姨父 母大人	岳父 母大人
知之收 悉	青鑒 青覽	知悉 收悉	尊前 尊右				賜鑒 侍右
茲啟者 啟者			敬肅者 謹肅者				
	即問近安 順問近祺		敬請崇安 敬頌崇祺	敬請福安 敬頌	敬請崇安 敬頌崇祺		
父 母	伯(叔) 伯(叔)母	祖 祖母	姪 姪女	外孫 孫女	甥 甥女	姨甥 甥女	子婿 婿
字 示	手書 手啟	示 字	拜上 敬上				

			師生			世交			
姊夫	甥 甥女	女婿	老師	師母	師丈	長輩		平輩	晚輩
○○姊丈 姊倩	○○賢甥 甥女	○○賢婿 倩	○○吾師 夫子	師母	○○師丈	世伯（叔）父 母	仁（世）丈	○○吾兄（弟） 姊（妹）	○○兄 世台
台鑒 大鑒	青覽 青鑒		函丈 壇席	崇鑒 賜鑒		尊鑒 尊右		台鑒 大鑒	雅鑒 惠鑒
敬啟者 謹啟者	敬啟者 謹啟者		敬肅者 謹肅者			敬啟者 謹啟者			
敬請　台安 順頌　時祺	即問　近好 順問　近佳		敬請　教安 恭請　誨安	敬請　崇安 敬頌　崇祺		敬請　崇安 敬請　鈞安		敬請　台安 順頌　時祺	
內弟（弟） 姨妹（妹）	愚舅 舅母	愚岳 岳母	受業 學生	學生		世姪 姪女	晚	弟（兄） 妹（姊）	愚
頓首 拜啟	手啟 手書		拜上 敬上			拜上 謹上		再拜 頓首	敬啟 手啟

同學	朋友
○○學長 兄（姊）	○○仁兄 姊
硯石 大鑒	大鑒 台鑒
敬啟者 謹啟者	
敬請 台安 順頌 時祺	
學弟 妹	弟 妹
再拜 頓首	

【說明】

1.凡稱自己家族親戚的長輩，加一「家」字，如「家父」、「家兄」，晚輩加一「舍」字或「小」字，如「舍弟」、「小女」。若已亡故，則「家」字改為「先」，如「先慈」、「先父」，「舍」字或「小」字改為「亡」，如「亡姪」、「亡弟」。

2.稱人親族，加一「令」字，如「令尊」、「令堂」、「令兄」、「令千金」。

3.稱人父子為「賢喬梓」，自稱「愚父子」；稱人兄弟為「賢昆仲」、「賢昆玉」，自稱「愚兄弟」；稱人夫婦為「賢伉儷」，自稱「愚夫婦」。

4.「夫子」常為妻對夫的稱呼，女學生不宜用以稱呼男老師。

五、信封書寫方式

中國人寫信封，有兩種形式：一種是中式的，也就是直式的，姓名、地址都是從上而下的直寫；另一種是西式的，也就是橫式的，姓名、地址都要從左而右橫寫。

(一)國內郵件直式信封書寫方式

1. 收信人姓名書於中央，地址書於右側，郵遞區號以阿拉伯數字端正書於右上角紅框格內。
2. 寄信人地址、姓名書於左下側，郵遞區號以阿拉伯數字端正書於左下角紅框格內。
3. 郵票貼於左上角。
4. 舉例：

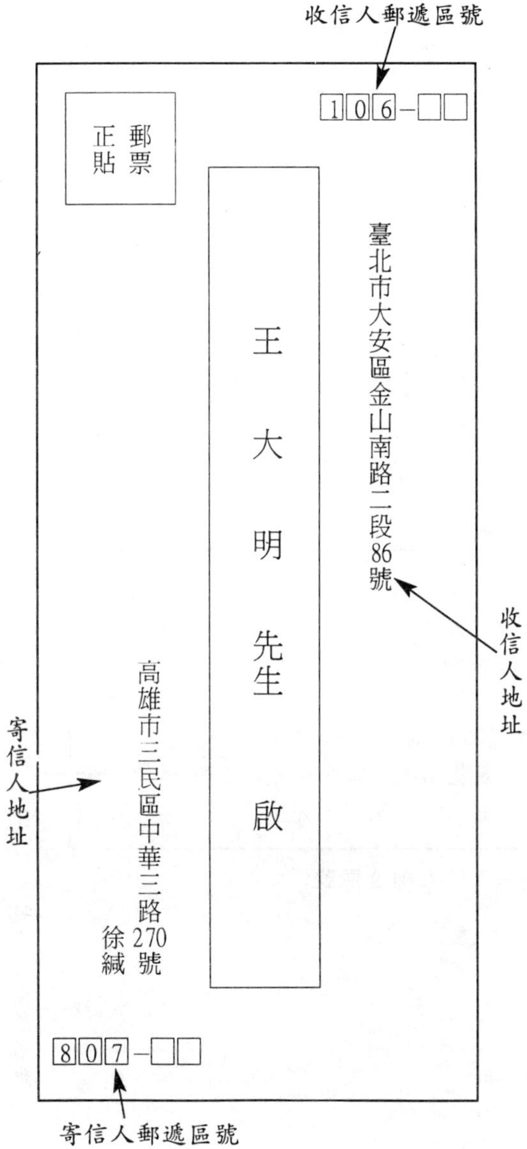

(二)國內郵件橫式信封書寫方式

1.收信人地址、姓名書於中央偏右，寄信人地址、姓名書於左上角或信封背面。郵遞區號書於地址上方第一行，郵票貼於右上角。

2.書寫順序如下：

第一行　郵遞區號

第二行　地址

第三行　姓名或商號名稱

3.舉例如下：

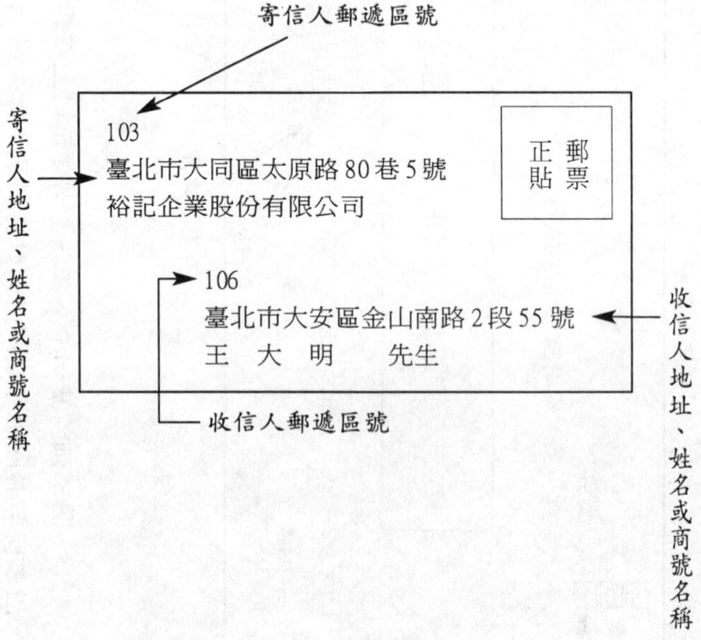

㈢國際郵件橫式信封書寫方式（歐美地區）

1.收信人姓名、地址及郵遞區號書寫於中央偏右，寄信人姓名、地址及郵遞區號書寫於左上角或信封背面。

2.書寫順序如下：

第一行　姓名或商號名稱。

第二行　門牌號碼、弄、巷、路街名稱。

第三行　鄉鎮、縣市、省、郵遞區號。

第四行　國名。

3.舉例如下：

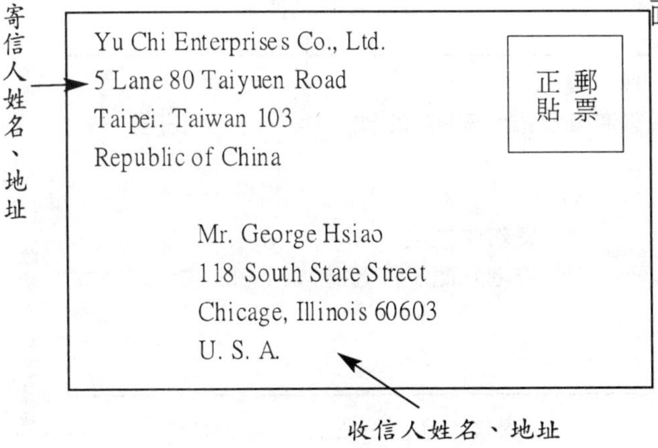

(四)國際郵件橫式書寫方式（港澳、大陸地區）

1.收信人姓名、地址書於中央偏右，寄信人姓名、地址書於左上角或信封背面。郵遞區號書於地址後面，郵票貼於右上角。

2.舉例如下：

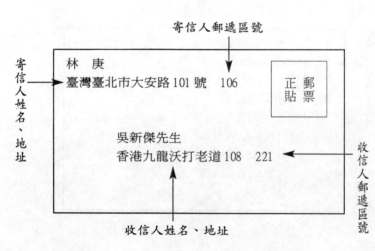

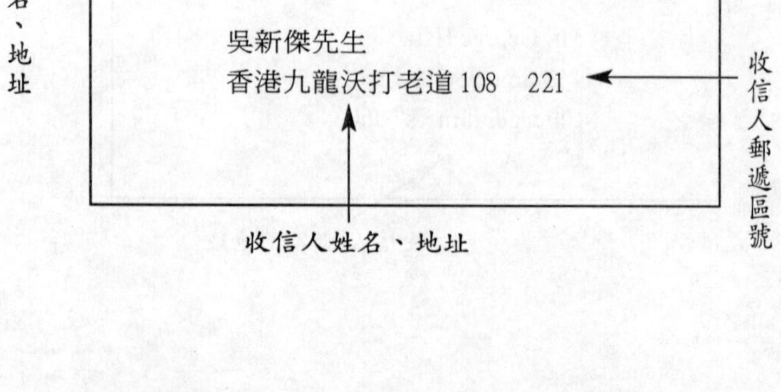

(五)信封書寫注意事項

1.信封不能用鉛筆、紅筆書寫。

2.務請寫上收信、寄信者郵遞區號，便於郵件處理。

3.寫給長輩、上司的信封，收信人姓名之下的啟封詞，可以用「鈞啟」、「道啟」等。書寫時，啟封詞首字應與其上面一字有較大的間隔，以示敬意。

例一：

王大明老師　　道敬

4.封文上的側書，是對收信人表示尊敬、禮貌，有不敢直呼對方名字的意思。但側書只能用在收信人的名字，不可用在收信人的稱呼或職位，也不可用在啟封詞。若用先生、女士、小姐等一般的稱呼，則應依例一所示，而不適用側書。

例二：

宋校長　隆文　鈞啟

5.明信片的正面，其結構和信封相同，但明信片不封口，所以中欄不用啟封詞而代以「收」字，左欄不用緘封詞，而代以「寄」字。不過給長輩的書信，儘量不要使用明信片。

6.若是託人轉交的信，信封上只寫「面交」、「煩交」、「呈交」、「送交」、「專送」，居中寫收信人姓名、稱呼即可，不必寫詳細地址。

例三：

煩交

賴明德　先生　啟

六、附錄

㈠趣味學習

❖1. 張英謙讓為懷，家書解決紛爭

清代安徽桐城張英，康熙六十年進士，在京城任禮部尚書，某日接獲家書，得悉家人與鄰居因築牆爭三尺地涉訟，馳書求援，張氏自京寄詩答覆，詩曰：

遙遞家書祇為牆，讓他三尺又何妨？
長城萬里今猶在，不見當年秦始皇。

家人接信撤訟，鄰人亦讓三尺，一時傳為美談。

❖ 2.簡短書信，趣味人生

有一大學生，不到月中即餉彈告罄，寫信回家求援，明信片上寫：

爸：

沒錢，速寄。

兒

父親給他回信，明信片上寫：

兒：

省點，不給。

爸

不過，還有比這更簡短的書信，那就是清朝鮑超的求救書。

鮑超是曾國藩手下的一名勇將，由擔水夫從軍立功，位至提督，貴顯後猶不知書，僅能寫自己的姓名。有一次被太平天國的軍隊圍困於九江，將遣入到祁門大營求救於曾國藩。囑幕客撰寫求救信函，久久不能成章。鮑超焦急不能耐，頓足道：「這是什麼時候，還要文縐縐的？」叫士兵拿來一幅白麻，自己提筆在幅中大書一個「鮑」字，旁作無數小圈圍繞著，眾皆不識其用意，問之。

鮑超說：「大帥自能知其故。」

書到祁門，曾之幕中人亦莫知何事，持以示曾。

曾國藩大笑道：「老鮑又被圍了」，乃急派大軍前往支援，圍始解。

㈡信封的由來

目前使用的信封是用紙糊成口袋形的信封，只是書寫時分中式或西式而已。可是在古代信封的樣式卻是非常多樣化。

在漢朝以前信大都刻在竹簡木札上的，至於是否有信封的產生，歷史並無明文記載，可是就事物的發展歷程來推斷，信封的演變一定因需求有一段很長的蘊釀期。目前可知最早的信封是在秦漢時期常用的「雙鯉魚」。

漢府民歌飲馬長城窟行：「客從遠方來，遺我雙鯉魚。呼兒烹鯉魚。中有尺素書。」所謂的「雙鯉魚」是指用兩塊刻成鯉魚形的木板製成的，一底一蓋，中間夾著信函。木板上刻有三條線槽，再用繩子綑三圈，通過一個方孔綁住打結，最後塗上粘土，蓋上印章，以防私拆。魏晉時期，因書寫用具有重大的改革，由刻在竹簡，改成用毛筆書寫在紙或絲上，信封就用兩面畫有鯉魚的厚紙製成。一直到唐代，仍然可以看見仿製品的出現。

漢朝以後信封慢慢地廣泛使用，每個朝代有每個朝代的習慣用法。明朝人書寫信封時，大多加「平安」二字，否則就是報凶的信了。在清朝則是信封的正反兩面都要書寫，書寫時依書寫人的階地位而有不同的寫法。

至於西方信封的發展歷程比中國遲，十四世紀時人在書寫完信後，為怕信息外洩，先將信用細繩綑好後，再加封印。十七世紀，歐洲出現了紙質的信封。西元一八二〇年，英國有個叫布魯爾的書商，發現在海濱度假的女士們很喜歡寫信，卻又擔心信的內容被別人看到。於是他便動腦筋，根據當時書信的尺寸，設計出世界第一批紙質信封。由於這種信封造價低廉，輕巧美觀，保密防潮，很快便風行了整個世界。

㈢書信傳遞趣談

在古代的時候，由於中國幅員廣大，交通又不若今日的便利及多樣化，信件多數靠人力及馬匹等方式來傳遞，而且傳遞的時間由幾個月到年餘。在余秋雨的文化苦旅一書中，就曾描述舊時稱為「信客」的送信人（類似今日的郵差），在整個送信過程的辛酸歷程，除非是親身經歷，否則是無法對外人道其萬一的。

除了請信客送信外，古人會利用某某人去某地之便，順便捎個口信給自己的家人或朋友，唐代名詩人岑參寫的：「馬上相逢無紙筆，憑君傳語報平安。」寫的是岑參在異鄉偶遇鄉人時，托他捎口信回家報平安的情形。倘若送信人的品性不佳，這封信是否會到收信人的手中，那就只有天知道了。在晉朝有個名叫殷羨，字洪喬的人，準備前往豫章（今江西省南昌市）任太守一職時，知悉此事的親朋好友便紛紛托他帶信，結果竟有一百餘封之多。這麼多的信既增加行李的重量又煩人，殷羨心裡老犯嘀咕，索性走到石頭鎮時，將所有的信一股腦兒全丟到河裡，為了安心，他邊丟信邊說：「沉者自沉，浮者自浮，殷洪喬不為致書郵。」

在西方也有幾則傳遞書信的趣聞。

希臘名歷史學者希羅多德曾寫下一則在傳遞信函時的怪聞：古希望貴族在傳遞書信時，為了保密，採取了一種奇特的方式——用奴隸的頭顱作信箋和信封。他們先把奴隸的頭髮剃光，在頭皮上寫信，等頭髮長出來以後，更把這封「信」送出去。當這個奴隸信差抵達目的地後，收信人只要再把奴隸的頭髮剃掉，就可以讀到「信」中的內容了。

到西元前十世紀，亞述人開始用粘土燒製信封。他們先將文字鐫刻在粘土板上，然後再密封在陶罐裡。收信人接到信後，必須打破陶罐，才能讀到信文。居住在北歐的諾夫哥羅德人曾用白樺樹皮做信封，信紙也是白樺樹皮。信寫好後，卷成筒狀，寫上收信人地址姓名，繫在當信封的樹皮上，就可以寄到收信人手裡。

西元一四九三年，哥倫布發現美洲新大陸後，坐船返回歐洲時，面對茫茫無際的海洋，歸期也茫茫不可期，或許永遠不能回到他的祖國，想到這裡他拿起一只酒瓶，塞入一封寫給西班牙皇后的信及一張美洲大陸的地圖，瓶口封好後投到大西洋裡，隨波逐流。一八五二年，一位美國船長在直布羅陀海峽，拾起這個漂流了三百五十九年的瓶中信。

㈣信封上「緘」字的由來

我們今天有人寫信，習慣在信封的落款處上「某某緘」，這是沿襲了古代的用法。「緘」原是捆箱子的繩子，說文：「緘，束篋也。」「篋」是箱子之類的東西。漢書載：「解篋緘」，就是解開捆箱子的繩子。論語記載孔子在周廟看見一個銅人，「三緘其口而銘其背」。「三緘其口」是說用繩子把銅人的嘴綁了好幾道，現在形容人不發言叫「緘口」、「緘密」，都是由此而來，又引申為「封」，指的是把公文或書信封蓋上，不叫別人看見裡面的內容。

第二節 事務書信

一、事務信函的特點

事務書信是指公務往來的書信，它有以下幾個特點：

㈠內容上：專談業務、公事，盡量不涉及私人生活內容（如健康情況、起居飲食等）。就算原來彼此相識，也只宜稍作寒暄，即入正題，以免喧賓奪主。就像辦公室內上班時的交談，不宜新與工作無關的事。而私人書信則如日常的聊天，可以海闊天空，風花雪月，無所不談。

㈡表達手法上：以事實的陳述、說明為主，一般不作描寫、抒情，更不宜渲染、誇飾。私人書信則無此限制。

㈢措詞上：簡練莊重，簡明扼要。

㈣種類：事務書信的種類很多，視用途而定。求職信、介紹信、證明信、推薦信、申訴信、感謝信、表揚信、邀請信等都屬於事務書信。

三、事務書信的舉例

㈠求職函

> ○經理鈞鑒：
>
> 素仰　貴機關規模宏大，信譽昭隆，更以服務水準超卓而名聞遐邇，近從《△△日報》看到　貴行招聘高級業務助理的啟事，特此來函應徵。
>
> 本人曾在○○大學外交系修讀翻譯課程，獲學士學位。在大學時，曾選修商業法律、國際貿易、知識產權專業，對中國對外貿易所涉及的法律問題興趣特濃。本人於前年暑假曾在○○會計事務所實習；去年暑假又在○○律師事務所工作數週，對於法律訴

訟及一般法律事務，均有認識。

　茲隨函奉上本人簡歷一紙，敬候台覽。倘蒙　貴行見用，必竭盡所能，為　貴行作出貢獻。專此奉達，懇盼早賜回音。敬頌

台安

王○○敬上

二○○○年○月○日

㈡申訴信函

經理先生：

　您好！本人每日上學搭乘　貴公司的五號公車，該路線公車脫班情況相當嚴重，且經常過站不停，致使本人上學遲到。敬請　貴公司加強管理，改善服務品質，以免有負市民之厚望。

敬祝

安好

乘客郭靖啟

三月二十八日

(三)感謝信函

敬啟者：本人於週末下午四時，與友人至　貴公司購物，不慎遺失手機和皮包，為　貴公司四樓銳虎運動器材專櫃售貨員張妙珍小姐拾獲，送交服務臺，再轉交本人。如此義行，令人感激不盡，特以此信表示無盡的謝意，並請予之表揚肯定。

此致

春風百貨公司總經理

李力行謹啟

五月八日

(四)邀請信函

敬啟者：

聖瑪琍醫院是一所慈善機構，擬於十二月十日舉辦義賣籌款。因　貴公司向來熱心公益，支持慈善活動，故誠邀　貴公司協助參與此次籌款活動。　貴公司如欲參與，請於十一月二十日前，致電（〇三）二二七七一三四與本院李大同先生聯絡。

此致

聯誠電子公司

聖瑪琍醫院負責人王靜儀

十一月一日

㈤開幕信函

親愛的芳鄰：

「喜憨兒烘焙屋」將於五月五日開幕，歡迎大家闔府光臨，給這些喜憨兒最大的鼓勵與支持。

「喜憨兒」是一群心智障礙的小朋友，在臺灣，平均每一天就有一個憨兒誕生，據估計，全臺灣約有四十萬名憨兒。憨兒是父母心中永遠的傷痛，他們多數不能照顧自己，不能獨立生活。但我們店中這些憨兒在麵包師傅的帶領下，認真地學習烘焙技術。他們分工合作，做出各式各樣具有專業水準的麵包，也負責提供親切的服務。

很多人會問：「我要如何和憨兒相處？」其實，最基本也最簡單的相處之道就是「尊重」。憨兒就像孩子，感受非常敏感、直接，只要你是充滿善意的，即使是不認識的陌生人，他們一樣可以感覺得到。所以，當你踏入烘焙屋時，不妨大方地說：「你好，我是××，你的名字是？」

再度歡迎您的光臨！您的光臨對這些喜憨兒而言，就是最大的肯定與鼓勵。

喜憨兒烘焙屋
五月一日

第三節 存證信函

一、存證信函的意義與功能

一般人所稱的「存證信函」，其實是「郵局存證信函」的簡稱，它是一種具有保存證據效力的函件或書信。各類國內掛號信函交寄時，以內容完全相同之副本留存郵局備作證據者，稱為存證信函。

私人信函一般是用於親朋好友之間，為表示相互連絡、慰問之意，而存證信函則往往可供民眾運用其在法律上或證據上功能的信函。「存證信函」既是為「保全證據」之用，所以對任何發生過之事實或觀念，只要是當事人一方認為有告知他方，並認有可供為日後證據上之參考價值者，均不妨以寄發存證信函的方式，向對方表達。

對存證信函的收件人言，雖然都不會因收到存證信函而負有回函的義務。不過一般人收到存證信函後，或多或少都會對存證信函內容作若干回應，甚至警覺到有可能會進行訴訟，因此出面與寄件人商討解決，多少都可達到些寄發存證信函的效果，在某種程度上還可以減少法律上的訴訟。

二、存證信函的寫法

㈠存證信函用紙，請向郵局洽購，自製者應與郵局製售者完全相同。存證信函，應由寄件人以書寫、複寫、打字或影印，製作成一式三份（正本一份、副本二份）並簽名或蓋章。收件人若為二人以上依增加人數增製副本。

㈡撰寫存證信函沒有一定的寫法，但一般寄發出存證信函是為了正確的達到法律上意思表示，與催告對方的目的，所以書寫時應注意到人（即當事人）、事（何種法律行為）、時（為法律行為之時間）、地（法律行為地）、物（標的物）等重點，敘述力求簡潔扼要，避免摻以感情的文句，及使用模稜兩可之語句。

㈢在文字上應使用標準國字，字跡力求工整，標點符號亦應占用一格。金額儘可能以大寫如壹、貳、參……書寫。存證信函內文字如有塗改增刪，應於備註欄內註明，並由寄件人簽章，惟每頁塗改增刪不得逾二十字。

㈣存證信函之正本與副本內容必須完全相同，正本具有附件者，副本亦須具備，如無法製備者，應以照片或影本代替。

㈤若存證信函用紙超過二張以上時，寄件人只要於第一張寄件人及收件人處書寫姓名及地址

郵局存信函用紙

正本
副本

郵局 存證信函第　　號

一、寄件人　姓名
　　　　　　詳細地址
二、收件人　姓名
　　　　　　詳細地址
三、副本收件人　姓名
　　　　　　　　詳細地址
（本欄姓名、地址不敷填寫時，請另紙聯記）

印

格行	一	二	三	四	五	六	七	八	九	十
1										
2										
3										
4										
5										
6										
7										
8										
9										
10										
11										
12										
13										
14										
15										
16										
17										
18										
19										
20										

本存證信函共　頁，副本　份，存證費　元，
附件　張，存證費　元，
加具副本　份，存證費　元，合計　元。

經　郵局
年　月　日證明正本副本內容完全相同
郵戳
經辦員　印
主管　印

備註

一、存證信函需送交郵局辦理證明手續後始有效，自交寄之日起由郵局保存之副本，於三年期滿後銷燬之。

二、在　頁　行第　格下　塗改　增刪　字　印（如有修改應填註本欄並蓋寄件人印章，但塗改增刪每頁至多不得逾二十字。）

三、每件一式三份，用不脫色筆或打字機複寫，或書寫後複印、影印，每格限書一字，色澤明顯、字跡端正。

黏貼郵票或郵資券處

騎縫郵戳

騎縫郵戳

第　頁

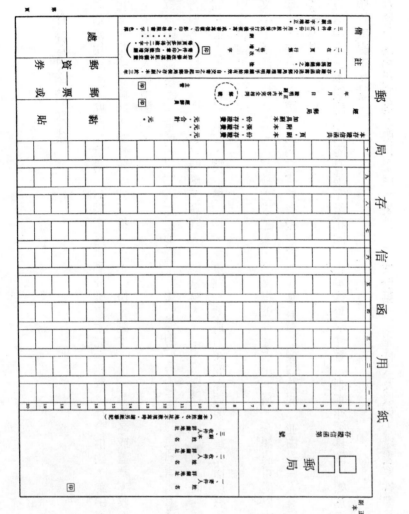

並於寄件人姓名下蓋章即可，第二張以後之寄件人及收件人即不必書寫姓名及住址，但在兩張之間的騎縫處亦應由寄件人蓋章。

三、存證信函的郵寄方式

㈠存證信函一式三份，一份由郵局保管，一份交給寄件人，剩下的一封在郵局人員之會同下，放入信函內郵寄。此時，郵局會開出一張「特殊郵件寄送收據」，此張收據和寄件人持有的存證信函均很重要，應妥善保存。

㈡一般寄件人寄送存證信函均經郵局以雙掛號方式寄出，該存證信函一經收件人收受後，收件人會在回執上簽章並交給郵局，再由郵局寄回予寄件人。

㈢目前郵局存證費之收費規定是這樣的：

首頁收取新台幣五十元。續頁每頁或附件每張新台幣廿五元。

㈣目前自交寄之日起由郵局保存之副本，於三年期滿後即予以銷燬，三年內，寄件人可憑手邊保管的這一封信，向郵局申請證明此封信確實曾以存證信函方式寄出。申請查閱或申請證明者，按申請時現行存證費半數，交付查閱或證明費。

四、存證信函的舉例

㈠賴帳不還，如何向對方發函催討

案情

張三於民國九〇年五月五日，向李四借貸新台幣一百萬元，雙方約定清償日期為民國九十一年五月五日，並約定按年息百分之五計算之利息於清償日時支付。惟九十一年五月五日時，張三並未依約償還，經多次催討求，亦之不置理，李四故擬撰寫存證信函請求對方還錢。

範例

寄件人：張三
地　址：台北市〇〇路四段〇號〇樓
收件人：李四
地　址：台北市〇〇〇路一段〇號〇樓
敬啟者：

本人於民國九〇年五月五日借貸新台幣壹佰萬元予　台端，雙方約定於民國九十一年五月五日返還，並約定按年息百分之五計算之利息於清償日時支付。查雙方間之借貸期限業已屆至，　台端本應依約返還新台幣一百萬元暨按年息百分之五計算之利息，惟　台端迄今仍未依約返還，經多次請求，亦未獲置理，核　台端所為，實有未洽。故本人爰依民法四百七十七條之規定請求　台端返還借貸金額新台幣一百萬元暨按年息百分之五計算之利息。

綜上，謹以此函再次通知　台端於函達日起七日內返還借貸金額新台幣一百萬元暨按年息百分之五計算之利息，祈　台端惠予履行，以免訟累為禱。

(二)發票人所簽發之支票不獲兌現時，執票人應如何發函主張權利？

案情

劉健執有××書局負責人李陵為發票人，並由張丙背書之支票一紙，因屆期不獲兌現，王甲擬發存證信函主張權利。

範例

一、寄件人：姓名：劉健

詳細地址：○○市○○路○○號

二、收件人：姓名○○書局，負責人：李陵

詳細地址：○○市○○路○○號

姓名：張丙

詳細地址：〇〇市〇〇路〇〇號

敬啟者：

緣本人持有台端××書局負責人李陵為發票人並由台端張丙先生背書之支票一紙（支票一：票號：〇〇〇，發票日期：〇〇年〇月〇日，票面金額：新台幣〇〇元正）近因上揭一紙票據票載日期均已屆期，雖經本人提示，惟該紙支票竟遭退票，茲為免損及彼此情誼並維護本人權益，特以本函通知台端及張丙先生等，於函到七日內共同出面與本人聯繫（電話：〇〇〇〇〇〇〇），洽談協調解決事宜，俾免雙方誤會加深。

㈢旅程中預定景點取消，如何向代辦旅行社發函要求補償。

案情

李文參加飛達旅行社「英倫之旅」的行程，旅遊契約中明載此次「英倫之旅」，包含大英博物館之參觀活動，且確認該項活動費用及中文解說之費用均已包含於團費之中，孰知，旅遊到了倫敦後，領隊竟說「大英博物館」之參觀活動取消，改為自由活動，李文抗議無效後，仍不願放棄「大英博物館」之參觀，故自購門票且自費請中文解說。回國後，李文實在不甘心飛達旅行社之舉，決定發存證信函爭取自己應有的權益。

範例

寄件人：李文
地　址：台北市○○○路○段○號○樓
收件人：飛達旅行社　負責人：林武先生
地　址：台北市忠○○○路○段○號○樓
敬啟者：

查本人於民國九○年六月間，與　貴公司成立「英倫之旅」之旅遊契約，契約上明明白白記載本人參加之「英倫之旅」，包括倫敦「大英博物館」之參觀活動，且記載該項活動之費用及中文解說之費用均已包含於團費之中，未料，　貴公司在未經團員同意下竟擅自變更旅遊行程，無故取消「大英博物館」之參觀活動，而改為自由行，迫使本人自費參觀且自費請中文解說，額外花費新台幣伍仟元。

按「旅遊營業人非有不得已之事由，不得變更旅遊內容。旅遊營業人依前項規定變更旅遊內容時，其因此所減少之費用，應退還於旅客；所增加之費用，不得向旅客收取。」民法第五百十四條之五第一、二項定有明文。　貴公司擅自變更旅遊內容所減少而致本人額外增加之費用，　貴公司自應退還於本人。

綜上，謹以此函催告　貴公司於函達五日內退還本人新台幣伍仟元，以維法治而免訟累為禱。

五、存證信函參考書目

《存證信函之撰寫與範例》 林國泰著 台北永然文化出版公司
《存證信函關鍵用法》 袁大蓉著 台北漢湘出版社
《自撰存證信函之債務糾紛篇》 葉宜婷著 台北永然文化出版公司
《存證信函之運用法律權益——不動產篇》 李永然著 台北永然文化出版公司
《自撰之存證信函之惡鄰看招》 林國泰著 台北永然文化出版公司

國家圖書館出版品預行編目資料

實用應用文／王昌煥,宋裕,李翠瑛編著. --
初版 -- 臺北市：萬卷樓，民 91
面；　　公分
ISBN 957－739－403－5 (平裝)

1.中國語言—應用文

802.79　　　　91014298

實用應用文

編　　著：王昌煥、宋裕、李翠瑛
發 行 人：許素真
出 版 者：萬卷樓圖書股份有限公司
臺北市羅斯福路二段 41 號 6 樓之 3
電話(02)23216565・23952992
傳真(02)23944113
劃撥帳號 15624015
出版登記證：新聞局局版臺業字第 5655 號
網　　址：http://www.wanjuan.com.tw
E－mail　：wanjuan@tpts5.seed.net.tw
承印廠商：晟齊實業有限公司
定　　價：400 元
出版日期：2002 年 9 月初版
2004 年 9 月初版二刷
2006 年 1 月初版三刷

ISBN 957－739－403－5

[illegible]

網　址 http://www.wanjuan.com.tw

E-mail wanjuan@tpts5.seed.net.tw

[illegible]

定　價 400元

出版日期 2003年[illegible]

[illegible]

ISBN 957-739-403-3